SHANGHAI STORIES CULTURE MEDIA Co.,Ltd.

故事会®

惊悚恐怖系列
HORROR SERIES

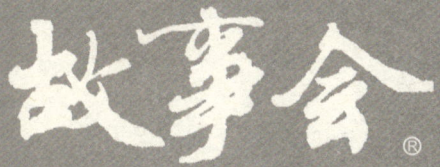

等待第十朵花开

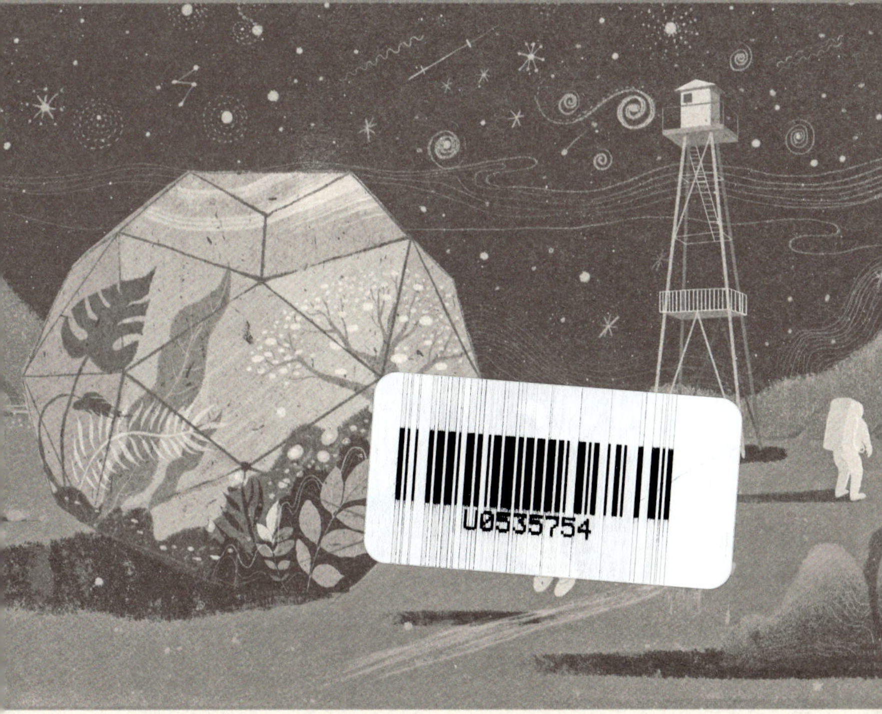

上海故事会文化传媒有限公司
上海文艺出版社

图书在版编目（CIP）数据

等待第十朵花开 /《故事会》编辑部编. -- 上海：上海文艺出版社，2019

（故事会. 惊悚恐怖系列）

ISBN 978-7-5321-6405-9

Ⅰ. ①等... Ⅱ. ①故... Ⅲ. ①故事-作品集-中国-当代 Ⅳ. ①I247.81

中国版本图书馆CIP数据核字(2017)第161921号

书　　名	等待第十朵花开
主　　编	夏一鸣
副 主 编	吕　佳　朱　虹
责任编辑	陶云韫
发稿编辑	吕　佳　朱　虹　姚自豪　丁娴瑶　陶云韫 王　琦　曹晴雯　赵媛佳　田　芳　严　俊
装帧设计	周　睿
封 面 画	苏　寒
责任督印	张　凯
出　　版	上海文艺出版社
出　　品	上海故事会文化传媒有限公司 （200020　上海市绍兴路74号　www.storychina.cn）
发　　行	上海文艺出版社发行中心（200020 上海市绍兴路50号）
印　　刷	上海万卷印刷股份有限公司
开　　本	787×1092　1/32　印张8
版　　次	2019年12月第1版　2019年12月第1次印刷
书　　号	ISBN 978-7-5321-6405-9/I·5123
定　　价	25.00元

版权所有·不准翻印

上海故事会文化传媒有限公司
出品（00666）

想看更多精彩故事？
扫码下载故事会App

上海故事会文化传媒有限公司所有图书可办理邮购，免收邮费（挂号除外）
汇款地址：上海市黄浦区绍兴路74号(200020)；　收款人：上海故事会文化传媒有限公司出版发行部
联系电话：021-64338113
如发现本书有质量问题，请与印刷厂质量科联系 T:021-56928178

编者的话

一、中华民族自古以来便有讲故事的传统。五千年的文明绵延不断，五千年的故事口耳相传，故事成为中华民族弥足珍贵的精神财富。

二、创刊于1963年的《故事会》杂志是一本以发表当代故事为主的通俗性文学读物。50多年来，这本杂志得风气之先，发表了一大批脍炙人口的优秀作品，许多作品一经发表便不胫而走、踏石留印，故而又有中国当代故事"简写本"之称。

三、50多年来，这本杂志眼睛向下、情趣向上，传达的是中华民族最核心、最基本的价值观。

四、为让读者在最短的时间内阅读最大面积的精品力作，《故事会》编辑部特组织出版《故事会·惊悚恐怖系列》丛书。

五、丛书分为如下八本故事集：《等待第十朵花开》《飞动的黑影》《公馆魅影》《恐怖的脚步声》《日本新娘》《神秘的维纳斯》《匈奴古堡》《夜半口哨声》。

六、古人云：登东山而小鲁，登泰山而小天下。对于喜欢故事的读者来说，本丛书的创意编辑将带来超凡脱俗的阅读体验。

《故事会》编辑部

目录
Contents

闪灵·诡事
有惊无险…………………………02
午夜小贞来………………………04
老宅秘事…………………………09
闹鬼的别墅………………………12
老宅子里的脚步声………………15
致命的跟踪………………………19
黑猫………………………………23
瓶子里的魔鬼……………………29
等待第十朵花开…………………34

噩梦·异事
弹弓………………………………50
山村奇遇…………………………52
我心不软…………………………61
被劫持的女司机…………………64
夜半惊魂…………………………69
终极标本…………………………72
魔鬼比尔…………………………77
复仇的血蛙………………………82
说出你的秘密……………………87

目录
Contents

探秘·险事

王二嫂抓黑八 …………………… 104

偷钱记 …………………………… 108

引熊出室 ………………………… 113

我当煤黑子 ……………………… 116

和绑匪过招 ……………………… 121

身后有只狼 ……………………… 128

家里钻进一条毒蛇 ……………… 132

枪口下的河 ……………………… 137

博物学家的妙计 ………………… 140

乞丐王国历险记 ………………… 142

魔鬼大亨 ………………………… 153

夜谈·怪事

这车祸真玄乎 …………………… 177

边城奇事 ………………………… 182

秦岭轶事 ………………………… 188

遇鬼成医生 ……………………… 195

她走进太平门 …………………… 198

鬼话 ……………………………… 224

古画上的少女 …………………… 231

吸血鬼传说 ……………………… 236

险象环生 ………………………… 242

闪灵·诡事

shanling guishi

恐惧是魔鬼的武器,人类的敌人。

有惊无险

半夜,有个穿白衣服的女人在街口拦下了一辆出租车,上车后冷冷地说了句:"骡马街。"

开车的司机叫吴大用,他借着反光镜看了一眼坐在后排的女人,只见她直挺挺地坐在那里,脸色惨白,面无表情。

吴大用猛地想起:这条骡马街在清朝时是杀人的法场,由于位置偏僻,加上传说闹鬼,一直很少有车经过,特别到了晚上,就更加荒凉。这种地方,哪来的年轻女人叫车?这么一想,吴大用顿感头皮发麻,心突突地跳了起来,连握着方向盘的手也抖了起来。

吴大用正胡思乱想着,突然,那女人又冷冷地说了一句:"停车。"

吴大用猛地一个急刹车,那女人递过来一张十元钞票,吴大用连头也不敢回,抓过钱胡乱往口袋里一塞,颤抖着问:"要发票吗?"

没人回答,吴大用回头一看,只见后车门开着,车里没人,街上也空无一人。这条街直来直去,没有一个岔道,那女人就好像突然消失在了空气中。吴大用倒吸了一口冷气,他哆哆嗦嗦地点上一支烟,猛吸了几口,好像给自己壮了壮胆子,随后便决定下车,去关后车门。

他一只脚刚跨下车,猛一抬头,突然发现那白衣女人正满脸是血地站在他面前,吴大用吓得大声喊道:"你到底要干什么?"

那女人把还在滴着血的脸伸过来,愤怒地说:"你下回停车注意点,你没看见你这后车门停在窨井边上了吗?这该死的窨井也没盖盖,我一下子就掉进去了!"

可这些话吴大用一句也没听进去,他早吓得瘫在车里,一动也动不了了。

(文　华)
(题图:李　加)

午夜小贞来

夜深人静，陈露露睡得正香，突然手机铃声大作，把她的美梦给搅了。她睡意蒙眬地取过手机看，是个陌生的号码发来的短信：睡了吗？

"无聊！"陈露露气愤地骂了一句，把手机一关，又钻进了被窝。等她刚要入睡，手机又响起来了，而且短信发出的音乐不是她原来设定的铃声，而是一种凄凄惨惨的声音！

陈露露猛地打了个激灵，睡意全无：手机明明是关着的，怎么会突然响起来？而且这铃声……她惊恐不安地环顾一下四周，见没有什么异常，才敢拿起手机。还是刚才那个号码发来的短信：我知道你醒了，为什么不理我？

陈露露不敢乱关机了,她颤抖着双手,赔着小心回道:请问您是谁?这么晚了找我有什么事?

短信一发出,立刻就有了回复:你好,我叫小贞,两年前死于非命,身首异处。我一直在寻找我的头,今天终于发现就在你家的客厅里,请你把它还给我。

天哪!陈露露的心一下子提到了嗓子眼,她大气不敢出,身子缩成一团,眼睛惶恐地盯着门窗,生怕突然飘进来一个无头女鬼。这时候手机又响了,可这次不是短信,而是直接传出来冰冷的声音:"你不用害怕,我进不了你家,你家里杀气太重。正因为如此,我才请你帮忙,只要你把我的头扔出来就行了。"

陈露露听到这声音,已经吓得魂飞魄散,如泥塑木雕一般,哪还能挪动分毫!过了一会儿,门外传来了一声幽怨的长叹,房间里无来由地刮起一股阴风,将窗帘卷起,一个无头白影从窗前飘然而过,消失在夜色之中。

陈露露惊得瞠目结舌,眼前一黑,随即昏了过去……

当正午的阳光投射到床上时,陈露露才迷迷糊糊地醒来,回想起昨晚的事情,依然心惊肉跳。她穿好衣服,正准备下床,房门锁竟轻轻地转动起来,发出轻微的声响。陈露露的神经一下子又绷紧了,除了自己,就只有同住的男朋友高冰有钥匙,可高冰到外地去看展览,要明天才能回来。正想着,门口又响起了动静,她连忙拉过被子将自己盖得严严实实,蜷在里面瑟瑟发抖。

这时候,她听到门被打开了,有人朝床前走过来,接着是一只手插进了被窝,缓缓地向她摸索过来,就在陈露露的肌肤感到冰凉的一瞬间,她一声尖叫,从床上弹跳起来,连连后退,颤抖着说:"别……"

"露露，你这是怎么了？我以为你睡着了，想和你闹一下。"

连受惊吓的陈露露见是高冰，心里顿时升起一股无名怒火，操起枕头就砸过去，骂道："你进来不会敲门呀！你想吓死我呀！说好了明天才回来，怎么突然提前了？"

高冰已经三十六岁了，比陈露露整整大了十岁，跟好几个女孩子谈过恋爱，什么样的架势没见过？他立刻上前，搂住露露说："这不是想你嘛，所以事情一办好就赶回来了。"

听了这受用的话，陈露露渐渐消了气，依偎在高冰怀里，顿时有了一种安全感，便把昨晚的恐怖事件一五一十地告诉高冰，还拿来手机给他看。奇怪的是，手机上根本没有什么短信，也没有通话记录。高冰一开始也一脸紧张的样子，可看到手机上什么都没有，就拍拍她的头，宽慰道："大概是做噩梦吧？这世上哪有什么鬼魂！"可陈露露却清晰地记得那绝不是梦，非要高冰陪她去客厅看个清楚。

高冰是雕塑家，客厅就是他的工作室，到处摆着作品。陈露露紧紧地拽着高冰的手臂走了进去，胆战心惊地四处查看，可并没有发现什么异样。高冰笑了，说："看你，紧张兮兮的！这不都挺好吗？"

陈露露舒了口气，但就是无法轻松，昨晚的事还像石头一样压在她心口。

以后的几夜，陈露露总要高冰搂紧她，才敢入睡。可每到午夜时分，她总会莫名其妙地醒过来，也总会听到从门外不时传来幽怨的长叹，骇得她再也无法入眠，但只要她推醒高冰，门外的声音就会立即消失。

又过了几天，高冰突然忙了起来，说要参加第二届国际人物肖像雕塑大赛。高冰对艺术的追求可谓执著，整天呆在客厅里，构思人物造型、搭人体骨架、塑样坯、灌石膏，整整忙了半个月，一件艺术品才基本成型。

高冰自己怎么看都觉得这尊人物雕像缺少美感和神韵，心里烦透了。要知道，他可是上届比赛的金奖获得者，如果这次拿不到奖，岂不被人家笑话江郎才尽？

陈露露见他整天愁眉不展，就劝他不要着急，出去走走或许能获得灵感。可比赛的时间日益逼近，高冰怎么能不急，他不高兴地瞪了一眼陈露露，目光却停留在了她那俊俏的脸蛋上。陈露露被他看得有些难为情，嗔道："你干吗老盯着我？"高冰回过神来，笑着搂住她的纤腰，说："你让我产生了灵感！"然后他就喜滋滋地冲了两杯咖啡放到阳台的玻璃桌上，打开轻柔的音乐，说要与陈露露一起欣赏城市的夜景，庆祝自己找到了感觉。

两人在玻璃桌旁坐下，陈露露在这温馨的氛围中欣赏着城市的夜景，脸上露出了这些天难得的微笑。她深情地看了一眼高冰，端起飘着咖啡浓香的杯子，就在她的嘴唇靠近杯子的时候，突然停电了，整个世界陷入了黑暗之中。

"怎么搞的！"高冰很不高兴地嘟囔着。

陈露露不想让停电破坏了眼前的气氛，便柔声说道："是有点奇怪，不过正好给了我们一个秉烛夜聊的机会。走，我们一起去拿蜡烛吧。"

"对对对，我怎么没想到呢！"高冰笑着牵起了陈露露的手。

蜡烛点起来了，烛光摇曳，浪漫又温情，高冰与陈露露含情脉脉地相视而笑，同时举起了杯子。

咖啡入口，浓香不散，陈露露正细细品味着，却听高冰惨叫一声，扑倒在地。陈露露慌忙丢下杯子，想要去扶高冰，一道白影突然从阳台外飘了进来，横在了她和高冰之间。

陈露露抬头一看，就是那天从窗前飘过的无头白影，陈露露这时候也顾不得害怕了，颤声问："你……你……为什么……老缠着我？"

白影冷冷的声音又响了起来："我只是来拿我的头，顺便救你。"陈露露发现声音竟是从她的肚子里发出来的。

"你说你救了我？"

"对。你知道我是谁吗？我是高冰的前任女友小贞。他用花言巧语骗了我，又残忍地将我杀了，割下我的头，糊上石膏去参加国际大赛，这个杀人恶魔摇身一变成了雕塑大师。如今他又故伎重施，在给你的那杯咖啡里下了毒，想让你喝下去。刚才的电是我断的，趁你们去拿蜡烛的时候，我把两杯咖啡调换了。"无头女鬼说着，越过高冰的尸身，走进客厅，取走了自己的头像。

电突然又来了，陈露露脆弱的心灵伴着突然来临的亮光一颤，随即整个人昏倒在地上。

(朱章华)

(题图：黄全昌)

老宅秘事

出身贫寒的美丽女子何水水,爱上了一个在国外经商的丧偶男人,嫁进了一座阴森森的百年老宅。

前不久,丈夫阿民又出外做生意去了。婆婆对这桩婚姻一直不满,儿子长年在外,她总怀疑儿媳有什么见不得人的事瞒着,久而久之,老太太的性格越来越怪僻了,她似乎总在做一件什么秘密的事,小楼里时常在深夜响起一种奇异的声音……

这天深夜两点钟,从老太太的房间里又传出了奇怪的声音,因为天热,房门开着,声音特别清晰,"扑通、扑通",一阵紧似一阵。

媳妇何水水猜不出这是什么声音,她按捺不住好奇心,便蹑手蹑脚地贴着墙壁,摸到了老太太的房门旁,一看,她看到了一个令人目瞪口呆的场面：昏黄的灯光之下，一只大黑猫正一次次地从地上跳跃而起，以闪电一样的速度蹿上了一米多高的窗口，那里挂着的，正是何水水几天前丢失的白色胸罩。那猫疯狂地扑腾着，撕咬着，一会儿，胸罩就像狂风中的一片芭蕉叶，被撕得粉碎，一片片地凋落。

最近一段时间，何水水接连丢失胸罩，现在这些胸罩终于有了下落，可它们的结局却是这样可怕，看来老太太在有计划地训练那只该死的畜生。她为什么要这样做呢？想谋害何水水，还是想吓唬她？

第二天，何水水下班后心事重重地往家走，她真不想回到这个阴沉沉的屋子里去，走过一个小店，店里的老板殷勤地喊着："小姐，这是今天新来的货，买一瓶试试吧？"何水水一看，店里摆满了琳琅满目的香水，她随手拿起一瓶，付了钱，然后又在街上的一间间店铺里转悠，回家时，天快黑了。何水水一进门，老太太就阴沉着脸问："这么晚才回家，阿民不在家，你是不是去会以前的什么情人了？"

何水水一听气坏了："你无中生有！"

"朱家的房子不是什么人都可以进来的，像你这种人，根本配不上我儿子！"老太太一边说着，一边抚着手中那只大黑猫，神色有点得意。

何水水终于明白了：眼前这个看似慈眉善目的婆婆，其实一直对自己怀着刻骨仇恨呀！她有点害怕："你……你想怎么样？"

老太太没作声，只是一松手，大黑猫便"呼"地跳到了地板上，它伸了一个懒腰，"喵"地尖叫一声，何水水顿时汗毛直立。

老太太在猫的身旁蹲了下来，笑眯眯地对猫说："宝贝儿，看你的啦，妈咪平时是怎么教你的呢？"她说着就轻轻地、有节奏地拍起了手。

到了这个时候，何水水对老太太偷自己胸罩的意图完全明白了：让这只凶猛的大黑猫熟悉她何水水的体味，然后像撕碎胸罩一样撕裂她的肉体，而且，此刻，那猫的利爪上说不定已被这可恶的老太婆涂抹了剧毒！想到这里，何水水的手不由得从背后伸向刀架，在灯影的掩护下，她不动声色地把一把剔骨刀摸到了手，只要这该死的猫敢扑上来，那就让它去死！

老太太的掌声又响了起来，大黑猫终于一步一步走了过来，在距离何水水仅一步之遥的地方，它犹豫着又停下了……

何水水的手已经在刀柄上攥出了汗，她屏住了呼吸，瞪圆了眼睛，注视着黑猫的一举一动；可大黑猫还是停着，它远远地嗅了嗅何水水的裤子，又嗅了嗅她的鞋，就慢吞吞地退回到了老太太的脚边！

老太太恼羞成怒："你这个废物，我怎么教你的？"她再也忍不住心中的恼怒，一脚把大黑猫踢了个大跟斗。

何水水轻松地笑了，她走上前去，蹲下了身，对着大黑猫说："宝贝，还不快点逗你妈咪开心一下，她现在很不舒服哦……"何水水讽刺地扔下了这一句话，自顾自地上楼了。

老太太整个人僵住了，脸上没有一丝血色，"啊——"她突然发出一声疯狂的喊叫，冲上楼梯，紧紧地抱住了何水水的脚，何水水挣扎着想脱身，她一踢脚，老太太的身体失去重心，身子一晃，跌下楼去，"砰"的一声响，接着就是肢体断裂的脆响……

就是到了这个时候，老太太还是不知道，今天的大黑猫在何水水面前龟缩不前，那是因为何水水把刚才在街上买的那瓶香水洒到了自己的身上，大黑猫的鼻子不灵了……

(改编：孙文霞)
(题图：箭　中)

闹鬼的别墅

南葳子屯的张富，花了四十万元在屯北山脚下建了一座大别墅，五一节那天，全家人欢天喜地地搬了进去。

夜深的时候，全家人送走了最后一拨客人，洗洗便睡下了。第二天日上三竿的时候，张富第一个从睡梦中醒了过来，一缕阳光直直地射在他的脸上，他蓦然睁大眼睛一看，那圆圆的太阳正高高地挂在头顶。"怎么回事？"他猛然翻身坐了起来，发现自己光溜溜地躺在院子里，再细一瞧，全家八口人横七竖八地也都躺在旁边，正睡得香哩！

是谁搞的恶作剧？张富气得骂了起来："全都给我起来！"

一家人被他大吼小叫地赶进屋里，大家立时分头查看物品，什么也不少，才算放下心来。张富心里闹不明白：当初盖房时，自己特地找风水先生看了又看，香烧过了，佛也拜了，还会得罪哪路神仙呢？这天晚上临睡前，张富特意仔细查看了一遍窗闩和门锁，这才安心上床睡觉。

一夜无话。次日清晨，鸡鸣三遍，张富睡意未尽，还想再贪睡一会儿，突然心里又"咯噔"一下：这太阳没长脚，咋又直直地照在脸上了呢？他一下跳了起来，四下里一瞧，全家人一个不少，又都睡在了院子里。

"闹鬼啦，闹鬼啦！"张富拍着大腿哭了起来。

这么一闹腾，其他人更是心里慌慌的，一商量，决定回老宅去住。张富傻了眼，又不甘心新房子就这么空着，便硬着头皮一个人留了下来。

张富把远在百里之外的赵大仙请来做了一场法事，又喊来一帮胆大的后生陪着他一起睡。可是一夜醒来，所有人还是全都睡在了院子里。

没办法，张富流着泪叹道："完了，完了，这鬼宅子，我也不住了。"这个四十万元建成的乡村别墅，就这么人去楼空，张富想卖也卖不掉。

有个石匠叫铁锁，从小没了娘，老父年前又去世了，给他留下几万元的债，铁锁就靠到处流浪给人家打短工维持生活。一日，他来到南葳子屯，听说这件事，连连感叹："这么好的房子没人住，多可惜呀！"

有人将了他一军："你有胆你来住呀！"

铁锁脖子一挺："我一个穷光蛋，怕什么！"

张富接口说："你真敢住？你能镇服这个宅子，我就让你在这里白吃白喝白住一年。"铁锁眼睛一亮："当真？"他心里说：有房住总比没房住强，再说吃饭也有了着落，这不是好事么，于是便和张富签下了协议，说好要是镇不服宅子，就白给张富打一年的工。

当天，铁锁就过上了一人吃饱全家不饿的日子。晚上，他倒头就睡，第二天早上醒来一看，果然也睡在了院子里。铁锁心里虽说有点紧张，但他已经有思想准备,所以也不觉着什么。张富每天都来探班,见铁锁也镇不服宅子,连连叹气,心里冰凉。

这样神鬼搬家的日子一晃过了好多天,铁锁也习以为常了,他索性安下了久住的决心。他发现宅子后面山上的石头质地非常坚硬,是上等的好石料,便与村主任商量在这里建一个石料场,每年可以交给村里两万元钱。村主任一听就乐了:连石头都能变成钱,这不是天大的好事嘛!所以不久,铁锁的石料场就开张了。

开张那天,石料场上放了一串两万响的鞭炮,震得大石山隆隆地响个没完。随后的日子里,开山的炮声就天天响个不停,平静的南葳子屯失去了以往的宁静。城里的汽车也一辆一辆地开来了,又把一车一车的石头运出去,花花的钱票子像鸽子一样,一张一张地飞进了铁锁的口袋里。屯里人连声称奇:"嘿,那鬼屋咋还给这个小石匠带来这么好的运道?"

人们的赞美声还没落地,这天夜里天刚擦黑,山前山后突然涌出成千上万只黄鼠狼,浩浩荡荡地穿过屯子,一直向北方奔跑而去,所过之处,人不敢靠前,狗不敢狂吠,那阵势好似万马奔腾,卷起漫天的尘土。屯里老辈人目瞪口呆:咱南葳子屯犯啥邪病呀?是闹黄大仙呀!

说来也怪,自从这一晚起,铁锁再也没有被搬到院子里去过。

这一来,人们方才明白:什么鬼闹宅子,原来是黄鼠狼闹的!最丧气的要数张富了,早知放炮能驱鬼,自己何必要走这一步呢?每天放它一百个鞭炮,又喜气又能驱走黄大仙。唉!

(董 朗)
(题图:黄全昌)

老宅子里的脚步声

黄山归来不观岳，这话赞美的是黄山景色的奇美，就是这么一句话，把我们三个大学生折腾得神魂颠倒，竟鬼使神差地偷偷结伴直奔黄山。

在芜湖长途汽车站转车时，我的两个同伴"盐水鸭"和"蚊子"突然发现刚才在车上已被扒手洗劫了，身份证、钱这几样最要命的东西全被偷去。我的警惕性高，将300元钱放在夹克的内口袋里，还将书包紧紧地抱在胸前，使扒手无法下手，总算给我们三个人留下了最后一点"活动经费"。"盐水鸭"苦笑着说："不然的话，我们只好沿途乞讨回学校了。""蚊子"哭丧着脸说："沿途乞讨？那要走到猴年马月？何况我们这次出来又没有向系里请假……"

三个人一路上嘀咕着,虽然心情有点不痛快,这也没什么,就算是玩一次"生存游戏"吧,再说,还没到山穷水尽的地步呢!

汽车到达一个小县城时,天已黑了,车子又出了点故障,司机要我们在县城歇一个晚上,明天早上七点准时发车。我们这三个大学生下车后,顾不上吃饭,直接去找旅馆。

眼下正是清明过后,是黄山的旅游旺季,我们跑了几家旅馆后才发现在这里过夜完全是一个错误:所有旅馆的床位都被人包下了!没办法,我们只好步行去县城附近的乡下找一个私人小店歇歇脚。我们遇上了一个好心的大嫂,她领我们到一个老太太的住处去,在路上,那大嫂说,这老太太解放前是一个国民党团长的老婆,现在是一个孤寡老人。

我们到了一个老宅子,见到了那个老太太,一打量,见她一副挺精明的样子,两只眼睛时不时地滴溜溜转,手上的烟一支接一支地抽着。那热心的大嫂帮我们说了不少好话,和老太太讲好了价钱,住一个晚上30元钱,这价钱虽然对我们来说是一笔不小的开支,但在黄山这么个地方,这绝对是便宜的了。大嫂把我们安顿好后就走了,老太太把我们领到了一个还算干净的房间,房间很大,有两张床,三个人挤一夜,没问题。

当天晚上,我们就在这老宅子里住下了,吃完晚饭,我们开始洗脚,那老太太没走开,她捡起地上一张我们扔掉的废报纸,坐在一旁翻着看,一边看报纸,一边眼睛直盯着我们,好像是在监视似的,直到我们一个劲地催促,她才哼哼哈哈地离去。

为了预防不测,我们没有关灯,100瓦的灯泡照得房间亮晃晃的。"盐水鸭"先睡着了,接着"蚊子"也打起了呼噜,我虽有倦意,但怎么也睡不着,总觉得今天晚上会有什么事情发生。我正这么想着,突然,"咚咚咚"有人敲门,我连忙下床,开门一看,正是那个老太太,她的眼珠子滴溜溜地往屋内扫了一圈,我不耐烦地问:"干什么?""不干什么。"老太太说着就缩回了头。

我不满地嘀咕着:"神经病,没事敲什么门!"我再一想,总觉得今晚的情形有点怪异,我把"盐水鸭"叫醒了,说:"我总觉得今晚有点不对劲,这老太太贼头贼脑的,不像是个好人,刚才又突然来敲门,莫非是来看看我们有什么动静?这会不会是一家黑店?如果是这样的话,我猜想,这屋子外面的黑暗处,必定隐藏着虎视眈眈、正待下手的歹徒!"

这时"蚊子"也被惊醒了,他和"盐水鸭"听我这么一说,脸色都变了,可他俩也说不出什么对付的办法来,唉,只好见机行事了。

我的床是靠窗的,躺下后还是睡不着,加上屋内的灯光贼亮贼亮的,刺得我难以闭眼。我把盖在身上的夹克一把扯了过来,放到了枕旁,那口袋里还放着剩下的300元钱,要是被人摸去,后果不堪设想。

正在这时,我感觉到好像有人在窗外轻轻地走动,我竖起耳朵细细分辨着,千真万确,是有人穿着胶鞋走动的声音,"咔、嚓""咔、嚓",听那声音,好像是有人正轻轻地挪动着脚步,向我床边的那个窗口走来。我顿时毛骨悚然,眯着眼向窗口望去,这是一扇旧式的格子窗,窗上嵌着六块彩色玻璃,最下面的一块缺了一大半,完全够一个人将手、刀、棍子什么的伸进来!

脚步声越来越近,虽然很轻,但在这寂静的半夜,听起来却是如此沉重,如此令人恐怖。

脚步声在我的窗前停住了,一片沉静,除了"盐水鸭"和"蚊子"有节奏的呼吸声外,一切声音都已消失,好像大难临头似的。我的额头上早已满是汗水,手心里湿漉漉的,喉头感到很干涩,想轻轻地咳一下,但又怕惊动了窗外那人。窗外那人会是谁?是那老太太,还是她手下的什么"蒙面人"?要知道她以前可是国民党团长的老婆呀,说不定还有枪呢!

我再次将视线慢慢地移向窗口,窗外漆黑一片,但借着屋内的光,透过那缺了一大块玻璃的窗洞,可以清楚地看到窗外正站着一个黑影,接着,黑影伸出了手,慢慢地从玻璃窗洞里伸了进来……

这是一只枯枝一般的手,像一只鹰爪,这只干枯的手越伸越长,然后向右伸去,正向我枕边那件放着钱的夹克伸去,这下我可急死了,豁出去了,过来吧,过来吧,只要你这手一碰到我那件夹克,我就会立刻跳起来,把这只枯爪子一把抓住,然后再喊醒"盐水鸭"和"蚊子"……

但是那只枯手没有向放钱的夹克摸去,而是在墙上乱摸,那黑影摸呀摸的,终于摸到了一根线,然后使劲一拉,"啪嗒",天花板上那只100瓦的灯泡熄灭了,屋内顿时一片漆黑,那只枯手慢慢缩回,窗外传来轻轻的嘀咕声:"电费可涨了……"她正是那个神秘的老太太!

"咔、嚓""咔、嚓",窗外又响起了胶鞋的走动声,越走越远……

(陶谨慎)

(题图:张 恢)

致命的跟踪

雷·班克罗夫特住在纽约郊外的住宅区，他在纽约城里有着一份稳定的工作，和妻子琳达过着平淡而安宁的生活，但自从那个神秘的跟踪者出现，这种安宁就被打破了。

那是某个星期二，雷刚下班回到家，他注意到有个陌生的男人在邻居门口徘徊。那个男人长得高高瘦瘦的，雷第一眼的直觉就感到他是个外国人，也许是英国人。第二次邂逅是星期五晚上在车站，他们只是偶然地擦身而过，雷想，这家伙可能刚搬到附近来，也许就在邻近社区的某栋新公寓里。

接下来的一周，雷开始注意到他无处不在的身影。

这个高个子外国人早晨八点零九分和雷一起乘火车前往纽约，中午在饭馆吃饭时他们只隔着几张桌子。雷告诉自己这在纽约是常事，有时可能一周里你每天都碰上同一个人，毕竟人的生活圈子就这么大。

真正让雷对那个外国人产生警惕是因为周末发生的事。那天，雷和妻子驱车到郊外野餐，突然，他觉察到那个外国人正在跟踪他们。在这个离家五十英里的地方，这个高个子陌生人沿着平缓的丘陵慢慢地踱着步，不时地东游西逛，似乎在欣赏着山里迷人的风光。

雷有点生气，他问妻子是否见过那个家伙，自己几乎走到哪里都能见到他，可戴着浅色太阳镜的琳达却摇摇头："我不记得以前见过他。"

"哎，他肯定是住在我们附近。我想知道的是他到底在这里干什么? 你认为他有可能是在跟踪我吗?"

琳达笑了起来："雷，别说傻话了，别人为什么要跟踪你?"

"我不知道，但他总是如影随形地跟在我后面，这未免有点蹊跷。"

九月来临，事情还是怪怪的。有时一周一次，有时两次，甚至三次，这个神秘的外国人频频出现，总是踱着步，总是公然出现在雷周围。

接着，一天夜里，在雷回家的路上，那个男人突然又出现了。

雷大步上前追上那个男人，直截了当地问道："你在跟踪我吗?"

那个外国人困惑地皱皱眉："请你再说一遍!"

"你在跟踪我吗?"雷重复了一遍，"我在哪里都能见到你。"

"是吗? 我亲爱的朋友，你一定搞错了。"

"我没搞错，不许再跟踪我!"

但那个外国人只是摇摇头，便走开了。

这次警告并未使事情好转，接下来的日子里，雷反而越来越频繁地"偶遇"那个外国人。

"琳达,我今天又见到他了!"一天,快要忍无可忍的雷对妻子说,"那个该死的外国人!今天我在我们这栋楼的电梯里又碰到了他。"

"你能肯定是同一个人吗?"琳达问。

"当然肯定!他无处不在,我告诉你!我现在每天都能见到他,在大街上,在火车里,在餐馆里,现在甚至在电梯里!这简直要把我逼疯了,我敢肯定他是在跟踪我,但为什么呢?"

"你跟他说过话吗?"

"我跟他说过了,诅咒了他,威胁了他,但这不起丝毫作用。他只是露出困惑的表情,然后就走开了,接着第二天又见到了他。"

琳达想了想,建议丈夫给警察局打个电话,也许警察会有办法阻止这件荒唐事,但雷觉得这没用,因为那个男人只是如影随形地出现在他周围,却没有采取什么实质性的行动。

"你准备怎么处理这事?"听了丈夫的话,琳达若有所思地问道。

"怎么处理?我告诉你吧,下次再看到他时我会揪住他暴打一顿,逼他交代跟踪我的目的!"雷气急败坏地说。

第二天晚上,那个高个子外国人又出现了,他正在雷前面的火车站站台上走着。雷朝他跑去,但那个外国人很快消失在人群里。

也许整个事情只是巧合而已,然而那天夜里雷的烟抽完了,他离开家门朝拐角处的杂货店走去,突然他预感到那个高个子外国人会在路上等着他。当他走近闪烁着的霓虹灯下时,他真的看到了那个男人,他正从铁轨那边慢慢地朝街道这边走过来。

雷想,这事真的该结束了,他大喝一声:"站住!"

那个外国人停下来,很不高兴地看了他片刻,然后转身走开了。

"等会儿,就是你!这事我们得现在解决,一了百了!"但那个外国人依然向前走着。雷一边骂骂咧咧，一边开始追起来。他大吼着"回来"，但那个外国人几乎跑起来了，这时他们周围已没有了灯光，漆黑一片。雷飞奔起来,跟在那人后面跑进了沿着铁路并行的那条狭窄的街道。

"混蛋,回来! 我有话跟你说!"但那个外国人也跑起来了,越来越快。最后雷停了下来，累得上气不接下气，前面的那个外国人也停了下来。

突然，那人抬起手做了个手势，雷能够清楚地看到他手表上闪闪的荧光，雷知道他是在招呼自己跟上去，雷猛地又跑起来。

那个外国人只等了一会儿，接着也跑起来，他身旁便是铁路护墙，几英寸宽的护墙把他与下面二十英尺深的铁路分隔开来。

远处，雷听到斯坦福德方向开来的火车，低沉的呼啸声划破沉寂的夜空。前方，那个外国人绕过一堵砖墙，转过墙角，转瞬间就不见了。

此时雷几乎就要赶上那人了，他来不及多想便随着转过墙角，看到那个外国人正在那儿等着他，但此时已经太晚了。那男人的一双大手向他扑来，刹那间雷就被推得向后跌去，翻过铁路护墙，一双手在空中徒劳地挥舞着。当他撞到铁轨上时，他看到斯坦福德开来的快车几乎就在眼前，天地之间只有恐怖的隆隆声……

几个月后，在火车站站台上，透过火车缭绕的蓝色烟雾，那个高个外国男人一边瞥着身段迷人的琳达——现在她是雷的遗孀，一边说："一开始我就说过，亲爱的，一次高明的凶杀其实就是一场游戏……"

(古 萃)

(题图：佐 夫)

黑猫

　　詹姆斯出生在一个富有却并不幸福的家庭，父亲继承了一大笔财产，整天只知吃喝玩乐，花天酒地。在小詹姆斯的记忆里，很少有与父母共进晚餐的印象。年轻的母亲很寂寞，就养了许多小动物来打发光阴。詹姆斯八岁时，父亲酗酒身亡，从此母子相依为命。受母亲的影响，詹姆斯很快拥有了饲养小动物的嗜好，并且从中感受到了生活中未曾享受过的温情。

　　大学毕业后，詹姆斯在市邮政局谋了一份清闲的差使。不久，他与漂亮、温柔的同事艾丽斯小姐坠入爱河，而且，说来也巧，她也有饲养小动物的嗜好。真是爱屋及乌，婚后詹姆斯把自己的宠物都送给了母亲，专心伺候新娘艾丽斯的那些宠物：金丝鸟、红金鱼、波斯猫。他特别喜欢那只波斯猫，它体形高大，全身漆黑油亮，没一点儿杂毛，双眼光亮异常。詹姆斯还给它起了个名字叫"柏拉图",对它倍加宠爱:单独给它喂食,在家里与它形影不离。"柏拉图"对詹姆斯十分亲昵,他离开家去上班时,总要费很大的劲才能阻止它跟着。

詹姆斯与艾丽斯幸福地生活着,当初,他们陶醉于新婚的卿卿我我,又一心伺候着心爱的宠物,都不愿生孩子。后来想要孩子时,却始终未能如愿,越是这样,詹姆斯想要孩子的愿望越是强烈,有时他竟然会呆呆地站在门口,久久地看着邻家的孩子在街上嬉戏。从这以后,詹姆斯的性格发生了很大的变化:对什么都不喜爱,无论是娇美的妻子还是可爱的宠物;他的脾气变得暴躁起来,常常喜怒无常,脸上难得出现笑容。这使小动物们对他望而生畏,除了"柏拉图",其他宠物在他面前都显得畏畏缩缩的。最糟的是他重蹈了父亲的覆辙——开始酗酒,常常很晚才回家,浑身酒气。艾丽斯对丈夫的变化感到十分惊讶。

一天夜里,詹姆斯很晚才从酒馆回家,一路上摇摇晃晃。来到屋前,他使劲地拍打着门:"快开门,柏……柏拉图……"他语无伦次地乱叫着。

艾丽斯早已睡着,她被吵醒了,起身开了门,费了好大的劲才把丈夫扶入房里。醉眼蒙眬中,詹姆斯发现"柏拉图"为了避开浑身酒气的主人,竟想悄悄溜走。他顿时恼羞成怒:"你……你也敢讨厌我……"詹姆斯一边吼叫着,一边猛地抓起那只胆战心惊的猫。"柏拉图"惊恐地挣扎着,尖尖的猫爪,在詹姆斯的手臂上留下了一道长长的血痕。

被酒精烧红了眼的詹姆斯只觉得胸中燃起了一股火,他"唰"地从口袋掏出一把小刀,恶狠狠地戳入"柏拉图"那双充满恐惧的眼中,随手又把猫扔到了一边。艾丽斯惊叫一声,抱起那只可怜的猫,心痛无比。

在艾丽斯的精心照料下,"柏拉图"的伤渐渐好了,但失去眼珠的那只空眼眶,使"柏拉图"显得奇丑无比。

开始，詹姆斯为自己的莽撞很是内疚，他不再接近"柏拉图"，以为它一定痛恨自己。谁知事实恰恰相反，一次，詹姆斯走近"柏拉图"时，它竟温顺地贴着他的裤腿，来回蹭着。艾丽斯温柔地对丈夫说："瞧，'柏拉图'多仁慈，亲爱的，它一点儿也没有记恨你，你不应当对它好一点吗？"

"呸！我原先怎会那样喜欢这个东西，我讨厌它，丑八怪！"詹姆斯愤愤地说着，一脚踢开了它。

"柏拉图"对主人的暴行一点不感到恼怒，它又回到詹姆斯的腿边，来回地蹭着。詹姆斯咬牙切齿，又抬起脚狠狠地踢去，可"柏拉图"却仍旧亲昵地偎到了他的脚边。詹姆斯一阵冲动，顺手拿起一根绳子，弯下腰来，勒住了"柏拉图"的脖子，一手提了起来。"喵——""柏拉图"发出一声惨叫，凄厉无比。艾丽斯飞快地跑过来，大声叫道："天哪！詹姆斯，快放开它！"

詹姆斯粗暴地将艾丽斯推倒在一边，两眼盯着正在抽搐的"柏拉图"，杀气腾腾地说："讨厌的家伙，看你还能缠着我！"

"柏拉图"发出了一声声绝望的惨叫，它挣扎了片刻，终于死去。看着"柏拉图"的尸体，詹姆斯觉得还不解恨，便倒提着它来到地下室，把它高高地悬挂在一根柱子上。

"柏拉图"死了，家里变得冷清清的。艾丽斯十分伤心，詹姆斯则对"柏拉图"的死显得无动于衷。

就在"柏拉图"死去的那天夜里，詹姆斯突然被一阵呼叫声惊醒，跳起来一看，四处已是一片火海。他急忙叫醒妻子，两人费了好大的劲才逃出火海，但是那豪华的住宅，却已陷入了熊熊的大火之中。艾丽斯悲痛欲绝地说："詹姆斯，这是报应，上帝永远不会宽恕你的灵魂！"

詹姆斯虽然内心也感到奇怪，但嘴上仍振振有词地反驳说："别瞎说了,难道那只丑陋的死猫能报复我?"

话虽如此,但詹姆斯的心灵深处,却仍留着"柏拉图"的阴影。一天晚上,像往常一样,詹姆斯又来到汤姆的小酒馆喝闷酒。突然,他发现在酒馆的一个角落里,有个黑色的东西在蠕动着,走过去一看,原来是一只猫,再细细一打量,那猫几乎同"柏拉图"一模一样。詹姆斯走上前,蹲下身,用手轻轻地抚摸它,那只猫竟站起来,脊背紧贴着他的手掌来回蹭着。

由于强烈的好奇,詹姆斯来到柜台前,指着那只猫对老板汤姆说:"汤姆,把那只猫卖给我吧,多少钱都行!"

汤姆看了看猫,说:"哦,那不是我的猫,我以前从未见过它,好像也不是邻居的猫。哪来的?真奇怪!"

詹姆斯有点遗憾地说:"那就算了吧!"

离开酒馆,詹姆斯跟跟跄跄地往家走去。大火后,他们只能暂时住在地下室。艾丽斯为丈夫开门后发出一声惊叫:"啊,那是什么?"

詹姆斯回头一看,原来是小酒馆里的那只猫跟来了。艾丽斯抱起它,那只猫就温顺地蜷在她的胸前。

第二天,詹姆斯惊讶地发现,昨夜跟来的那只猫竟和"柏拉图"一样,只有一只眼睛,这使得艾丽斯更加喜欢它,亲热地称它为"柏拉图",但詹姆斯却很讨厌它。奇怪的是那猫却很喜欢詹姆斯,詹姆斯坐着时,它就躺在椅子下面;走路时,它前后跑跳着,有时几乎要把詹姆斯绊倒。无论詹姆斯到哪儿,它总跟到哪儿。

一天,艾丽斯在厨房里喊:"詹姆斯,你来一下。"詹姆斯过去时,那只猫像往常一样跟着他,在他的两脚间穿来穿去,几乎把他绊倒。

詹姆斯怒气顿生:"这个讨厌的东西,你找死?"那只猫毫不理会,仍旧在他的脚边跑来跑去。詹姆斯恼羞成怒,从口袋里取出刀子,咬牙切齿地向那只猫扑去。"别,别这样!"艾丽斯惊叫道,边说边用手挡住丈夫。

詹姆斯这时好像已失去了理智,他那握刀的手用力一推,想挣脱开来,谁知一推一挡,慌乱之中,那刀子深深地扎进了妻子的胸膛。艾丽斯一声未哼地倒了下去。詹姆斯呆了:"天哪!我干了什么?我怎么会杀死妻子呢?"等他回过神来四下搜寻,那猫已不见。詹姆斯顾不上再找猫了,得赶快把尸体处理掉,他脑筋一动,很快就想到了一个地方。

地下室的壁炉早已不用了,墙上用一些石头砌着,但并未砌牢。詹姆斯很容易地将这些石块取下来,又费了好大的劲才把尸体塞进壁炉,然后又很小心地将石块重新砌好,一点儿也看不出曾被移动的痕迹。

几天过去了,詹姆斯仍未发现那只猫,倒是有几个人来探望妻子,詹姆斯镇静自如地打发了他们。

有一天,几位警察来了,其中一位警察开门见山地问道:"请问您夫人呢?"

"她赌气出走了,我找了许多地方,还没找到。"詹姆斯平静地答道,"我想她很快就会回来的。"

几位警察仔细地搜查了地下室,正如詹姆斯所料,他们一无所获。当警察将要离去的时候,詹姆斯脸上显现出一丝对这帮废物的嘲笑,他用一种几乎是卖弄的口气介绍说:"地下室的墙壁建造得非常坚固,这本是一座非常漂亮的古老建筑。"他边说边用手杖敲打着墙壁,那墙壁后正藏着他妻子的尸体。

突然,詹姆斯觉得一阵毛骨悚然,因为从墙壁里传出一声令人恐怖的叫声:"喵——"

警察们你看我，我看你，忽然，他们醒悟过来，好像明白了什么，接着便猛烈地撞击墙壁，很快，艾丽斯的尸体就被发现了。尸体上的血迹早已变黑，散发着腐烂的气味。

尸体的头上坐着那只猫，它那未瞎的一只眼睛闪烁着仇恨的火焰，张大的嘴巴里发出了复仇的叫声："喵——"

(编译：丁　磊)
(题图：胡国强)

瓶子里的魔鬼

这天夜晚,威尔把车停在离家不远的一片树林边,借着夜色的掩护,悄悄地向家里走去。他一边走,一边四下张望着,为了不被人撞见,他特意绕过正门翻墙入院。就在双脚落地的一刹那,他听见楼上传来一阵急促的咳嗽声。

这个咳嗽声他很熟悉,是妻子玛丽亚发出来的。说起玛丽亚,威尔有种说不出来的感觉。刚结婚的那段时间,他们俩还相安无事,可自从妻子患上糖尿病以后,她的情绪就变得相当不稳定,特别爱唠叨,芝麻大点儿的事情,她能说个没完没了,两人的关系也变得紧张起来。也就是在这时候,威尔有了"第三者"。渐渐地,威尔便起了歹念……

楼内寂静无声。威尔爬上二楼，透过虚掩的门缝，发现玛丽亚正端坐在镜子前梳头发。玛丽亚今晚显然是经过一番刻意的打扮，不但换上了崭新的衣服，而且脸上还化着浓妆。这一发现令威尔感到多少有些疑惑：都这么晚了，玛丽亚难道还要出门吗？他稍微迟疑了一下，就很快从怀里拔出一把带着消声器的手枪，然后瞄准玛丽亚连开数枪。几乎没叫出什么声音，玛丽亚就从椅子上缓缓地倒了下来。威尔紧张地走了过去，把手伸到玛丽亚鼻子底下试了一下，确信她必死无疑后，这才收回了枪，接下来他开始动手将房间里的东西弄乱。

做完这一切后，威尔正要离去，可走到门口处又不禁停住了。他心里面总觉得有什么不对劲的地方。他再次朝房间里巡视一番，发现梳妆台上有一盒录像带，联想到玛丽亚刚才的反常举动，威尔忽然想起，以往玛丽亚要出远门之前，总习惯给他留言。不过留言的方式时有变化，有时是寥寥的几句话，有时则是一封长信，而有时是一盘录音带。里面的内容，都是些鸡毛蒜皮的事，什么家里的暖气该换了——威尔猜想，这回玛丽亚会不会又换了一种花样？

这么一想，威尔就走过去抓起那盘录像带，然后迅速地跑到楼下的客厅，打开录像机。不一会儿，屏幕里果然出现了玛丽亚的形象。画面上的玛丽亚先是呆呆地看着镜头，当她正要张口说话时，不料发出的声音却是一阵激烈的咳嗽声。威尔心说，这个女人今天是怎么了？

玛丽亚终于开口说话了："威尔，亲爱的！当你看到这盘录像带时，我已经永远离开了这个世界。是的，今天下午，我和我的医生做了一次严肃的长谈，最后他坦诚地告诉我，我的病已经毫无希望了，这就是我为什么会选择自杀的原因。"

听到这里，威尔一下子傻了，笼罩在他心头上的那团疑云顷刻间消散了，但同时，他也在不停地诅咒自己太沉不住气了！

玛丽亚突然哽咽起来："威尔，我把你一个人孤零零地撇下，你不会怪我吧？其实，我也舍不得离开你！可是我又不想再拖累你，总不能让你守一个病秧子过一辈子，那样对你太不公平了。不过，在我离开你之前，我还有很多很多的事要交代给你。首先是有关咱们家的草坪，咳咳咳……"

玛丽亚又一次被自己的咳嗽声打断，威尔知道她又要唠叨些什么，所以毫不犹豫地关掉机子，并将录像带取出，放入衣袋中。几分钟后，威尔像个幽灵似的从楼内钻出来。花园里静悄悄的，除了虫子叫声外，就几乎听不到别的声音了。突然，威尔感觉到自己的脚上好像被什么东西咬了一口，他大吃一惊，立刻意识到自己一定是遭到毒蛇袭击了，因为前几天玛丽亚就曾经一再告诫他，说她不止一次在花园里发现有蛇在活动，而且上个礼拜天镇上就有一个小男孩被毒蛇咬伤，最后死在了送往医院的途中。

威尔跌跌撞撞地跑回楼中，凑近灯光一看，果然发现自己的小腿处多出了两个清晰的牙印，上面还溢出微微的血迹。威尔本能地扑向电话机，可就在他抓起话筒的那一瞬间，他才猛地意识到不妥，如果这时候叫救护车，那不是等于自我暴露？惊恐之中，威尔想起家里好像备有一瓶蛇药，那是前几年玛丽亚从印度特意带回来的，据说这种药对治蛇毒有神奇的疗效。可是他根本不知道玛丽亚究竟把这瓶药藏在什么地方，处在绝望中的威尔，这时候忽然感到玛丽亚要是能活过来告诉他一声，那就太好了。

稍顷，威尔仿佛又想起了什么，只见他慌乱地从身上掏出那盘录像带，再次将它塞入录像机中，威尔有一种预感，说不定玛丽亚会在这盘录像带里提到那瓶药!威尔反复地按动快捷键,不一会儿,他的手突然停了下来,两眼紧紧地盯着荧光屏。

随即,屋内再次响起玛丽亚的声音:"……威尔,有件事我明知你不喜欢听,但我还是忍不住地想说出来。我要说的是,咱们家的花园真的很不安全,里面真的有蛇,而且还是我亲眼见到的。我早说让你抽空把花园整理一下,可你总是一拖再拖,完全不当回事儿,万一哪天你真的被蛇咬了,到时候你连后悔都来不及。当然,假如你真的不幸被蛇咬中了,那也用不着惊慌失措。还记得我从印度带回来的那瓶药吗?我就把它藏在了客厅里的壁橱中,也就是靠左面的第四个抽屉,很好找的,就装在一个红色的玻璃瓶内,一次一颗,咳咳咳……"

威尔一看到这里,飞快地向壁橱那头奔去。不一会儿,他手里果然握着一个红色瓶子,并从里头倒出了几颗大小不一的药丸子。威尔随便挑了一颗大点儿的,张大嘴巴吞入肚中,然后,威尔深深地舒出一口长气,他觉得自己就好像刚被人从鬼门关拽回来一样。恰在这时,玛丽亚那边的咳嗽声也在渐渐地平息下来。

玛丽亚气喘吁吁地说:"……对不起,我刚才说到哪儿了?啊,对了,一次一颗,用酒泡开,然后搽抹于伤口处。千万记住了,这种药只能外用,不能内服,因为当初发明这种药的人,就是根据'以毒攻毒'这一原理,才研制出这种具有神奇疗效的民间偏方。也就是说药的本身是一种能使人致命的毒药,所以,当地人给它起了一个很形象的名字,'魔鬼',意思是指它既能起到救人的作用,同时也能置人于死地。这也是为什么长期以来,这种药虽在印度民间流行了近千年的历史,而市面上却是绝对禁止出售的。啊,多么神奇的东方文化!"

此时此刻,威尔早已吓得魂飞魄散,只见他蓦地跪倒在地板上,双手紧紧地捂住肚子,旋即发出一声撕心裂肺的惨叫声——

玛丽亚继续说道:"亲爱的,现在我真的要走了。我爱你,非常爱你!若还有来世的话,下辈子我还会选择和你做夫妻!咳咳咳……"

第二天在勘察现场时,警方特意从研究所请一位博士来协助他们鉴定威尔的死因。博士得出的结论是,死者脚上不明显的伤痕,是被草叶蛇咬中后留下的印记。

这种蛇属游蛇科,无毒。

(式 森)
(题图:剑 中)

等待第十朵花开

十八岁的灾难

李家小姐李无双年方十八,长得国色天香,乖巧善良,她的眉心长着一颗朱砂痣,大家都叫她"小观音"。

这天夜里,李无双正在房中休息,突然听到屋外有打杀之声,正要出去看个究竟,她爹爹李正竟然一头撞了进来,浑身是血,看样子是受了重伤。

李无双赶紧上前扶住李正:"爹!发生什么事了?"李正一把推开她,用一种很古怪的眼神盯着李无双:"肖天龙来了!"

李无双脸色顿变:"肖天龙?他不是咱家的仇人吗?"李无双早听说过:肖天龙是个荒淫无道的魔头,连续九年来,他每年都要抢一个十八岁的少女上山,而且这些少女被掳上山后便再也没了消息。这早已激起了公愤,官府也曾派人追捕过肖天龙,但他神秘莫测,官府拿他也没办法。肖天龙和李家有世仇,二十年前还杀害了李无双的爷爷,因此李无双从小就跟爹学了一身武艺,为的就是将来找肖天龙报仇。

李正看着女儿,突然举起刀向她砍去,彻底毁了她的容貌:"无双,肖天龙现在要抢你上山做妾,可你现在远不是他的对手,所以你一定要忍辱偷生,找机会替爹报仇!"

这时,肖天龙杀了进来,当他看见满脸是血的李无双时,不由吃了一惊,而此时,李正脸上却挂着胜利的微笑:"我让你抢!哈哈!"

肖天龙恼羞成怒,一掌劈在李正的胸前,李正口吐鲜血,轰然倒地,他死了,可脸上居然还挂着一种诡异的微笑。

肖天龙见李正气绝身亡,便粗暴地踢了踢他的尸体,然后将李无双点了穴,一把掠到腋下,带回了老巢。

这是一个巨大的山洞,而且是大山洞套着小山洞,地形也十分复杂,难怪官府抓不到他。在这里李无双知道了一个可怕的秘密:肖天龙掳少女上山,并不是为了女色,而是为了做一种可怕的药引。

原来,肖天龙有个患了顽疾的儿子叫肖飞,小时候因为早产,身体一直很弱,长年咳血吐血,服药无数总也不见好转,后来肖天龙听信了江湖术士的话,在肖飞八岁那年,肖天龙铸造了一个巨大的药炉,每年以十八岁美丽少女的处子之身做药引,再加上其他的一些名贵药材炼成一颗"处子丹",说是连服十年可去病根。

现在肖飞已经服用了九年的"处子丹",但病情还是很严重。说是这最后一年的丹药最讲究,炼得好,吃了就可以将前九年服用的药力引发出来,除去病根;炼得不好,吃了则性命难保。

肖天龙不敢将已被毁容的李无双当做药引，就让她做丫鬟，自己只得又下山去找药引了。

李无双牢记父亲临死前的交代，忍辱偷生，做着丫鬟。肖天龙手下有个叫阿里的亲信，他每天都操着公鸭嗓子调教李无双干活，两天下来他见李无双一直很温顺，便放松了警惕。

这天夜里，躺在地上假寐的李无双听到一阵嘈杂的脚步声，她悄悄睁开眼一看，是肖天龙回来了，他的腋下夹着一个美貌少女，一旁的阿里一挥手，立刻有四个黑衣人上前将少女抬走了，肖天龙和阿里也紧跟其后，匆匆地往里面走去，大家似乎都忘了李无双的存在。

李无双便悄悄地跟了过去，只见肖天龙他们七弯八拐，走了好远的一条通道，来到悬崖边的一个山洞前，山洞顶上写着：炼丹房，旁边写着一排小字：擅入者死！

李无双壮着胆子刚想跟进去，忽然有个蒙面的神秘人飞快地把她拉了出来，带着她逃开了。

李无双被神秘人带回了大厅，神秘人轻声说："不想死的，下次就不要再乱闯了。"说罢就悄然消失了。

李无双心里暗想：这真是一个好人，但不知他是谁。想不到肖天龙居然真的这么残忍，用少女的身子炼制丹药！李无双决定杀了他为民除害！

第二天一早，李无双听到阿里跟肖天龙商量，说少爷病又重了，需要人照顾，于是李无双被派给了少爷做丫鬟。

李无双在阿里的带领下来到了肖飞的房间，说是房间，其实不过是一个单独门户的山洞罢了，阿里似乎很敬畏这位少爷，进屋后只简单地说了一下让李无双当丫鬟的事，然后就躬着身子退出去了。

李无双打量着四周，不知道自己即将面对的，是不是另一个可怕的魔鬼？

山洞里的少爷

肖飞的房间里轻纱幔帐，墙壁上还挂了不少名人字画，这可能是整个山庄最雅致的地方了，本来李无双以为他一定长得像个魔鬼、痨病鬼，可没想到他却是个眉清目秀、风度翩翩的美少年。

肖飞正在观赏花架上的一盆植物，脸上表情很怪异，似喜非喜，似悲非悲，顺着他的目光，李无双看见了一株很奇怪的植物，它通体血红，茎叶厚实，顶端开着九朵很好看的小白花。

李无双心想：这定是一种很罕见很名贵的花吧，不然他肖大少爷也不至于如此痴迷地看着它。

半晌，肖飞的目光才从那盆植物上移开，转过头来面带微笑地看了看李无双，用一种研究的目光打量着她："自毁容颜，看来你是个烈性女子，这样也好，至少暂时保住了一条命。你的眼神里，除了恐惧还有仇恨，也许肖天龙这次给自己弄来了一个克星。"

肖飞的话顿时让李无双如坠云雾，难道他不是肖天龙的儿子吗？

肖飞自顾自地将手中一本书卷随手往书桌上一放，李无双不经意地扫了一眼，顿时被那本书给吸引住了，那书皮上分明写着：云雾掌秘笈，专克天龙掌。

李无双顿时一颗心怦怦乱跳，如果自己有了这个，报仇岂不是易如反掌？但她很快就冷静下来：他们是至亲父子，肖飞没理由故意给她看到这个，这一定又是个阴谋。

肖飞似乎看透了李无双的心思，他微笑着收回自己的书卷："难怪你不信任我，因为我是他的儿子嘛！"

李无双不搭理他，肖飞也并不介意，继续说："不错，我确实是他的儿子，但他却是我的杀母仇人，如果不是他这么偏激，我母亲现在还好好地活着，我也不用被逼着吃那什么'处子丹'，整天恶梦不断。从小我就躲着他，因为我永远猜不透他是高兴还是生气，高兴时，他可能会把我当作宝；生气时，又随时会杀了我！"

肖飞越说越激动，额上的青筋都暴出来了，而后，他开始剧烈地咳嗽，看来肖天龙给他炼制的奇药也没治好他的病。

虽然不知道肖飞说的是真是假，但他手里那本秘笈却深深地吸引着李无双，现在，唯有当这是一场赌博，反正大不了就是赔上一条命。李无双想到这，便伸出手将肖飞手上的秘笈拿了过来。

肖飞咳了一会儿，感觉稍微好些了，又说道："云雾掌一共有七重楼，你每七天练一重楼，刚好需要四十九天，跟他们炼丹的时间刚好吻合。也就是说，你还有四十九天的时间，希望你能在新一颗的丹药炼成之时，掌握云雾掌的诀窍。"

肖飞缓了一口气，说道："还有，记着不要再去炼丹房了，那里很危险！昨天若不是我救你，只怕你的一条小命早就没了！你可能不知道吧，阿里就是因为偷看那些美少女，我父亲才把他变成了太监！而且除了药引之外，那里是不准女人进去的。当年我母亲就是因为一时好奇，进去偷看炼丹，结果被肖天龙扔进了炉底当了柴火……"

说着，肖飞的眼睛湿润了，当年那一幕在他的心里成了永远的噩梦，这也是他长期不快乐的原因。

听了肖飞的话，李无双这才知道昨天那个神秘人是他，顿时感到肖飞亲切了许多。想不到肖天龙那么恶毒,怪不得阿里说话总是那么怪!肖天龙连自己的妻子也不放过,难怪他的亲生儿子会那么恨他。

李无双忽然十分同情眼前这个可怜的肖少爷了。她被安排住在肖飞床边的榻板上,以便肖飞随时使唤。

白天,李无双低眉顺眼地像个奴仆一样服侍着肖飞,给他沐浴更衣,端茶送药,夜晚则在肖飞的指导下刻苦练功,仇恨支撑着她一天一天坚强起来。

不久,李无双脸上的伤渐渐结了痂,留下了一条条长长的疤痕,很是难看,每当她抚摸着这些疤痕时,她的斗志就涨了几分。

玉女花的秘密

呆的时间长了,李无双发现肖家父子不大交流,有事总是阿里跑进跑出传达,而肖飞整天别的事什么也不做,只知道侍弄那盆奇怪的植物,这让李无双对那盆植物也感到很好奇。

那盆植物怎么看怎么怪,它的茎叶扭曲缠绕,不经意看上去,就像一个个变形的人体在挣扎,有点像人参,可再仔细一看,那不过是一堆杂乱无章的花枝罢了,什么也不像。倒是顶端那九朵小白花,隐隐散发出缕缕幽香,十分好闻,但李无双还是搞不懂,这花有什么过人之处,让肖飞如此痴爱?

有一次,肖飞不知上哪儿去了,李无双偷偷上前看了那花一眼,看见花盆里的土有些干燥,便端来一壶水,准备给花儿浇些水,不料,却被刚好赶回来的肖飞撞见了,脾气温和的肖飞居然发火打翻了她的水壶,说这花是不能用水浇灌的。李无双被肖飞气得眼泪汪汪,觉得他真是个怪人。

　　李无双对肖飞越是研究，她的内心就越是痛苦，她发现自己已经爱上肖飞了，可他毕竟是仇人的儿子，他的血管里流着跟肖天龙相同的血液，必须要恨他！

　　李无双强迫自己去恨肖飞，可世上没有无缘无故的爱，当然也没有无缘无故的恨，她越是这样逼自己，越是忘不了肖飞对她的好。

　　有一次，李无双练功心太急，第二重楼始终无法突破，她就去练第三重楼，结果急火攻心就走火入魔了，全身烫得像火。等肖飞发现的时候，李无双已经奄奄一息了，肖飞见她这般模样，一锁眉二话没说，用手封住了她的穴道，然后褪去她的衣服，用从山顶运回来的积雪给她擦身子降温。

　　李无双的容貌虽然被毁，可她曼妙的胴体却是美不胜收，两人又都是青春年少，这对他们无疑是很大的考验。

　　擦着擦着，肖飞的手停下了，他轻轻地抚摸着李无双凝脂一般的肌肤，眼里充满柔情。

　　李无双看着肖飞深情的样子，所有的理智差点就瓦解了，幸亏冰冷的雪花给了她意识，赶紧调整气息使自己平静下来。

　　自打那次以后，两人再见面时总有点尴尬，他们刻意躲着对方的目光，生怕一不小心会触及什么。

　　七七四十九天很快就到了，李无双已经基本掌握了云雾掌的心法和套路，但由于内力单薄，云雾掌在她手里一直没练出什么威力，拿她现在的功力和肖天龙相比，恐怕是差距太大了，两人不由都有点急。

　　第四十九天，这是肖天龙他们丹药出炉的日子，整个山洞里的人都很紧张，因为丹药炼成与否，关键就在今天了。

记得有一年开炉时，肖天龙发现丹药没凝成，被化成了灰烬，当下大发雷霆，一口气杀死了四个炼丹的道士，所以每次开炉大家都很紧张，生怕出什么差池惹怒了肖天龙，招来杀身之祸。

不过很快传来消息，说今年的丹药炼得非常成功，比以往任何一年都顺利。

听到这个消息后，肖飞竟有些激动，他不停地踱着步，一次次往洞口张望着，就像一个在等花轿的新娘子。

李无双冷冷地看着他，心一寸一寸地冰凉：再傻的人都能看出，肖飞是多么期盼那颗丹药，他是魔王的儿子，肯定也继承了父亲的魔性。本来还打算等报仇以后和他一起浪迹天涯，可现在看来，一切只不过是一场空！

直到傍晚，阿里才送来一颗用黄金锦盒装着的红色丹药，说："少爷，主人说，今天这颗是最后一颗了，服下后少爷的病就会痊愈。"

奇怪的是，肖飞刚才还一脸热切地期盼着，现在却又懒懒地靠在床上，他向李无双努努嘴，于是李无双从阿里手中接过丹药递给了肖飞。

肖飞当着阿里的面，吞下了那颗"处子丹"，阿里这才放心地垂首退了出去。

肖飞见阿里退下之后，忽然一张嘴吐出了那颗丹药，并快速地把它埋进了花架上的那个花盆里。李无双吃惊地看着肖飞，他竟然把肖天龙千辛万苦给他炼制的"处子丹"做了花肥！

吐出"处子丹"的肖飞显然元气大伤，脸色突然变得非常苍白，他一张嘴吐出一口鲜血，喷在那盆花上，奇怪的是那血并没有洒落到外面，而是在瞬间被那盆花吸收了。之后，那盆花的茎叶变得更厚实了，不一会儿顶端又冒出一个小小的花苞，这是第十朵了！

看着李无双吃惊的样子，肖飞擦了擦嘴角的血迹，指了指那盆花说："这是玉女花，我给它起的名。八岁那年我还小，不敢吃那可怕的药，就偷偷地把它埋进了这个花盆，没想到它第二天就长出了这棵植物，我猜想它定是处子丹所化。十年来，它每年都开一朵，今年是十朵齐放……也不知为什么，我总觉得这花肯定有什么特别之处，你猜猜看，这花会是毒药还是奇药？"

李无双茫然地摇摇头："我哪会知道？"肖飞目不转睛地盯着玉女花，似乎想从这儿找到一些答案。

这时，那个刚长出来的小花苞渐渐地绽放开来，散发出一股子清香。肖飞忽然扭头对李无双说："拿剑来。"

李无双于是取来一把剑，肖飞接过来，用它在自己的手掌上割了一道很深的口子，鲜血一下子喷涌而出，李无双吃了一惊，不知道肖飞要做什么。

肖飞并不管手上的伤口，而是从容地摘下一朵玉女花，把它放进嘴里慢慢地咀嚼碎了，再咽下肚。李无双紧咬着嘴唇，紧张地看着肖飞，她不知道接下来会发生什么事。

过了一会儿，奇迹出现了，肖飞手上的伤口竟然迅速痊愈，而且没留下一丝疤痕，就连刚才流出的血都没留下痕迹，跟原来没受伤时一模一样。肖飞又试着重重地呼吸了几下，想不到他的喉间也变得十分畅通，不再痒痒的想咳嗽了。

这是奇药！两人对视一眼，肖飞显然有些兴奋，他那苍白的容颜上也有了一丝红润，他摘下一朵花，把它捧给了李无双："我现在觉得浑身是劲，这花可能会助你快速练成云雾掌。现在，就请你服下这花，帮我了却这桩心愿吧！无双，你是我这一生见过的第二个女人——活生生的女人。我见过的第一个女人就是我娘——但她却死在了我爹的手里！我一直想报仇，可他是我的亲生父亲，我又不能亲手杀了他。"

李无双犹豫了片刻，皱皱眉吃了下去，这花入嘴先苦后甜，那甜味就像小时候吃的糖葫芦，甜里又透着一丝儿酸，同时她只感到丹田之间有股真气在运走，李无双忙试着调息了一下，将那股真气归纳在丹田，顿时，她只觉得身体里充满了力量。

李无双欣喜地看了看肖飞，却发现肖飞看她的眼光变了，怔怔的，痴痴的："无双，想不到你这么美。"说完，肖飞递给她一面小铜镜。

记不清多久没照过镜子了，李无双迟疑地接过镜子仔细照着，这才发现自己的脸上已经光洁如初了，没有半点疤痕，那眉心间的朱砂痣也娇艳欲滴，李无双怅然若失地看着镜中的自己，容貌恢复了，应该是喜还是忧呢？

十朵花的复仇

就在这时，李无双和肖飞都听到一阵细微的衣袂摩擦声，一道黑影闪电般掠了进来，将花盆抢在手里。两人吃了一惊，定睛看去，来人竟是肖天龙！

肖天龙狂笑着："哈哈！我早知道这花非比寻常，但想不到有如此之奇效！感谢你，我的好儿子！"说完，他不管三七二十一，把余下的八朵花通通摘下，并快速地吞进了肚子里。

那些花一摘完，剩下的茎叶忽然化作了一摊血，打湿了花盆里的土，然后"吧嗒吧嗒"地顺着花盆流了下来，有一滴还滴在肖天龙的左腿上。肖天龙显然吃了一惊，连忙用裤腿擦拭了一下，他心里不由有些发虚，这可是十个少女的冤魂所流的血泪啊!

不过,肖天龙马上就恢复了常态,他将花盆扔在一边,挥掌试了一下掌力,只听"轰隆"一声,山洞厚厚的洞壁竟被他打穿了!

肖天龙哈哈大笑:"以往我的天龙掌练到第八层就再也上不去了,现在好了,一下子突破了!放眼江湖,谁与争锋?"原来肖天龙从一开始就知道儿子没有吞下"处子丹"!

当年肖飞第一次服药后,肖天龙有些不放心,就悄悄地躲起来观察儿子的变化。

当肖天龙看到八岁的儿子把他辛苦炼制的药丸埋进一个花盆时,正要大发雷霆,可他身边的丹药师却制止了他,说万物都有一定的道理,叫肖天龙静心等待。

果然,不久那个花盆里原来的花枯死后,又长出了一棵奇怪的植物,更奇的是肖飞因为怕父亲知道他没吃药,为了掩饰病情,他每次吐血都会吐到花盆里,也就是说,这花是用鲜血浇灌的。不久,丹药师就向肖天龙道喜了,说这将会是一棵奇药!虽然知道是奇药,但却不知道奇在哪儿,这也是十年来肖天龙他们坚持炼丹的动力。

直到今天肖天龙才知道这玉女花是可以内服的,他看到肖飞和李无双服下玉女花所产生的奇效,就再也忍不住了,这才一下子冲了出来。现在他服下了余下的八朵花,自感内力大增,不由得意非凡。

肖天龙眼光一扫,看了看一旁的李无双,他不由一怔:"哟!好一个美人!怎么有些面熟?倒正好可以做我的药引!"说罢就上来擒她。

肖飞的脸色一变,这个结果是他万万没有想到的,他忙上前护住了李无双:"不是说今年是最后一次,以后不用再炼了吗?况且我病已经好了,不用再服药了。"

肖天龙略一沉吟："从明天开始,我就改炼长生药了,这丫头本来就是我抢来做药引的,现在她正好恢复了容貌,可见是天助我也!"

此时李无双再也按捺不住内心的怒火,新仇旧恨一齐涌上心头,冲上前就要跟肖天龙拼命,刚好试试新练成的云雾掌。

肖天龙哪里把李无双放在眼里?他闪也不闪,一伸手就接住了李无双的第一招,只听"砰"的一声,两人骤然分离,肖天龙的身体晃了晃,而李无双则退了十几步才站稳了,并生生地咽下了一口血,她受伤了。

本来李无双在招式上胜过肖天龙,现在的她如果跟昨天的肖天龙过招,也许还有几分胜算,但刚才肖天龙吃下了八朵玉女花,功力大增。

肖天龙刚要上前抓住李无双,却被肖飞拦住了,肖飞质问他:"你又要炼制什么长生药?你不是活得好好的吗?现在功力又大增,一般人根本不是你的对手!"

肖天龙说:"如果那么容易满足,我就不是肖天龙了!再说我有了长生药可以跟你分享,到时候我们父子一起长生不老岂不是更好?"肖天龙说话间就要点李无双的穴。

肖飞一急,脱口说道:"爹!她已经是我的人了,不能做药引。"

肖天龙愣了一下,但很快就释然了:"哈哈,我差点忘了,我儿已成人了,需要一个女人做伴!如果她已不是处子之身,那为父就下山另寻药引。"

这时,肖天龙忽然感到自己的左腿有些不听使唤,便撕破裤管往里一看,他发现自己腿上的肉竟然溃烂了一大片——正是之前玉女花的汁液滴上去的地方。肖天龙一下子慌了神,他盘膝坐下,自己运功抵御起来。

真不愧是肖天龙,很快,他的头上冒出丝丝蒸气,腿上的溃烂处开始缩小。

这可是个千载难逢的好机会!一旁的李无双趁人不备,悄悄地捡起了地上的剑，奋力往肖天龙刺去！习武的人都知道，在运气的时候，是不能受外界打扰的，也不能分心，这一剑下去肖天龙不死也要脱一层皮。

眼看着这一切，一旁的肖飞痛苦地闭上了眼睛，虽然只有一瞬的时间，但他脑海里的念头已经转了千百回。他一直夹在痛苦的矛盾中，一边想着这人是对他有着十八年养育之恩的父亲；一边想着杀母之恨，不共戴天……

这边，李无双是第一次杀人，她不由紧张地闭上了眼睛，听着剑"扑"的一声刺进了仇人的胸膛，这才敢睁开了眼睛。

爱和恨的抉择

李无双看到自己手里的剑竟插在了肖飞的身体里！她不由一惊，赶紧扔掉剑，上前扶住了摇摇欲坠的肖飞："这是怎么回事？你不是一直想杀死他为你母亲报仇吗？为什么要替他挡这一剑？"

肖飞捂住受伤的左胸，微笑着说："爱比恨好。"一句话听得李无双泪如雨下，再也说不出话来，她只有拼命地摁着肖飞正不断往外冒着鲜血的伤口，焦急地看看那个空花盆，这时候要是再有一朵玉女花该有多好啊！

那边正在调息的肖天龙看到了这一切，再也无法静下心来，他愤怒地看着李无双："我要杀了你为飞儿报仇！"他这一开口，整个内息顿时就乱了，腿上的溃烂之处迅速增长，刹那间体内血液狂奔，冲断了筋脉。肖天龙知道自己时间不多了，他强撑着身子在地上爬着，想要过来看看受伤的肖飞。

就在这时，阿里赶来了，他一进门看见了受伤的肖飞，忙扑上前喊道：

"少爷！你这是怎么了？"

阿里的声音拖着哭腔，显然他对这小主子很有感情。肖天龙看到阿里，眼睛顿时一亮："阿里，快把那臭丫头杀了给少爷报仇！"

阿里捡起了剑，当他看清恢复容貌的李无双时，不由吃了一惊，阿里把剑指向肖天龙，大叫道："肖天龙，我要杀了你！我要让你知道：随你怎么羞辱我都没关系！可你不应该伤害我儿子！"

阿里一句话出口，惊得大家都看着他，最吃惊的人莫过于肖天龙："你说什么？"

阿里再次喊道："他是我的儿子！"尖利的嗓音像破瓷的撞击声，他向大家透露了一个埋藏了十多年的秘密……

当年肖天龙有事丢下身怀六甲的肖夫人出了远门，不久，肖夫人生下了一个可爱的小女孩，但小孩生下来不久竟被人偷走了。肖夫人和阿里很害怕肖天龙回来会杀了他们，只好合计着用阿里家里早产的病歪歪的儿子顶替了，刚好阿里的妻子难产死了，孩子又没有人照料，这也是这么多年来，阿里忍辱偷生活下来的原因。

阿里的话无异于晴空霹雳，让肖天龙彻底崩溃，他怎么也想不到十八年来自己一直在替别人养育孩子："我不信！我不信！"

阿里冷笑一声："管你信不信，他确实是我的儿子！而你的女儿很好认，她的眉心有一颗朱砂痣，长得很像她娘。"

肖天龙看着李无双，她长得真的很像自己的妻子！

肖天龙忽然间明白了一切，他想起李正临死前那诡异的眼神了：是李正多次报仇不成，趁肖天龙出远门便偷走了他的孩子，并且对无双从小就开始灌输对肖天龙的仇恨，目的是想让他们亲生父女自相残杀。怪不得李正他拼死毁了无双的容貌，那是怕肖天龙认出来。这下，李正的目的达到了,肖天龙的亲生女儿果真向他举起了复仇的剑,而替他挡剑的肖飞却不是他的亲骨肉。

想到这,肖天龙凄惨地一笑,这时,阿里突然举起剑,刺进了肖天龙的胸腔!

肖天龙死了,阿里从他的腹中找出一些没消化的玉女花用水清洗干净,把它喂给了自己的儿子肖飞,有了玉女花,肖飞很快就脱离了危险,而李无双却心乱如麻。

埋葬了肖天龙之后,肖飞和李无双决定将这个罪恶的山洞毁了,然后离开这里。听了他们的话,阿里长长地叹了口气,趁他们不备,阿里一头撞死在洞壁上,是啊,阿里已经习惯了这里,他终于死在了这个带给他一生屈辱的地方……

(童存云)
(题图:魏忠善)

噩梦·异事

emeng yishi

在梦里，你将会释放出灵魂最深处的秘密。

弹 弓

那年夏天，咸丰皇帝正睡午觉，四个小宫女在一旁侍寝。宫女们这个年龄正是好玩好动的时候，一看皇帝睡得熟，便忍不住在一旁追逐嬉戏起来。尽管她们轻了再轻，可还是有个宫女不小心"扑通"一声绊倒在地，把咸丰给吵醒了。

咸丰眯着眼睛冷不防跳下睡榻，走出殿外，下了台阶，命这四个宫女排成一行，然后不动声色地吩咐拿来弹弓，安上弹丸，瞄准她们的头就要射。四个小宫女吓得浑身直哆嗦。

这时，有个年纪略长的宫女壮着胆子向咸丰跪地求情道："万岁爷不就是想找个乐子吗？让奴婢给万岁爷试试。"咸丰瞥了她一眼，鼻子里哼了一声："好吧，朕就让你一试。不过你若不能让朕乐，朕连你一起拿了。"

咸丰把手里的弹弓给了那宫女,那宫女对咸丰说:"万岁爷,恕奴婢大胆,奴婢有弹丸,请万岁爷稍等片刻,容奴婢去取了来。"说罢,当即匆匆出了院门。只片刻工夫,那宫女就回来了,对准四个小宫女举起弹弓就射。

四个小宫女吓得魂飞魄散,却谁知那宫女一拉弓弦,"叭叭叭"一连串的弹丸飞出,飘如红雨,四个小宫女一头一脸一肩一片红色。原来,那宫女用的弹丸是她刚才在外院树上采摘的含苞欲放的花蕾。咸丰看得傻了眼,一时兴起,饶了四个小宫女不算,还给那年长的宫女封了个"散花妃子"的雅号。

第二天,咸丰兴致未尽,非要散花妃子荡秋千给四个小宫女看。四个小宫女不知深浅,以为昨天逃过一劫,从此天下太平,个个喜形于色。散花妃子嘴上自然没说,但看脸色却是异样凝重,她上了秋千架,越荡越高,越荡越高,来来回回地闪展腾挪,花样迭出,把四个小宫女看得头都晕了起来。

眼看着散花妃子荡到最高处要悠下来的时候,突然,咸丰一声断喝:"听旨!"四个小宫女正高兴着哩,立马惊出一身冷汗:此时此刻,如何听旨?就见半空中的散花妃子如一粒弹丸从晃动的秋千架上射了出去,弹在几米开外的宫墙上,血溅如飞。

四个小宫女"啊"一声同时惊呼起来,又不约而同地用手蒙住了口。只听咸丰哈哈一笑:"看朕这弓弹得如何?"

(王洪震)

(题图:黄全昌)

山村奇遇

去年初冬的一个傍晚,省科技报记者白肖来到湘西一个名叫耿家村的地方进行采访。这耿家村是个山高林密非常偏僻的地方,这次白肖是来了解他们靠山吃山的致富经验的。

接待他的是村党支部副书记耿大伯,可是耿大伯听了白肖的来意后,却露出了一脸愁容。原来,耿家村最近出了件怪事。

大约在一个月前,村里的青壮年们全上山打猎去了,村里留下的尽是些老、弱、病、残的人。前几天,正当村民们盼亲人心切的时候,村里却闹起鬼来。

第一个见到鬼的人,竟是村里穿林过海几十年的"夜猫"大叔。谁不知道,在他枪口下丧生的豺狼虎豹不下几十!

那晚,夜猫大叔趁着明亮如昼的月光独自上山打猎,兜了一圈,果然收获不少,正当他高高兴兴挑着一只狐狸和一只豺狗往家走的时候,忽然刮起了西北风，风从茂密的树林间穿过，发出凄厉的"呼呼"声，叫人不寒而栗。夜猫大叔紧了紧棉袄，急步往家赶去。他走着走着，猛一抬头，见路边不远处有一团东西在月光下泛着白光。他过去一看，吓了一跳，原来竟是一个披麻戴孝的人在祭坟。夜猫大叔想：深更半夜的，这人来祭哪家的坟？他想离开，但转而觉得：这人准是伤心至极才半夜来祭坟的，自己应上前劝慰几句才是！于是他壮了壮胆，干咳了两声，可那人却毫无反应，仍勾着个脑袋一动也不动。夜猫大叔伸手推了他一下，谁知那人竟像根木头似的栽倒了。他摸了摸那人的手，僵硬如冰，呀！是死人！

这可把夜猫大叔吓傻了，他赶紧转过身，想尽快离开这个是非之地。谁知他刚转身，就发觉背后有动静，回头一看，却见那具死尸竟又站了起来，高大的躯体，身上的白褂随风飘舞，仿佛立即要伸出魔爪来抓他。他再也顾不得细看，拔腿便跑。谁知还没跑上三步，就觉得迎面吹来一阵阴风，飞来一阵灰沙，迷住了他的眼睛。他只觉得眼前一黑，小腿一软，就人事不省了……

第二天村民发现了他，费了好大周折才将他救醒。当大家听了夜猫大叔的叙述，都惊呆了。有人清点了夜猫大叔的"战利品"，发现猎枪和其他猎狗都在，唯独不见了那只狐狸，再一看，只见地面上有一行血迹从夜猫大叔身边一直延续到森林里。于是人们认为是夜猫大叔误伤了狐狸精，因而遭到了它的报复。可是也有人对那座新近出现的奇怪的新坟迷惑不解，认为是新坟作怪，便特意请了个巫婆，准备了猪血，于次夜专程去驱鬼。结果，鬼未捉到，巫婆自己却逃得无影无踪。

白肖听了这神奇的鬼故事，晚上睡在床上，辗转反侧，不能入睡，脑子里便展开了推理分析：首先他否定了关于狐狸精作怪的说法，他认为说不定是夜猫大叔一枪并未把狐狸打死,因而它负伤逃脱了。但是深夜祭坟人的出现,该作何解释呢?如果这也是幻觉,那么那座新坟呢,那该不再是幻觉了吧?!

白肖觉得如果真有人深夜祭坟,而夜猫大叔则误认为是鬼,那么此人无论怎样悲伤,也不会当他将别人吓得半死时仍会无动于衷的;难道真的有人趁村里青壮年外出之机出来兴风作浪,借以吓人?他觉得不能把这事看成是一般迷信问题,于是便决定亲自去查看查看。

等到半夜时分,白肖悄悄起了床,蹑手蹑脚地打开门,往后山走去。

初冬的夜,已经是寒气袭人了。那晚的月光不明,把一切都照得模模糊糊的,山身树影,仿佛都给罩上了一层阴影,白肖这位自信胆大的人也不禁有点不寒而栗。

白肖沿着小路走了约二十分钟,眼前出现了一座新坟,孤零零地立在那儿,显得格外凄凉。他选了个隐蔽处埋伏下来,全神贯注地注视着周围的动静。

大约等了两个多小时,他的手脚都麻木了,却不见鬼影出现。

白肖不由暗暗一笑:老头开啥玩笑,哪来鬼影?这一来,他人虽伏在那儿没动,精神立刻松弛下来,两天来长途驱车的疲劳一下袭上心头,眼皮也像铅块似的沉重起来,不一会儿竟迷迷糊糊地睡着了。

不知过了多久,他微微睁开眼,这一睁差点骇得他叫出声来,夜猫大叔说的鬼影就直挺挺地站在离他不到两米远的地方。他紧张得心怦怦直跳,后悔自己没有带上几名助手!眼下万一被鬼影发现了,该怎么办?他不由双手都捏出了冷汗。

然而那个鬼影似乎并不理会他,只是一动不动地站着。过了一会儿,又下跪了,头低垂着,双手紧紧地抱住头,像是哀悼,又像是忏悔。

看着看着，白肖不禁疑窦丛生：要说世上有鬼，鬼总该和人有所区别吧，可眼前这个鬼怎么和人一模一样，甚至举手投足的姿势也与人相同？说不定是有人故意捣乱呢！他这么想着，便顺手捡了块大石头，朝鬼影身后的一棵树杈掷了过去。只听"哗啦——"一声巨响，把森林的巢鸟都惊飞了，可这鬼却毫无反应。

白肖更觉奇怪了：看来不像是趁机捣乱的。可是，他究竟是什么怪物呢？

白肖正惊疑时，突然只见那个鬼"刷"地站了起来，吓得白肖赶紧将头一低，过了好一会儿，不见动静，他才慢慢抬起头来，呀，鬼影已经无影无踪了。

白肖环顾四周，见无动静，便立刻来到鬼影刚刚站立过的地方，打开手电，只见新土铺过的地面上留有两行清晰的脚印。一看这脚印，白肖断定刚才来过的绝不是鬼，而是一个地地道道的人。他疑惧顿消，迅速地赶回了耿家村。

第二天早饭过后，白肖向许多人问起新坟内死者的姓名，可是人们都说不知道。他又打听附近是否有什么疯子或死过什么人，回答也是"没有"。直到最后，才从一个人嘴里知道，离这里五六里的一个邻村，十天前死过一位姑娘，名叫张翠林，据说是因被逼婚才走上绝路的，而且至今尸骨仍未找到。白肖想：即使那姑娘尸体找到了，也不会葬到这儿来的呀！

吃晚饭时，白肖跟耿大伯讲起昨夜独闯坟地的经过。耿大伯听了大吃一惊，但是，当他听了白肖肯定那鬼影是人不是什么鬼怪时，耿大伯将信将疑地说："如果是人的话，夜猫大叔是绝不会被吓成那样的。"白肖想了一下，要求耿大伯派个得力助手给他，决定再上新坟，将那人捉拿归案。耿大伯想了半天，一拍大腿说："有了，几天前，村民兵营长耿小山送山货回来，一直卧病不起，现在想必该好转了。走，去他家看看，如果行的话，把他派给你当助手。"

耿小山的家就是靠后山边的一栋新砌瓦房。两人来到他家，小山母亲耿大妈忙招呼客人进屋，然后将小山从内屋叫了出来。

白肖一看这耿小山，真不愧是座小山，长得五大三粗，一头长发零乱地散在头上，眼神中似乎带有一丝伤感。耿大伯一见小山就说明来意，耿小山二话没说，便同意了。

凌晨一点，白肖和小山出发了。他们一路上都未讲话，来到了那座坟边，白肖让耿小山守住路口，他埋伏在靠里边，只等鬼影一出现，他就起身把鬼逼向耿小山那边，然后两人合力将鬼生擒。

等了约半个小时，还不见鬼影前来，白肖正纳闷时，忽然从耿小山那边传来一阵喊声和扑打声。他不知发生了什么事，赶紧一个鱼跃跳了过去，一看耿小山，不由大吃一惊，只见他双手抓着自己的胸口，嘴里胡言乱语，在地上一个劲地来回翻滚。白肖慌了手脚，一把抱住他大喊起来，喊了两声，他似乎平静了一些，再喊了几声，他忽地翻身坐起，惊问道："有情况？"白肖摇了摇头，反问他刚才是怎么了，小山说他睡着了，正在做梦。白肖告诉小山，鬼影就快来了，切不可再大意。

又等了一个多小时，还不见鬼影出现，白肖心里暗暗埋怨起耿小山来。正在这时，忽听耿小山那边又传来了喊叫声。

白肖赶过去，见他仍像刚才一样在地上翻滚，边滚嘴里边喊着："翠林，你在哪里，你去哪儿了呀……"

叫声虽不大清晰，却满含悲切。白肖猛然想起，邻村失踪的姑娘不是叫张翠林吗？难道耿小山和那个死后尸骨失踪的张翠林有什么关系？

白肖这么一想，便决定等天亮之后去邻村了解。

这一夜算白等了。次日，吃过早饭，白肖便按计划去邻村，直接找村里的负责人。经过这位负责人的介绍，又找到了张翠林生前最要好的几位姑娘，终于了解了张翠林失踪一事的来龙去脉。

张翠林的父亲是个见钱眼开的生意人，他为了巴结县工商局的一位副股长，竟将自己年仅二十一岁的女儿许给这位副股长做填房。张翠林自然不愿意，可她那贪财的父亲不顾女儿的反对，硬定下这门亲事。翠林赶紧将这事告诉了心上人耿小山，耿小山和翠林上告到有关部门，谁知那里负责人当面答应得很好，过后却不闻不问。过了几天，耿小山要随大队人马上山打猎了，谁知就在此时，对方突然说要来接亲，于是张翠林便被他父亲锁在房内，等到接亲的来开门一看，除了找到一张遗书外，张翠林已逃得没有踪影，至今杳无音讯。

白肖了解到这些情况，作为记者，他立即敏感得觉察到张翠林失踪和耿家村闹鬼的事似乎有些联系。他猜测是不是耿小山找到了张翠林的尸首，将她悄悄安葬在耿家村的后山坡上，然后在夜深人静的时候去祭坟呢？

回到耿家村，他向村民们问起耿小山和张翠林之间的事，谁知人们都大感惊讶，于是白肖便推断：耿小山和张翠林之间的关系，除了几位要好的朋友稍知一二外，他俩恋爱一事并未公开，在这种情况下，耿小山是不敢大张旗鼓地安葬张翠林的，当然也不好明着去祭坟了，这样似乎也就出现了深夜祭坟的怪事。

想到这里，他如释重负地决定跟耿小山正面谈谈。

白肖来到耿小山家，耿小山正在床上睡觉。白肖没马上叫醒他，自顾自搬了张凳子坐在床边，打量起他的房间来。卧室较简单，只有书桌上的收录机最为显眼。当他的目光转至门后，突然落在了挂在门后的那件白大褂上：这不正是我夜间见到的那一件吗？他联想起耿小山高大的身材，觉得自己的判断已是确信无疑了，于是，便轻轻地推醒了耿小山。

白肖引经据典，谈了历史上的许多爱情悲剧故事，详尽地介绍了主人翁是如何从感情痛苦的深渊中振奋起来的。他还说到翠林是位好姑娘，她的不幸大家都是同情和愤慨的。可耿小山只是一个劲地低头呜咽。待他情绪稍稍好转了一些，白肖才慢慢问起他和张翠林相识的经过。

耿小山和张翠林是在县里举办的一次食用菌学习班上相识的，他们脾气相投，爱好一致，商量决定利用当地的自然林，在森林茂密处大面积地培植天麻、蘑菇等食用菌，想开辟一条山区商品生产的新途径。两个人在频繁往来中逐渐建立了感情，但双方都想让自己试验成功之后再谈这件事，所以关系并未公开。张翠林出走的当天晚上，还给耿小山家送来一盒磁带，磁带上录着的就是她给小山的诀别情话。

耿小山说到这儿，按下收录机的放音按钮，一个悲悲切切的少女的声音突然响起："小山哥，今生今世恐怕再也见不到你了，你若找到了我的尸骨，一定要把我埋在你家的后山坡上，让我看着你亲手将我们的设想变成现实，看着你家从此走上更富裕的道路……"

沉默了半晌，耿小山才哭着说："每晚临睡前，当我听着这段录音，我的心就要碎，我怎么也没想到，她会这样默默地离开人间。"

白肖问道："那后山坡上的新坟……"

耿小山望了望他，头低了下去，显然，他见白肖猜出了他的秘密而不好意思了，"那是我掩埋了她的几件遗物。"

"这么说那只是一座空坟了？"见耿小山点了点头，白肖又问他是否每晚去祭坟，可是耿小山却坚定地摇了摇头，说："我绝不会做出那种吓人的勾当，请你相信我。要不，昨夜我也绝不会和你一道去捉鬼了。"接着，耿小山承认在掩埋遗物的那天晚上，他确是披麻戴孝地在那儿度过了整整一个夜晚，但那是在村里闹鬼之前的事。

耿小山的话，似乎并不像撒谎或做作。那么，闹鬼的事又是何人所为呢？白肖不由又陷入了沉思。

深夜，白肖准备好闪光灯、照相机，将耿大伯轻轻唤醒，约他一起去捉鬼。

他们来到坟地，选了鬼影可能面对着的一个地方藏好。不到半小时，就见一个白影晃晃悠悠地来到坟边，待他立定后，白肖一跃而起，闪光灯照相机"咔嚓"一声，就留下了一张永恒的缩影。闪光灯下，他们看得真切，白影人不是别人，正是耿小山。只见他头扎白带，身披那件白色大褂，脚穿一双布袜，呆呆地站在坟前。闪光灯的刺激显然也使耿小山发现了他们，他直愣愣地望了他们片刻，突然喊了一声"翠林"，就往他们这边奔了过来。耿大伯迎上去给了他沉重的一记耳光："你这个畜生，想不到你会做出这等事情。"说着，又把耿小山摔出一丈多远，重重地跌翻在地上。耿小山愣了愣神，仿佛如梦初醒，他看了看白肖和耿大伯，又低头看看自己的装束，顿时像明白了什么似的，"啊呀"一声，口吐白沫，竟昏了过去。

此情此景，顿使白肖明白了什么，不由脱口说道："他是在梦游！"

"你说什么？梦游？"

"对，梦游，又叫夜游症，是因心理或生理上的刺激而表现出的一种异常反应。犯这类病的人，常常会毫无知觉地干出许多事情来。耿小山由于张翠林一事的刺激，精神上的创伤过大，加之他夜埋遗物，又常常在临睡前听张翠林留给他的磁带，使自己陷入痛苦的深渊而不能自拔，思念之情与日俱增,终于导致了他在睡梦中模仿了他掩埋遗物那天的举动,沿着他熟悉的这条小路来到了这儿。当然,他干这些事情,自己也是不清楚的,所以那晚他会毫不犹豫地同意和我来捉鬼。事实上,他也确实不知道这个鬼是何人所为。"

鬼的秘密终于真相大白了。白肖和耿大伯扶着耿小山,冒着昏暗的月光,朝着村里走了回去……

(谢卓荣)

(题图:杨天佑)

我心不软

一面坡村每年有两次庙会，一次在三月，一次在十月。在这次十月的庙会上，张武大的小卖部因为位置好，卖了很多东西，小卖部就他一个人，忙得团团转。白天劳累了一天，晚上又来了一帮喝小酒的，吵吵闹闹一直到深夜才散。张武大累得够呛，所以睡得很沉，就在这时候，有两个小偷进了屋，把刀架到了他的脖子上……

张武大是他的外号，因为他小时候得了小儿麻痹症，身体发育不良，光长年龄不长个儿，成了矬子，跟《水浒传》里卖烧饼的武大相比，有过之而无不及，于是人们就送给他这么个绰号。

别看张武大人长得矮，却是个精明的主，年轻时在邻县一家印刷厂跑外勤，挣了一些钱，后来年纪大了，跑不动了，回到村里，买了辆摩托驮货，开了这么个小卖部。小卖部也没有多大收入，平时一天也就进十块八块的，勉强可以维持生活。

张武大被小偷推醒，他迷迷糊糊地感到脖子上一片冰凉，睁开眼好长一会儿才弄明白小店进了贼，一个小偷声色俱厉地警告他："想活命就别动！"另一个小偷则拿着手电在所有抽屉里搜钱。张武大显得很平静，躺在床上对小偷说："不用防我，我这身子骨儿，哪是你们的对手，你们一只胳臂也能把我打得趴下喽。"一个小偷翻箱倒柜只找到一百多块钱，气急败坏地走到他面前，把刀子横在他的脸前，问他钱放哪儿了，不说就放血。

张武大说："朋友，用不着这样吧，我也是在外面混过的人，道上的规矩我懂，我绝对是讲义气的。喏，钱放在货架第三层那个'康师傅'空袋里，你只管开电灯去拿，我如果喊人，我就是你三孙子。"

小偷开了灯，按张武大说的果然找到了钱，有五百多块。小偷说："算你仗义。"小偷刚拿到钱，张武大嗓门很大地咳嗽了一声，就在这时，屋里的电灯突然熄了。

张武大在黑暗里叫苦不迭："咋在这会儿停电呀，这不是要我的命吗？八成是保险丝给烧了。"

小偷觉得他的话在理，也没有往深处想，只是一时忘记手电放哪儿了，张武大说："没事，货架上有打火机，你们就用它凑合照明吧。"

小偷顺手从货架上抓了一个气体打火机放进衣袋里，然后摸黑踉踉跄跄地往外逃。

"朋友慢走！"张武大对走到门口的小偷说，"门后还有一桶香油，三十多斤，也值一二百块钱，一块儿拿走吧，希望以后不要再找我的麻烦了。"

小偷有些感动了,连声说:"好好,你仁我们也义,放心,以后再不会来了。"

小偷摸到门后边的一只塑料桶,提起来就走,走到门外,张武大又把他们叫住了,说:"朋友,门后边有两只桶,一桶是酱油,一桶是香油,别拿错了,打着火机看看,拧开盖子闻闻。"

一个小偷提着桶,另一个打着火机看。外面有风,恍恍惚惚地看不清。一个家伙拧开盖子,马上有一股汽油味扑鼻而来,没等他们弄清怎么回事,汽油见了火,"嘭"的一声爆炸了,汽油溅了两人一身,迅速燃烧起来……

张武大不慌不忙地穿好衣服,用土帮两个小偷把身上的火熄灭了,这时,两个贼已经趴在地上不能动了,其中一个哭丧着脸对张武大说:"你的心好狠呀!"

"别怪我心狠,"张武大把他们绑好,点上一支烟说,"我是个残疾人,遇上你们这样的坏人,没一点狠心是过不下去的。"

外面灯火闪闪,并没停电,其实呀,是张武大趁两个小偷不备,把开关关了,他怕弄出声音惊动了小偷,还故意大着嗓门咳嗽了一声呢!

(郎　游)
(题图:杨宏富)

被劫持的女司机

女司机邵丽已经围着市区转了两大圈了,还没有拉到一个客人,她想停下车来歇一歇,就在她刚将车停在路边的时候,从街对面一幢大楼里走出三个高大的男人,他们下了台阶,径直向邵丽走了过来。

"去不去德州?"走在前面的一个面貌挺和善的胖子问。

德州离此地大约有三四个小时的路程,邵丽本想拒绝,但她转念一想:自己下岗已经半年多了,七拼八凑地好不容易借钱买了这么一辆"夏利",现在本钱还未挣回一半,很多债主已经来催讨了,还是能多挣点就多挣点吧。于是,她就拉开后面的车门,让三个男人上了车。

一路上,三个男人在后面一直没说话,邵丽感到有一种说不出的压抑和恐慌,女性的敏感使她意识到情况有些不妙,但她没有办法,只能将车尽量开快一些,争取天黑以前赶到德州。太阳快落山时,德州到了,这时,背后有一个男人喊"停车",邵丽机智地将车停在路边一个商店的门口。后座右边下来一个黑脸男人,他拉开前车门,坐在了副驾驶座上,邵丽一惊,刚要说什么,黑脸男人已经解释道:"我给你带路。"

在黑脸男人的指引下,车子穿过德州市区,到了城区的北边,邵丽见黑脸男人不说话,就问:"快出德州了,你们还到哪里?"

黑脸男人仍然不动声色地说:"去石家庄。"

邵丽一听,惊得差点跳起来:"什么?你们不是说到德州吗?"

后座上那个胖男人不紧不慢地说:"我们可以多给你钱。"

邵丽猛地一踩刹车,将车子停在路边说:"给多少钱我也不去!家里人还等我吃晚饭呢。"

突然,副驾驶座上的黑脸男人从怀里掏出一把锋利的匕首,顶在邵丽的腰上,说:"你要不听话,今天的晚饭恐怕是吃不上了,快开车!"

刀尖的寒气透过薄薄的衣服,直渗到邵丽的心里,她心说:完了,碰上劫匪了。就她一愣神的工夫,那个黑脸男人手上一使劲,刀子穿过衣服,扎进了她的皮肤,邵丽疼得"呀"地叫出声来。

那男人低声喝道:"快开车!"

邵丽只好将车重新发动起来。她一边开车,一边急切地想着脱身的办法,此刻,车快出城市了,路上行人稀少,看来要想保住性命,只能放弃车子了。于是,邵丽试探着问坐在旁边的黑脸男人:"我把车给你们,你们放我走行不行?"

黑脸男人冷笑一声说:"你也不看看大爷是干什么的吗?"

邵丽的心一下凉到了底,更让她心惊肉跳的是后座传来轻轻的嘀咕声,那个胖男人在问瘦高个:"车好办,这个小娘们怎么办?"瘦高个没有说话,但邵丽从后视镜中却真切地看到他用一只手掌做了个杀头的动作,她惊惧地想:看来自己是死定了,硬拼又拼不过他们,该怎么办呢?

车子出城时,邵丽透过车玻璃,突然发现前面的路边有一个公共厕所,心里顿时有了主意,她一踩刹车,将车停在了厕所的门口。

黑脸男人的刀一直顶在她的腰上,见她停车,手上又加了把劲说:"你想找死?"邵丽却用不容反驳的语气说:"我要解手!"

一言出口,三个男人全沉默了,大概他们从来没有想到怎样对付这个问题。过了片刻,那个黑脸男人恶狠狠地说:"就在车上解!"

邵丽倔犟地说:"你杀了我我也不会在车上解!"

这一下,黑脸男人也没了辙。不到万不得已,他们不想在市区内杀人,以免露了马脚。

僵持了一会儿,三个男人见周围行人稀少,就互相交流了一下眼神,点了点头。黑脸男人先下了车,转到邵丽这一边,将车门打开,然后压低声音,恶狠狠地说:"你放聪明点,不准耍花招,去吧!要快!"

邵丽心头一阵狂喜,她下了车,急不可耐地走进了厕所。她闪入厕所的一刹那间,瞥见车上又下来一个男人,和黑脸男人一左一右把住了厕所的出口。

厕所内空无一人,邵丽不由得一阵失望。她看了看一人多高的墙头,知道自己不可能爬上去,唯一的办法就是在里面等,一直等到有人进来,自己好求救。

大约过了五分钟,外面传来黑脸男人的声音:"快点!磨蹭什么!"

"快了快了。"邵丽一边答应着,一边飞快地转动着脑筋。

这时,厕所外面传来一个女人说话的声音:"你们两个大男人站在女厕所门口干什么?让开,我要上厕所。"

邵丽一听,激动得差点掉下泪来。

但黑脸男人恶狠狠地说:"里面在修理,厕所暂时不能用。"

那个女人的脚步声渐渐远去,邵丽几乎绝望了。她想:看来指望别人是不行了,怎么办呢……

重新上路后,邵丽的心再也不能平静。她一边不紧不慢地开着车,一边想着自己的心事。车子不久就出了山东,进入了河北境内。那三个男人好像并不着急,也不催她快开。

两个多小时后,天已经完全黑下来了。这时,前方忽然堵车了,大小车辆排了长长的两溜。邵丽将车停在一辆大货车的后面,后面的瘦高个男人下了车,上前面去问情况了。几分钟后,他回来了,对车上的人说:"前面公路局查车呢,要不要改道?"

黑脸男人问邵丽:"你的手续全不全?"

邵丽点了点头。

黑脸男人回头对胖男人说:"这儿只有一条道,改道只能走土路,我们地形不熟,还是闯过去吧。"说着话,他手上又加了把劲,对邵丽说:"到时候你老实点,否则,我一刀挑了你!"

瘦男人担心地说:"万一……"

"万一个屁!"黑脸男人打断他说,"是公路局,又不是公安局,你怕什么?"

十几分钟后邵丽的车就到了查车点上,黑脸男人的刀子更加用力地顶着她的腰,并用凶狠的眼神威胁着她,一阵钻心的疼痛令她不由自主地打了个哆嗦。一个穿公路局制服的年轻男人过来拉开邵丽的车门,面无表情地问:"你有这个季度的养路费手续吗?"

邵丽机械地说了声"有",拿出了缴纳养路费的收据,递给了那个年轻人。那个男人没有接她手里的收据,却一把抓住了她的手腕,然后闪电般将她拽下了车,并拽着她迅速地后退了几步!

几乎就在同时,旁边正检查其他车辆的几个人突然都扑到这辆车的周围,"别动!""不许动!"五六支手枪同时对准了车里的三个歹徒。

事情来得太突然,事先一点儿征兆也没有,三个歹徒一下子就懵了!面对黑洞洞的枪口,他们丧失了反抗的信心,乖乖地束手就擒了。

看着刚才还像恶狼一样的三个家伙被戴上了手铐,邵丽激动得泪流满面,她为自己的努力而感到自豪。

原来,天黑前在厕所里,邵丽在几近绝望的时候,猛然发现地上有一张脏乎乎的白纸,心里顿时有了一个主意。她弯腰将那张纸捡起来,从口袋里掏出一支圆珠笔,飞快地在上面写道:"我是一个遭人劫持的弱女子,开一辆红色'夏利'向石家庄方向行进。好心人如看到这个条子,请速打110或传呼告知我的丈夫,日后必有重谢。"她又在后面写下了自己的车号和丈夫的传呼号码。为了能引起注意,她从怀里掏出仅有的五十元钱,将纸条包在钱里面,放在地上一个显眼的位置。

仅过了几分钟,邵丽留下的条子就被一个来上厕所的女教师看到了,她当即向"110"报了案。"110"立即和石家庄警方取得了联系,石家庄警方以最快的速度在方圆百里的各个路口布下了天罗地网……

事后,有记者采访邵丽,问她怎么会想出这么个方法,她不好意思地说:"现在回想起来,当时幸亏没有吓傻,也没有放弃求生的希望,才逼出了这么个法子。"

(邢庆杰)
(题图:刘斌昆)

夜半惊魂

姜大明是工学院大二的学生,他别的都好,就是胆子有点小。同宿舍几个同学晚上总是打牌影响到他的休息,他打算搬到校外去住。

这天他在学校的布告栏上看到一张纸条,是水利系一个叫王小梅的女研究生写的,说她为了安静写论文,在郊区租了一套两居室的住房,想找一个本校的男生与她合租,条件是男的要遵章守纪,身强力壮。

姜大明一见正中下怀,忙给那个王小梅打电话,两人在约定的地点见了面,姜大明的身高、体重、相貌、气质,都附合王小梅的标准。再看王小梅,除了眼睛看人有点直勾勾外,和别的女生也没什么区别,大概是她写论文用眼过度吧。两个人约定姜大明今天晚上就搬过去住。

晚上,姜大明夹着自己的行李卷来到了王小梅的住地。这是一座旧式的二层小楼,被一大片水塘围着。

王小梅给姜大明交代了大致情况后,就进里屋把门插上,继续写论文去了。姜大明在外屋点一盏昏暗的台灯看书,四周静悄悄的,只有窗外的树叶"沙沙"地响,让姜大明身上起了一层鸡皮疙瘩。

过了一会儿,他去上厕所。这厕所在公用过道里,只有一个蹲位,男女通用的。厕所里外黑得伸手不见五指,姜大明找了半天也没发现电灯开关,他只好摸索着进去。外面的秋风吹得厕所窗户上的几块碎纸头"哗哗"直响,顿时让他想起小时候听过的鬼故事,不由毛骨悚然。

上完厕所,姜大明回到房间又看了会儿书,正准备睡觉,突然,"吱呀"一声,里屋的门开了,王小梅出来了,她悄无声息地穿过姜大明的屋子,出去了。她的脸上没什么表情,好像姜大明根本不存在。她出门的时候,带进一股寒风,姜大明不禁打了一个寒战。就在这时,厕所里的王小梅发出"啊——"的一声尖叫,这声音在深夜里听来格外恐怖,吓得姜大明一屁股坐在了地上。怎么,第一个晚上就遇上鬼?姜大明赶紧把皮带抽下来,握在手里当武器。正在他不知所措时,王小梅进来了,没事人一样揉着眼睛对姜大明说:"不早了,该睡了!"就又进里屋"砰"的一下把门插上了。

就这样,一连好几天,天天如此。屋外是秋风瑟瑟,厕所里是王小梅的尖叫声,那声音在夜里听来,要多揪心有多揪心,令姜大明彻夜难眠。姜大明想问个究竟,可王小梅忙着写论文,根本不和他多说话。姜大明去校医院找了个心理医生,问:"大夫,如果一个人一切都很正常,可就是晚上总是毫无原因地发出一声尖叫,这是什么毛病?"

大夫说:"你能确定没有任何原因吗?"

姜大明说:"是的。"

大夫说:"这还用问?精神病一个!"

啊！姜大明只觉得后脊梁骨一阵冰凉。他回去后想试试王小梅的智力，就敲她的门，王小梅开门问："怎么了？"

姜大明支支吾吾地说："树上一共有九只鸟，一个猎人开枪打下来一只，问树上还有几只？"

王小梅的眼睛直勾勾地看了他半天，说了声："精神病！"就又"砰"地把门关上了。

天哪，这个王小梅一定有问题，她要是哪天发作了那可怎么办？姜大明决定尽快从这里搬出去。

这是姜大明在这楼里住的最后一个晚上了，他把东西收拾好，准备第二天一大早就和王小梅摊牌，无论如何，自己是走定了！午夜时分，姜大明感到肚子一阵不舒服，要上厕所！他穿衣起来，轻手轻脚地进了厕所。此时的厕所里静得怕人，不多时，一种怪声在他的耳朵边响起，而且越来越近，姜大明的头发都直了起来，两腿软得几乎要倒下。突然声音停在了他的脸上，吓得他半天才稳住神儿，觉得好像是个大蚊子。秋天了还有蚊子？他抡圆了巴掌照着自己的脸上"啪"地打下去！

咦？奇迹出现了！

厕所的屋顶上突然亮起了一盏明晃晃的电灯，哈！好亮呀，姜大明的眼睛都有些睁不开了，他眯缝着眼睛看到面前的小木门上贴着一张纸，上面工工整整地写着几个字："不用别喊，节约用电，谢谢合作！"

原来厕所里安了一盏声控灯呀！

(徐　洋)

(题图：李　加)

终极标本

老布克是远近闻名的动物标本制作艺人，他制作的飞禽走兽标本活灵活现，既有观赏价值又有研究价值，凭着这个手艺，他每年都能给自己挣回许多钱。可是不久以前，政府颁布了不许滥杀野生动物的法令，老布克尝足了标本制作的甜头，怎肯就此罢手？于是就扛着捕具猎枪，带上自己的独生儿子小布克，悄悄潜入了深山老林。他发誓要把自己的手艺传给小布克，这是布克家族的荣耀，一定要让儿子"子承父业"。

一天，小布克跟着父亲潜藏在一处清水河边，不一会儿捕到一只孔雀。那孔雀见了人就拼命挣扎，嘴里发出的哀鸣声像一把刀片，在小布克的心头划过，小布克一下怔在那里。这时候，老布克一把上去擒住孔雀，紧紧捂住它的嘴巴和鼻子，不一会儿就把它憋死了。老布克对小布克说："知道我为什么这样做吗？把孔雀临死前的那口恐惧之气憋回到它的羽毛里去，这样它的羽毛就会直挺起来，并且保持它原有的鲜亮和美丽，这种标本才能卖好价钱哪！"

小布克还是头一次跟着父亲进山，头一次亲眼看着父亲猎杀动物，头一次听父亲这么解说，不知怎的，他感到浑身的汗毛都竖起来了。

回到居住的木屋，老布克将孔雀开膛，做防腐处理，制成标本，然后把它放在标本架上。他每做一步，都仔细地给小布克示范和讲解，小布克觉得经过处理后的孔雀标本，简直比真的还要美丽，只是他发现，孔雀标本的两只眼睛怎么湿润润的？再注意看，它的嘴巴居然动了起来，仿佛要开口说话。已经制成标本的东西，怎么动呢？而且它尖尖的嘴巴就像猎枪口一样对准自己，"啊——"他吓得尖叫起来……

老布克瞥了他一眼："你这个没用的小子，真不该迟至今日才把你带上山来，唉——"他一面嘀咕着，一面又拿起了猎枪，对小布克说，"走，有家伙入网了，咱们快去。"

两个人走了没多远，果然看见一只红狐被困在他们布下的铁丝网里，正在狠命挣扎。小布克举起猎枪，正要扣动扳机，老布克一把把他按住了："不能伤了它的毛皮，这种红狐很难遇到的，不能开枪。来，用这个。"他边说边拿过一根铁棍，递给小布克。

小布克接过铁棍，再看铁丝网里的红狐，正卧着身子抬着头，用一双迷茫的眼睛看着小布克，并且向他微笑。怎么红狐会朝自己微笑呢？小布克心里发毛，吓得手里的铁棍"当啷'一声掉落在地上。"唉，你这个不中用的小子！"老布克狠狠瞪了小布克一眼，从地上拿起棍子就朝红狐头上打去。手起棍落，红狐闷哼一声就伸腿死了。

"要挣钱就不能手软！"在把红狐背回木棚屋的时候，老布克一边动手制作标本，一边训导儿子，"红狐是狐科中最坚毅的一种，知道自己逃不了，就会下必死的决心，它知道人们捕它是为了它的狐皮，就宁死也不愿让人的目的得逞。你不知道，它微笑的瞬间，就会将自己的毛皮撕碎，幸亏我下手及时，不然这只红狐今后再卖出去，价钱就要大打折扣了。来，给我解剖刀。"小布克将刀子递给老布克，老布克于是就一面给红狐解剖处理，一面继续给小布克示范讲解。

半年过去了，木棚屋里摆满了动物标本，天上飞的、地上走的，琳琅满目。老布克抽空下了趟山，很快带来三个人，其中还有一个漂亮的外国女人。他们对这些标本赞口不绝，最后都看上了那个红狐标本，争得面红耳赤，几乎要打起来。老布克忙上前劝解道："这个红狐标本虽然珍贵，但还不算极品，只要有我和我儿子在，我保证以后让你们每人都能得到一件最好的标本！"结果，红狐标本让那个外国女人出高价买走了。

晚上，老布克抓着大把大把的钱票子，对小布克说："看见了吧，这就是咱们布克家族的骄傲！你一定要把我的手艺学到手，总有一天，要做出你自己的标本来，赚大把大把的钱！"

这天晚上，他们又捕到一只狼，老布克让小布克动手。小布克深吸一口气，拿起解剖刀朝狼肚子一刀划下去，突然"啊"地叫出声来，手术刀滑落到地上。原来，他从狼肚子里流出的内脏中，看到有四个肉鼓鼓的狼崽子，这是一只怀了孕的母狼！"现在知道我为什么让你来做这个解剖了吧？"老布克眨眨眼睛，对小布克说，"就是因为这只狼已经不值钱了，我让你操练操练。做得好，做下去！"他鼓励儿子。

可是当小布克再次拿起解剖刀的时候，他的手却不住地颤抖起来，地上那四只似乎还冒着热气的狼崽，不时地在他眼前闪现，他实在觉得下不了手。这时外面突然下起雨来，一道刺目的闪电划过，响起一阵惊天霹雳，小布克吓得又惊叫一声，跌坐在地上。

"真是没用的东西！"老布克气坏了，"你这样软心肠，往后还怎么立足？你给我滚出去清醒清醒，滚！"老布克愤怒地吼着，索性自己拿起了解剖刀。

小布克跑出木棚屋，在漆黑的山林里疯跑起来，一边跑一边流泪。这时雨更大了，他被浇得浑身湿透，那四只狼崽子似乎还在他眼前晃动，他嘴里不住地喃喃道："我没用！我做不成标本！我给布克家族丢脸了！"

他跑着跑着，突然又一个震天霹雳在他的头顶炸响，整个电光罩下来，奔跑着的他"咯噔"一下站住了。咋回事？原来他被雷电击中了！可奇怪的是小布克并没有倒下，雷击在他身上发生了奇妙的变化，他只觉得浑身的血液突然沸腾起来：父亲能做到的，我为什么做不到？不就是制作标本吗？他感觉自己像换了个人似的，胆气壮得很。他决定今晚一定要亲手捕一头猎物，做成标本证明给父亲看，我不是布克家族的耻辱！

小布克跑回了木棚屋，屋里黑洞洞的，父亲可能已经在里屋睡着了。小布克好像还隐隐听到父亲轻微的呼噜声，他不由放轻了脚步，把通向里屋的门关上，取下父亲挂在墙上的酒壶，"咕嘟咕嘟"一口气喝干了剩下的半壶酒，好再给自己壮壮胆子，然后拿起猎枪和铁棍就走出屋子，一头扎进了密林深处。

这时雨已经停了，树林里传来一阵"啪嗒啪嗒"的脚步声，有个黑影踉踉跄跄地走了过来，小布克断定这是一只熊！要在平时，他遇见熊早就吓得尿了裤子，可此时他不但没有一丝惧怕，反而兴奋极了！他把猎枪举了起来，瞄准黑熊就要扣动扳机。倏地，他脑子里一个闪念：熊皮上如果留下枪眼，一定也卖不出好价钱。不行！得把完整的熊皮保留下来。于是,小布克收起猎枪,把铁棍紧紧握在手里,待黑熊走到近前,他猛地跳出去,一棍子就朝黑熊头上打去,只见那黑熊根本来不及叫唤就倒在了地上。怕黑熊不死,小布克又朝它补了几棍,随后一个用劲,把黑熊背上了身。到底是雷电霹雳给自己壮了胆,加上还有父亲的半壶酒垫底,小布克今天背着这头熊一点也不害怕,兴冲冲地就回到了大棚屋。

屋里漆黑一片,小布克也不点灯,怕把父亲惊醒,他把解剖台搬到靠窗的地方,借着窗外的月光连夜给黑熊解剖起来,开始心里还有些发怵,可就像是有天神在相助一般,他越做越顺手,越做越熟练,直到把黑熊标本挂上了架子,才感到筋疲力尽,和衣倒在解剖台边睡着了。

一觉醒来天已大亮,小布克爬起来顾不上别的,冲进里屋就要叫醒父亲,让他来看自己的杰作,可是,里屋没有父亲的身影。父亲会去哪里了呢?

小布克疑惑地回转身,要出去找父亲,就在转身的一刹那,他怔住了,全身的血液几乎一下子冲到了脑子里:挂在标本架上的,哪里是什么黑熊的标本,分明是父亲老布克!

怎么会发生这样的事情?一定是父亲冒雨在山路上寻找自己,可自己怎么竟会把他当黑熊背了回来,而且在解剖时都没发现?喝再多的酒也不至于这样啊?

"上帝呀!"小布克实在弄不明白这到底是怎么回事,大叫一声之后就瘫倒在地上,再也没有站起来。

(王东生)
(题图:箭　中)

魔鬼比尔

星期天早晨，罗伯特和妻子琳达起床后，就坐到农场的花园里喝早茶。琳达一边悠闲地喝着咖啡，一边静静地读着报纸。忽然，她的眼睛死死地盯着报纸上一行醒目的标题，脸色"刷"地一变，手里的杯子"叭"地一下掉在地上。

罗伯特赶紧站起身，走了过来："你怎么啦？是哪儿不舒服吗？"

琳达一惊，立刻掩饰道："不，没什么，可能是昨晚没睡好，头有些晕，休息一会儿就没事了。"说完，她有些吃力地从座位上站起来，离开花园向房间走去。

罗伯特用狐疑的目光望着妻子的背影……

整整一个白天，琳达都把自己关在房间里，反复地看着那份报纸，而且越往下看，越让她感到惊恐不已。

报纸上说,警方目前正在搜捕一个外号叫"魔鬼比尔"的精神病人,该精神病人从精神病院成功逃出以后,在不到一个星期的时间内,总共杀死了六名无辜的中年妇女,他还将她们的尸体肢解后,抛弃在大街的垃圾桶里。另外,据警方介绍说,这些受害者都有一个共同的特征,那就是她们除了年龄相仿外,都长着一头火红的头发……

琳达之所以对这条消息如此关注,不仅因为她有一头红发,而且,这个叫比尔的人,曾经还是她的情人。

两年前,琳达在一个滑雪胜地认识了这个叫比尔的年轻人。那时候,琳达刚和第一任花花肠子的丈夫离了婚。在滑雪场上,精神一直无法集中的琳达摔进一条深沟里,是比尔及时赶来救了她,并把她背回到酒店。比尔是个学美术的大学生,蓄着一头长发,很有一种艺术家的气质。那一夜,比尔留在琳达的房间里,他们疯狂地爱上了对方。

事后,当问及对方的年龄时,琳达才吃惊地发现,自己竟然比比尔大了足足十五岁,差不多可以做他的母亲了。琳达感到十分不安,所以,当比尔提出想和她结婚时,她断然拒绝了比尔的要求,但比尔却一再表示,爱情是不分年龄的,他今生今世只会爱琳达一个人。

琳达很感动,但她无法接受比尔的爱,于是为了让比尔死心,她匆匆嫁给了现在的丈夫罗伯特,随即又搬到农场来住。比尔就是在听说她嫁人后,突然发病住进了精神病院。当消息传到琳达的耳中,琳达差点儿晕倒在地。琳达恨自己,她觉得是自己害了比尔,有好几次,她都想瞒着丈夫偷偷跑去探望比尔。

此刻,琳达早已哭成了泪人儿。报纸上完全把比尔形容成了变态的杀人狂,这让琳达既感到恐惧又感到绝望,她简直不敢相信:过去那个性情温和的比尔,竟然会在一夜之间就成了一个冷血的杀人魔王!

第二天早上,琳达没有吃早饭,是罗伯特亲自将早点送到她房间里来的。罗伯特刚一离去,琳达立刻就抓起新送来的报纸,打开一看,果然发现上面又有了比尔的新动向。据报纸上说,昨晚警方又在距农场不到三十公里的洛克镇,发现一具被肢解的女尸,死者仍旧是个红头发的中年妇女。在这之前,报社还接到一个自称是比尔的人打来的电话,那人说,他下一个目标,是他最后想杀、也是他真正想杀的人……看到这里,琳达不禁倒吸了一口凉气。

当晚,琳达在自己的卧室服毒自杀……

罗伯特破门而入,当他看见躺在床上的琳达时,脸上并没有流露出半点惊慌和痛苦的表情,而是开始在房间里搜索起来,像是在寻找什么,但显然什么也没有找到,他不禁皱起了眉头。就在他一转身时,他猛地发现房间里竟然多出一个人来。

"比尔!"罗伯特惊恐万状地叫道。

比尔像幽灵似的从黑暗中走了出来,冷冷地说:"怎么,你刚才是不是在寻找什么重要的东西?"

罗伯特早已吓得目瞪口呆,半天说不出一句话来。

比尔说:"可惜,你晚了一步。半小时前,当我翻墙溜进房间里,令我万万没料到的是,琳达竟然自杀了!一开始,我怎么也想不通她为什么会自杀,后来当我发现摆在床头边的那两份报纸,我便立刻醒悟过来,这是一场阴谋,而阴谋的制造者不是别人,就是你!"

罗伯特紧张起来,说:"胡说,我……能制造什么阴谋?"

比尔突然从身后举起报纸说:"那这两份报纸你又作何解释?上面有关我的那些报道,什么'魔鬼比尔',什么专杀红发妇女等等,听起来的确怪恐怖的,但它全部是你炮制出来的。事实上,我早在两个月前就已经康复出院了，而且我这辈子最讨厌的就是暴力。毫无疑问，你费尽心思伪造出来这两份报纸，目的只有一个，那就是逼琳达走上绝路！"

这时，退到桌子旁边的罗伯特出其不意，猛地抓起桌面上的一把锋利的水果刀，一边狂笑，一边叫喊着："没错，我的确是要逼她走上绝路，那两份报纸的确是我花钱雇人秘密印制出来的。至于我是怎么得知你和琳达的事，那是因为我曾经偷看过琳达的日记。可以说，我的犯罪灵感就是在看完那本日记后，突然从我的脑海中冒出来的。昨天早上，当邮差送报纸来的时候，我把它换成了一份伪造好了的，而且，这段时间电视天线也被我悄悄剪断，再加上昨天恰好是星期天，佣人放假回家，所以，琳达只能通过看报纸获得消息。结果，没想到事情进展得这么顺利，现在我甚至不怕告诉你，如果我不这样做，那我这辈子就休想得到她的财产。"

比尔冷笑道："你真的能得到她的财产吗？"

罗伯特得意洋洋地说："那当然，我曾经是她的财务顾问，没有把握的事，我罗伯特是从来不干的。"

比尔痛苦不堪地说："天呀，世上的事为什么这样不公平？我是那么爱她，可我却偏偏得不到她。而你不仅能轻易地把她骗到手，同时还能轻易地让她去死。"

罗伯特恶狠狠地说："只有你这样的白痴，才会傻乎乎地爱着一个女人。既然你那么想得到她，那么我现在就成全你，让你到另一个世界和她相会吧。"

说着，罗伯特便举刀朝比尔逼来。跟比尔比起来，罗伯特不仅高出他一个头，而且身体也比他更加强壮有力。眼看罗伯特就要走近比尔，没想到，比尔突然掏出一把手枪来，黑乎乎的枪口不偏不倚正对着罗伯特的胸口。罗伯特顿时傻了眼,握刀的手僵硬地停在半空中。

比尔仍旧表情痛苦地说:"我说过,我讨厌暴力。我这次来,本来是不抱任何幻想的,我只想见琳达最后一面,然后找个安静的地方,用这把枪来结束我的生命。不过,我现在改变主意了。"

罗伯特面无人色地说:"比尔,别乱来!只要你愿意,我可以将琳达的一半财产分给你。"

比尔突然呜咽道:"不,我不要什么财产,我只要琳达能活过来!"

在枪响前的几秒钟里,罗伯特也希望琳达能复活……

(式　森)
(题图:箭　中)

复仇的血蛙

1996年10月,美国著名的生态学家托尼率领一支由7人组成的科学考察团,深入到巴西的原始热带雨林进行科学考察。一连几天过去了,考察团一无所获。

一天早上,当他们正在林中的一个小溪边洗漱时,队员休斯博士无意中发现在一棵荷叶状的野生真菌上,趴着一对鲜红色的小动物,难道是一个新的物种?休斯博士兴奋地蹲在真菌旁仔细地观察起来。原来是两只从未见过的双色小蛙,背部中央为鲜红色,其余的地方则为绿色。"果然是一个新物种!"博士喜出望外,轻轻地把它们捉在手中,激动地对大家说:"嘿,伙计们!你们看我捉到了什么!"大家循声回过头来,只见休斯手心里正托着两只颜色鲜艳的小蛙,又笑又跳:"我要把它们命名为'血蛙','休斯血蛙'!"

话音未落,一只血蛙竟然猛地咬了休斯一口,休斯吃了一惊,说:"咳,还挺厉害呢!"这时他发现血蛙长着一条细尾巴,末端是圆圆的球状物,休斯不禁好奇地摸了摸。

突然只听"吱"的一声,一股黑色的液体立即从小囊中喷出,直射到休斯的脸上,疼得他大叫一声昏死过去。

随队的摄影专家麦考莱怒不可遏,他抄起一块石头,狠命地朝血蛙砸去。一只血蛙被砸成了肉饼,另一只却怪叫一声逃走了。想不到,这下可闯了大祸,片刻之间,血蛙的叫声召来了无数只大大小小的血蛙,它们围着考察队员又蹦又跳,狂暴地鸣叫着。考察队员们被吓得不知所措,只有麦考莱还举着相机捕捉着这珍贵的镜头。

麦考莱忽然发现一棵大树的宽叶背面趴着一只血蛙,正虎视眈眈地盯着他们。他下意识地举起相机把它拍了下来。血蛙见状,长叫一声,地上的那些血蛙好像听到了号令似的,纷纷翘起尾巴,将浓浓的黑汁向考察队员们喷去。顿时,雨林中的黑雾遮天蔽日,考察队员们赶紧用双手护住眼睛。

被毒汁喷到的双手、胳膊等地方,马上红肿、充血,火烧火燎地疼起来。托尼队长见势不妙,赶紧下令突围。考察队员们架起已经瞎眼的休斯,跑了好长一段时间,才甩掉追杀的血蛙。他们找到一个安全的地方准备休息一下,但麦考莱不愿意就此罢休,他还想抓拍一些有关血蛙的更珍贵的照片。于是,他拿起相机,独自一人向雨林深处走去。

走了十几米远,他发现一对正在交配的赤红色的血蛙。这是多么难得的镜头哇!麦考莱蹲在一棵倒地的大树干上,就在他按下快门的一瞬间，他从镜头里同时看到，一只他从来没有见过的巨蛙，正悄悄地逼近这对血蛙。巨蛙看上去有脸盆那么大，约10公斤重。只见它慢慢地靠近血蛙，突然伸出长长的舌头，把这对正在交配的血蛙吞进了肚子里。

捕到猎物后的巨蛙心满意足，得意洋洋地大叫一声，其声之大，犹如炸雷，吓得麦考莱手一抖，相机"啪"地落在地上。麦考莱心知不妙，但又实在不甘心就这样丢掉相机中珍贵的资料，于是，趁巨蛙还没有顾及他的那一刹那，他急忙捡起相机，转身就逃。

很快，清醒过来的巨蛙大叫一声，跟在麦考莱后面穷追不舍。一路上，几百只巨蛙犹如从天而降，纷纷从茂密的树丛中钻出，跳跃着加入了追赶麦考莱的队伍。当气喘吁吁的麦考莱赶回同伴的休息地时，几百只巨蛙也随之而来。奇怪的是它们并没有马上向队员们发起进攻，而是将考察队员们团团围住，或蹲或趴、或坐或卧地盯着他们。

就在这时，巨蛙群的背后出现了一只瘦骨嶙峋的金色巨蛙，看样子，它是这些青色巨蛙的首领。它的头和四肢相当的大，与身体极不成比例，眼神冷漠，表情威严，不紧不慢地爬行着，令考察队员们望而生畏。突然，它发出一阵低沉的吼声，听到号令的青色巨蛙便开始向队员们一步步逼近。

当巨蛙们离考察队员的距离只有一米远的时候，那只金色的巨蛙又一次发出了低吼。听到吼声的巨蛙们立即纷纷从嘴里喷出一股股黏稠的液体，射向考察队员。雨点般的黏液落到考察队员身上，虽然不疼不痒，但很快就引发了中毒症状：大家都觉得头昏脑涨，浑身乏力。托尼队长的脑子里闪过了一个可怕的念头：难道我们遇见了传说中的巴西食人巨蛙？托尼明白，现在除了杀出一条血路逃走，别无选择。

托尼大声地对队员们喊道："我们必须拼命杀出去，否则只有死路一条!"队员们挥舞着手中的木棍、树枝、匕首,一边打一边往外冲,可是食人巨蛙像疯了一样紧追不放。休斯双眼已瞎,没跑几步就被一条垂在地上的树藤绊倒了,眨眼间,潮水一样的巨蛙群淹没了休斯。

几百只巨蛙发出惊天动地的吼声,而考察队员们的速度则越来越慢。队长下令所有的队员都爬上大树。当筋疲力尽的考察队员们互相拉扯着爬上大树,倚着树枝刚刚坐下来,气势汹汹的巨蛙们也追到了树下。

它们不会爬树,只好围在大树下向树上喷射着黏液。由于热带雨林的大树很高,所以黏液喷不到上面,犹如惊弓之鸟的考察队员们终于松了一口气。托尼抓紧时间修好了在逃跑时摔坏的移动电话,向总部报告了他们的遭遇。总部接到报告,说马上就派出两架直升飞机前来救援。

没多久,进攻无效的巨蛙们停止了攻击,"呱呱呱"乱叫起来,似乎在商量着什么。突然,那只金色的巨蛙又发出一声怪叫,只见青色巨蛙们竟然开始一只接一只地叠起了罗汉。眨眼之间,巨蛙叠起的罗汉越来越高,离考察队员也越来越近。托尼急中生智想到了火攻,虽然这时考察队员们已是遍体鳞伤,但他们仍奋力折下树枝,用打火机点燃,投向不断上升的蛙塔。这一招果然灵验,巨蛙们见火立即逃窜,退让不及被烫着的巨蛙则"哇哇"乱叫四处奔逃,蛙塔顷刻之间崩溃了。

然而,考察队员还没来得及庆贺胜利,麦考莱惊呼道:"血蛙来了!"人们定睛细看,果然,丛林中星星点点的火红色越来越多,越来越近。与巨蛙不同,血蛙擅长爬树,而且蹦得也高。从四面八方赶来的血蛙连爬带蹿,纷纷攀上大树,向队员们逼近。令人恐怖的是血蛙们不怕火,哪里火大它们就往哪里冲,陷入绝境的队员们只好抄起树枝当武器与血蛙作最后的决战。

正在这生死攸关的时刻,天上传来了直升飞机的嗡嗡声,飞机在大树上空盘旋，机长通过高音喇叭让考察队员们用衣服捂住眼睛和鼻子，然后开始抛洒药粉。待血蛙和巨蛙被驱散后，直升飞机上垂下了软梯，将考察队员们一一接上了飞机。临上飞机，托尼队长顺手提起了一些血蛙和巨蛙的尸体挂在腰带上。在机舱里，这些在以往的探险中有惊无险的勇士们，竟放声大哭起来……

后来，生物学家对托尼带回的血蛙和巨蛙的尸体进行了解剖，结论是：这些蛙类并非什么新物种，在它们的体内，存在着大量的变种细胞，也就是说，它们是由于长期生活在被严重污染的环境下，而导致基因突变所产生的异种蛙类。

生态学家无限感叹地说："近年来，由于人为的污染，森林水源中能使动物产生变异的有害化学元素越来越多，而青蛙又属于易发生变异的动物，所以，这些有害元素在青蛙体内不断地沉积，最终导致青蛙发生了可怕的变异。"

（彦　生）
（题图：箭　中）

说出你的秘密

飞来钱包　喜煞贫穷汉

曾得富五十多岁的年纪，湖南武冈人，妻子早逝，因为家境贫穷，也就没有另娶，一个人带着儿子过日子。好不容易将儿子拉扯大，送儿子读了中学，中学毕业之后，儿子再也不想读书，执意要上广东去打工，曾得富日子过得艰难，也就同意儿子去了广东。儿子一走就是三年，开头一年还不时写封信、寄一点钱回来，过了两年，竟没有了半点音讯。曾得富在家过得也孤单，于是就上广东找儿子，一直找了两个月，带的一点盘缠花得一干二净，也没找到儿子的影子，只好找了个地方打工，心想：一边挣点钱糊口，一边打听儿子的下落。

曾得富打工的地方，是一家废料场，四周用砖墙围了，成为一个露天大院，里面堆放着废钢烂铁，曾得富的工作，是守院门的活儿，住在大院门边一间三五个平方的小房子里。老板一个月给他开四百元钱，工资虽然不高，但除了伙食开销，也还能结余二百来块，比在家里干农活强多了。

一天晚上，曾得富正睡在小房间里那张仅有的床上美美地做梦，突然听到围墙外边的马路上"突突突"的一阵摩托车声由远而近，接着就是一声"噗"，好像什么东西落在了围墙里面，那摩托车声又由近而远，渐渐地远去了。

曾得富一惊，心想：该不是有人偷废铁吧？他翻身坐了起来，正想拉灯下床去查看，又有一阵摩托车声"突突突"由远及近而来，然后从墙外呼啸而过，追着刚才的摩托车而去了。一会儿，远方隐隐约约传来了两声枪响。

曾得富心想：一定是出什么事了，怪吓人的，不像有人翻进围墙。再说，院内不就是一堆废铁吗，就是有事也等天亮了再说吧。

曾得富第二天起来到院内一看，竟然发现靠墙边的地上有一只女式坤包，原来昨晚上那"噗"的一声，是有人从墙外扔了一只包进院子来了。

曾得富前后左右看看，确定只有自己一个人在院内，这才小心翼翼地将包捡了起来，然后快手快脚地回到小房子里，将包打开来看。不看则已，一看，曾得富惊得心口一阵狂跳，几乎连气也喘不过来了。原来，包里不是别的东西，是一扎一扎清一色的百元大钞。

这是怎么回事？曾得富望着包里的钞票发愣：来广州前，老家的人都说，广州富得天上掉钞票。莫非这天上掉钞票的事，真让我给碰上了？

好一会儿，曾得富才从懵懂中明白过来，立刻变得异乎寻常的兴奋，他开始一张一张地数钞票。从一往后数，数到百数到千，然后又数到万，一连将包里的钞票数了三次，最后认定没有数错，一共是五万零七百二十五元。

五万多元钱，曾得富捧在手里，好像捧着一座山，他不能不感到沉重。曾得富在自己住的房间左看看右看看，也没发现能藏得下这五万元钱的地方。是不是存到银行里去？不行，曾得富马上否定了自己的想法，存到银行里去，那不等于告诉别人我曾得富捡到了一大笔钱吗？

考虑再三，曾得富最后还是觉得将钱藏到院子里那堆废铁下面最保险，于是，他找了一块塑料布，将手上的钱小心翼翼地包好。准备去藏时，他又生出一个想法：只藏五万元，那七百多元留在外面作零花。不管怎么样，有了这么一笔钱，也没必要太亏待自己了。

曾得富为自己的打算感到很高兴。人一高兴，干事也就利索多了，他将钱重新包好，然后将院子中间的废铁搬开，将钱藏到最底层的一根废钢管里，又将废铁堆上。一切都很顺利，这时间里没人来送废铁，也没人来拉废铁，直到曾得富将钱藏好回到房里，才来了一辆送废铁的大卡车。曾得富开了门，让车子进了院，翻斗车将废铁往院子里一倒，将曾得富的"钱包"更加严实地压在了最下面。曾得富笑了，心里也就更踏实了。

送走了车子，曾得富回到房里，发现床上的坤包，不觉吓出一身冷汗：幸亏那司机没进房里来坐一坐，要不然，他要是问起这包是谁的，那不糟了？

曾得富拿起坤包，将里头的七百多元钱往外拿，想再找个地方将包也藏起来。这时，他又有了新发现，包的内层里还有一个小塑料盒，盒里装着名片。曾得富拿出名片一看，那名片上写的，是一个女人的名字：

柳春枝。曾得富又认真看了看，名片上写着柳春枝的工作单位，是太平洋保险公司的一个分公司，还有她的电话号码和呼机号。

这么说，从天上飞来的钱包是这个叫柳春枝的女人的？那为什么会飞到曾得富的怀里来了呢？

吓人电话　惊心魂飞天

这天上飞来的钱包使曾得富一连三天没睡上好觉，他一会儿庆幸自己发了大财，一会儿又骂自己昧着良心占别人的钱。他甚至好几次想按照名片上的电话号码，挂一个电话去找找这个叫柳春枝的女人，但是，曾得富最终还是放弃了打电话找柳春枝的想法。毕竟，那五万元钱太诱人了！

没想到的是，曾得富不给别人打电话，却有人给他打电话来了。不过，打电话的人不是那个叫柳春枝的女人，而是一个声音沙哑的男人。

电话打来时，曾得富已经睡了，电话铃响了一阵，曾得富才醒了过来，他拿起话筒，电话里传来一个恶狠狠的男人声音。

那人说话声音沙哑，曾得富听不清楚，便"哇哇哇"地叫，说听不清楚。

过了好一阵，曾得富总算听清了一句，对方说："你装什么蒜？你好好给我听着。"

曾得富感觉出对方在发火，声音很厉害，他有点胆怯，便说："我听着呢，你说吧。"

那人就说："你拾到的钱是我的！别乱花，给我好好保存着，也别说出去，到时候我会来找你取。"

曾得富一听傻了眼，这是谁呀？怎么知道我得了一笔大钱？他支支吾吾没肯承认，说："你说什么呀，我怎么一点也听不懂。"

对方的声音更加严厉，说："曾得富，你别给老子装蒜，你心里几根花花肠子我清楚得很！告诉你，你的小命在我手里捏着呢。"说完，再不与曾得富多说一句，"啪"地挂断了电话。

曾得富这一下再也做不成美梦了，眼一闭，就看见一个脸黑黑的男子，手里拿着一把尖刀，恶狠狠地对着自己直瞪眼，吓得他晚上连小便也不敢起来。

这到底是怎么回事呀？曾得富从浪尖一下子掉到了谷底，他必须好好想想怎么对付电话里那个凶神恶煞的人，他实在不想那么轻轻松松地将到手的钱就拱手让给别人。

曾得富整天问着自己，却怎么也想不出一个对付的办法来。他一次又一次地把那钱包飞来的过程在脑海里过电影，过着过着，曾得富不禁犯了疑：钱包肯定是那个叫柳春枝的女人的，为什么会有一个声音沙哑的男人打电话来要钱？是不是他看见那个女人往院子里扔钱包了，想从中插一手？如果是这样，我将钱给了他，日后柳春枝找上门来要钱，我怎么拿得出来？曾得富这么一想，不禁额头上急出汗来，原只想借飞来的钱包发点小财，没想拾到的竟是个祸害。要是两头问曾得富要钱，曾得富卖老婆也还不起这笔钱呀，更何况，老婆早已经见了阎王，想卖也卖不成了。

怎么办？曾得富想到过将钱带上跑回老家去，但是，他马上又否定了自己这一想法。听电话里那人的口气，曾得富的一举一动他都了如指掌，曾得富想跑只怕也跑不出如来佛的掌心，弄不好连老命也搭上去。曾得富绝不敢干那种冒风险的事。

那就这么等着？曾得富也不愿意。他想，我曾得富得不到一分钱，也不能夹在中间吃哑巴亏。想来想去，曾得富决定打电话给柳春枝，打听一下情况再作打算。如果是柳春枝让那个男人打的电话，那说明他们是一伙的，不管怎么样，这钱让他们拿去得了，免得羊肉没吃到还惹上一身臊。如果他们不是一伙的，又证实钱包确实是柳春枝的，那就先将钱给了柳春枝，因为，钱归了原主，日后追查起来也好说一点。

拿定了主意之后，曾得富觉得轻松了许多，他按照名片上的电话号码，给柳春枝去了一个电话。很走运，接电话的正是甜甜的女人声音。

曾得富问："喂，你是柳春枝吗？"

对方应道："我是柳春枝，你是谁？"

曾得富不敢回答了，他害怕被人知道了名字，惹火烧身。

对方见他没回答，又问："你是怎么知道我的电话号码的？"

曾得富憋了好一阵，才说："你别问我这些，这些与我给你打电话没什么关系。"

柳春枝说："那么，你找我有什么事？"

曾得富说："我想问问你，你是不是让一个男人给我打过电话？"

柳春枝说："我连你叫什么都不知道，怎么会让人给你打电话呢？"

曾得富一想：也对，她不知道我叫什么名字，当然不会知道打电话的事。他想了想，觉得必须将自己的名字告诉她才能试探出真实情况来，于是就将自己的名字说了出来。

柳春枝一听，停了片刻，然后说："你是不是湖南武冈县人？"

曾得富一听，立时慌了手脚，心想：糟了，她怎么一听我的名字就知道我是湖南武冈人？曾得富毕竟是一个没见过多少世面，不是那种很能应付场面的人，他只知道，这事说不得就不说，于是曾得富说："我们不说这些，我问你，你有没有让一个男人给我打过电话？一个声音沙哑的男人。"

柳春枝稍微停了片刻,说:"没有。"

曾得富感到很奇怪:"怎么会没有呢?"

柳春枝说:"我真的没有让人给你打过电话,出了什么事吗?"

曾得富正要将那个男人说的话说出来,突然一想:这事能说吗?他拿不定主意。既然拿不定主意,曾得富也就不知道该怎么回答柳春枝。柳春枝在电话里一个劲地催问他为什么不说话,曾得富拿着话筒不知所措,他已经无法与柳春枝继续通话了。

放下电话的曾得富神情有点发呆,他怎么也想不清自己为什么要打这个电话,打这个电话是为什么。如果说给柳春枝打电话之前,曾得富为这一个飞来的钱包拿不定主意,那么,打了电话之后越加如一团乱麻,越加理不清头绪了。

就在他头绪如麻的时候,电话铃响了。

曾得富害怕地望了望正在响的话机,心里想:一定是那个柳春枝打来的。她大概也在莫名其妙,为什么会有一个叫曾得富的人无缘无故地打一个电话来,问一个无缘无故的问题。接不接呢?接了,又该怎么回答她呢?曾得富拿不定主意,不敢去拿话机。

电话铃却很有耐心,一个劲地响个不停。

曾得富没办法,只得去拿话机。曾得富拿起话机一听,一下子吓得两腿直打哆嗦,牙齿打架,说不出话来。原来,这电话又是那个声音沙哑的男人打来的。他在电话里责问曾得富,为什么要给柳春枝打电话,是不是想将钱包的事告诉她?并且警告他,如果将钱包的事泄露出去,就要他的老命。

接到这样一个电话,曾得富能不腿打哆嗦吗?

姑娘来访　踏进是非地

　　自此之后的几天里，曾得富吓得简直掉了魂，想想那个声音沙哑的男人太厉害了，曾得富与柳春枝才打了电话，他马上就知道了，真是可怕。

　　曾得富只得小心翼翼守护着废铁堆下的那一包钱，他害怕万一那一包钱突然没有了，那个声音沙哑的男人会真的要了他的小命。就是晚上，曾得富也睡不好觉，一颗心老是在那堆废铁上。曾得富算是被飞来的钱包害苦了！

　　就在曾得富吃不香睡不甜的时候，让曾得富想不到的事又发生了。

　　那是一天傍晚，六点多钟的时候，曾得富连晚饭也没吃就上了床，蒙着被子睡觉，这时，有人敲响了门。敲门声让曾得富一惊，立即坐了起来，问道："谁呀？"门外甜甜地回答一声："是我，我是你要找的柳春枝。"

　　曾得富心想：这世上真是什么事都有，柳春枝怎么会找上门来呢？我与她素不相识，只不过给她打了一个电话，她为什么就能找上门来？不用说，她一定是来询问为什么打电话的。该怎么办？回答她？如实说？那肯定不行。那个声音沙哑的男人厉害得很，才与柳春枝通了电话，他就知道了。但是，曾得富也不敢得罪敲门的柳春枝。说不定柳春枝与那个声音沙哑的男人是一伙的，要不然，为什么这边刚打完电话，他那边就一下子知道了？不管怎么样，曾得富只有这么点能耐，他不能不防着一点儿，所以，他不能将柳春枝拒之于门外。

　　开了门，曾得富看着门外站着的柳春枝，一时呆了：这是一个二十来岁的青年女子，左肩挎一个坤包，右手提着一网兜水果。看样子，像是提着礼品来看望曾得富的，这当然让曾得富大吃一惊。

　　就在曾得富发愣的时候，柳春枝甜甜地叫了一声："曾伯，你好。"

曾得富这才缓过气来,说:"好好好,进屋坐,进屋坐。"

柳春枝很大方地进了屋,说:"买了点水果,也不知道曾伯喜欢不喜欢。"

曾得富说:"喜欢,喜欢。"他一边接过网兜,一边试探地问,"你有什么事吗?"

柳春枝说:"是的,我的确有点事要找曾伯说说。"

曾得富想:坏了,她肯定是要问打电话的事了。没等柳春枝说出来,曾得富便将接在手里的网兜往柳春枝手里递:"你走吧,我没给你打过电话,我也什么都不知道。你走吧,走吧。"曾得富一边说,一边将柳春枝往外推。

柳春枝有点伤心,说:"曾伯,我还没说,你就说没有打过电话,不正好告诉我,你给我打过电话吗?"

曾得富一惊:是呀,她都没说打电话的事,我为什么先说了呀?真他妈混!

柳春枝说:"曾伯,你可不可以告诉我,是什么人给你打了电话,说了些什么?"

曾得富连连说:"没有,没有,没有谁给我打过电话。"

柳春枝说:"那你为什么问我是不是我让谁给你打电话了?"

曾得富被柳春枝问得无话可说,他又不是那种能够随便编假话的人,嘴里说"我给你打电话了吗",脸上一副惊慌失措的样子,早已将心底的秘密暴露无遗。

柳春枝换了话题,又问:"曾伯,你又是怎么知道我的电话号码的呢?"

曾得富被逼得走投无路,一声"唉",蹲在地上,捧着头,不敢抬起来。

柳春枝说:"曾伯,你行行好,告诉我,好吗?"

曾得富连连摇头,也不知是不肯说,还是不敢说。

柳春枝苦苦哀求说:"曾伯,行行好,你行行好,你知道的那一切,对于我太重要了,你行行好吧!"

曾得富还是不肯开口。

柳春枝说:"曾伯,你是不是要钱?要是要钱,你开个口,无论多少,我一定想方设法给你。"

曾得富摇摇头,又挥挥手。

柳春枝说:"曾伯,你听我说,我之所以想知道这一切,事关一条人命哪!"

曾得富一听,更加害怕,心里想:完了,那钱包原来牵涉到一条人命,只怕我也要搭上自己这条老命了。

杀人劫钱　丧尽天良心

柳春枝含着眼泪,向曾得富说了一个一条人命与一个钱包的故事。

柳春枝是一个湖南妹子,两年前来广东打工,在一家玩具厂做事。后来,她认识了一位在一家保险公司做保险的老乡,两人年纪相仿,很谈得来。再后来,通过那位老乡的介绍,柳春枝跳槽进了那家保险公司,做起了保险业务,两人在一家公司做事,接触更多,慢慢地就有了感情,成为一对恋人。

柳春枝与她男朋友在公司干得很好,收入也不错。经济条件的改善,使这两个年轻人有了更多的憧憬,他们将挣来的钱一分一厘积攒起来,准备在广州买一套房子,然后再结婚。为了这个目标,他们两人几乎忘记了一切,一心拼命地工作,拼命地去挣钱。有了一些积蓄之后,他们正好碰上一家房地产公司预售房子，先交订金，并且正式购房时还可以分期付款。他们觉得这种购房方式很适合自己，就决定先去交订金。

那天下午，他们俩将要付订金的五万元钱从银行取了出来，正准备去那家房地产公司时，一家客户打来电话，让他们马上去谈一宗保险业务。生意场上，时间就是金钱，如果不马上去谈，也许就会失去一次挣钱的机会。于是，他们决定先去谈那笔业务，之后再去交订金。结果，谈完业务时已经是下午六点多钟，订金交不成了，他们商议了一下，打算第二天再去交。于是，两人就近找了一家快餐店吃饭。吃了饭，又到一家商场转了一会儿。九点多的时候，他们来到路边，想招一辆出租车回去。正站在那里等车的时候，突然一辆摩托车飞驰而来，"嗖"地停在了他们身边，车上下来两个人，上来就一拳把柳春枝击倒在地，抢走了她手里拿着的那个装了五万元钱的坤包，柳春枝的男朋友急得要紧追上去，那两名罪犯当胸就捅了他三刀，然后跳上摩托车就跑。

柳春枝的叙述，让曾得富听得毛骨悚然，好像杀人的凶手就在眼前，他感慨着："说杀就杀，说抢就抢，这么厉害呀？"

柳春枝还沉浸在痛苦的回忆之中，她说："我醒过来之后，发现我男朋友倒在地上，面前是一摊鲜血，就一面报警，一面喊救命。唉，有什么用，他被送到医院时，已经没办法救了。"

曾得富说："那杀人的人呢？就这么让他们跑了么？"

柳春枝说："后来警方告诉我，他们在追击凶手时，凶手行凶拒捕，被他们击毙了。"

曾得富连连说："死了好，死了好！"

柳春枝摇头："两个凶手虽然死了，可是被抢的钱包却没有找到。"

曾得富听她说起钱包的事，心里不由得一惊。心想：莫非我捡到的那只钱包就是她被抢走的那只钱包?难道世上有这么巧的事吗?抢钱的人被打死,抢的钱包却到了我的手里?他不敢相信,却又不敢不相信,那包里有柳春枝的名片,而且也恰好是五万元钱,再巧也不可能这么巧呀!

柳春枝见曾得富一副欲言又止的样子,便说:"听警方说,他们接到报警出击时,就一直尾随那两个劫匪追下去,劫匪根本没有机会停留处理钱包。事后又沿路调查过,也没发现钱包,警方也觉得很奇怪呢!"

听柳春枝这么一说,曾得富心里完全明白,那天晚上他听到的摩托车声,看样子前面过去的摩托车一定是那两个劫匪,后面的就是追赶劫匪的警察。钱包,肯定是劫匪顺手丢进来的。可是,曾得富还是有点不太明白:柳春枝说抢钱的是两个人,而被打死的也是两个人,那么打电话给曾得富的又是谁呢?他是看见两个劫匪往场内丢了钱包,还是与他们原本是一伙的呢?还有,他那么快就知道了曾得富给柳春枝打了电话,又作何解释?曾得富越想越觉得这中间潜伏着巨大的危险,自己被夹在危险之中了。

这么一想,曾得富对柳春枝的到来更加害怕,弄不好,那个声音沙哑的男人正在注视着这里的一切呢。看来,捡到钱包的事,不能向她透露半点风声,他想了想,说:"妹子,我什么都不知道,我也不能帮你半点忙,你走吧,不要将我往这中间扯,走吧。"

柳春枝说:"大伯,不是我将你往这中间扯,是你找我了解打电话的人,你一定知道一点什么,求你告诉我吧。"曾得富一边说"你别乱说,快走快走",一边将柳春枝带来的网兜往柳春枝怀里塞,将她推出了门。

曾得富打发柳春枝走了之后,心里还是不能平静。原以为天上掉下一笔横财,没想到捡到一个祸害。他知道,这笔钱自己不仅没福分享受,还夹在中间不能进也不能退了。怎么办呢？曾得富没了一点主意。

这时，电话铃又响起来了，曾得富吓得后退了好几步，他实在不想接这只电话，可是，铃声一直响着，不紧不慢，好像在说："你要是不接，我就会永远响下去的。"曾得富没有办法，只好拿起了话机。一听，又是那个沙哑声音的男人打来的。那人问："是不是有人来找你了？"曾得富更加害怕，柳春枝才走，他就知道了，这人怎么这样厉害呀？那人见曾得富没有回答，恶狠狠地说："你给我记住，那些钱，你不能对任何人说。到时候你拿不出钱来，我要你的命。"说完，就将电话挂了。

曾得富吓瘫了，手里的话机也忘记放下，站在那里，两腿发抖。

再访老乡　共策擒凶计

其实，柳春枝来找曾得富，是警方安排的。

原来，警方在追捕中击毙两名劫匪后，没有找到被抢的钱，此案也就没有了结。

被抢的钱到哪里去了？警方怀疑劫匪还有同伙，一直在寻找线索。警方交代柳春枝，如果发现有什么疑团，立即向警方报告。柳春枝接到曾得富的电话后，觉得这事有点蹊跷，便向警方报告了。警方根据柳春枝的报告，查出电话是从曾得富打工的露天仓库打来的，怀疑更加深了。那天劫匪逃跑曾经过露天仓库旁边，这个电话会不会与劫匪有关？柳春枝不认识打电话的人，打电话的人又是怎么得知柳春枝的电话号码的？打电话的人与柳春枝死去的男朋友口音十分接近，是不是与柳春枝的朋友熟悉？他是了解柳春枝他们情况的人？疑团一个接一个，警方便将曾得富纳入侦破范围，安排柳春枝上门了解曾得富的情况，同时，对曾得富所使用的电话进行了监控。

柳春枝刚一离开露天仓库，警方就监听到了有人给曾得富打电话。电话透露的信息，让警方得知钱在曾得富手里，而另外也有人知道钱在曾得富手里，并正在威胁曾得富，不准他告诉别人。同时，这个电话还告诉警方，那个一直在监视曾得富的人对柳春枝的一举一动也十分清楚，很快就知道柳春枝去找了曾得富。警方当即追查，给曾得富的电话是从什么地方打出来的。遗憾的是，那电话是从一个公用电话亭打出来的，打电话的人已无踪影。

柳春枝将自己与曾得富交谈发现的情况一一说与警方听了。警方更加肯定，钱一定在曾得富手里，并且有人在威逼他先将钱保存好，不能说出去。现在的问题，如果曾得富能够配合警方，这个案子也就好破了。

柳春枝说，听曾得富的口音，与我男朋友很相近，可能是一个地方的人。我再去找他，用老乡之情打动他，看他能不能帮忙。警方说，这个办法不是不可以用，但是要注意，不能让任何人知道你去找他才行。你一到他那里就有人知道，我们怀疑那个打电话威胁曾得富的人对你十分了解，我们必须想一个万全之策才行。

三天之后，一辆装着废铁的卡车开进露天仓库。就在进门的时候，打扮成男工人的柳春枝从副驾驶座上走了下来，曾得富一看，这个小青年好像很眼熟，正在寻思是怎么一回事时，柳春枝摘下工作帽，露出真面目来。曾得富连忙说："怎么又是你呀？叫你别来找我了，快走快走。"

柳春枝不管曾得富怎样推托，一把拉住他进了小屋，说："曾伯，我跟你说句心里话，我这样苦苦求你，不仅仅是为了追回那五万块钱，钱是小事，丢了，今后还可以去挣。钱包没找到，我怀疑这个案子后面还有歹徒没有抓到，没有抓到歹徒，我男朋友九泉之下不会心甘的，他死得太冤了，太惨了。我求你，是想为我男朋友申冤，也不想让歹徒留在世上再去害人！"

这几句话似乎打动了曾得富，他不由得抬起头看着柳春枝，犹豫起来。柳春枝见他抬起头来看自己，心里好像明白了什么，一咬牙，当头跪了下去，说："曾伯，我给你磕头了。"曾得富吃了一惊，后退几步，说："你别这样，妹子，你别逼我，我就是吃了豹子胆，也不敢说呀。"

柳春枝长跪不起，说："曾伯，听你的口音，你与我男朋友可能是一个地方的人。看在老乡的分上，你就帮帮我吧。我男朋友的骨灰盒还摆在那里，给他申冤之后，我要给他送回家乡去。到时候，我一定给老伯扬名。"

曾得富见柳春枝长跪不起，也被她对男朋友的一片深情打动了，不由得上前将她扶起，说："妹子，不是我薄情寡义，我儿子也在广东打工，我是放心不下他才来广东找他的，要是我的儿子遭到这样的不幸，我也会感到心痛的。可是，我不敢说，我不能说呀，妹子！你就饶了我吧，我要是说了，我这条老命就没有了。"

柳春枝似乎从曾得富的话里听出一些什么，说："你儿子也在广东打工？他叫什么？说不定我能帮你找到他呢。"

曾得富便将自己来广东的前前后后，详细说给柳春枝听了。柳春枝越听越怀疑，问道："你儿子叫什么名字？"

曾得富说："他跟他妈姓，叫李长生。"

曾得富"李长生"三个字刚说出口，柳春枝就"扑通"倒在地上，不省人事。曾得富吓坏了，又是叫，又是为柳春枝捏人中穴，好一阵才将柳春枝救醒过来，柳春枝泪流满面地说："曾伯，我的男朋友，就是你的儿子李长生呀。"说着，从包里拿出自己与男朋友一起照的相，交给曾得富。曾得富接过来一看，一声"儿子呀"，就差点哭晕过去。

这时，那位开车送废铁的司机也走了进来，曾得富自然不会料到，他是警方的人。司机将曾得富扶到椅子上坐下，劝他不要伤心，赶紧把事情讲清楚，公安局一定会为他儿子报仇的。曾得富这才明白司机的身份，说："我告诉你们，什么都告诉你们，让你们早点抓到那个歹徒。"于是，他将怎么捡到钱包，怎么接到那个男人的电话，一五一十全说了出来。

话说三天后，沙哑声音的男人让曾得富将钱送到一个地方去。警方早已布好了罗网，结果，不但那个打电话的男人落了网，警方还一举抓获了另外两名幕后操纵的歹徒，其中一名就是与柳春枝一起做保险的同事。原来，就是那个人将柳春枝他们取了现款去交订金的事告诉了同伙，然后制订了抢劫计划。那家打电话与柳春枝他们谈业务的客户，其实就是那个人故意安排的。至于钱包丢到废料场的大院，也是事出有因。原来，按照劫匪的计划，那两人实施抢劫之后，应该将钱带到曾得富那个露天仓库旁边的路口，转给另外两个人。因为警方追得紧，没时间与机会转手，又不想失去抢来的钱包，情急之中歹徒便将钱包丢进了露天仓库，这一幕，恰好让在旁边等着接手的劫匪看到了。因为在风头上，怕暴露目标，他们不敢当即来找钱包，只好先打电话给曾得富恐吓他，让他将钱保管好，待风平浪静后再来取。

劫匪抓到，真相大白。柳春枝捧着李长生的骨灰盒，怀着对男朋友的无限思念，陪同曾得富回归故土。

（周宜地）
（题图：杨宏富）

探秘·险事

tanmi xianshi

不要因为害怕而停止探索,继续前进就能消除恐惧。

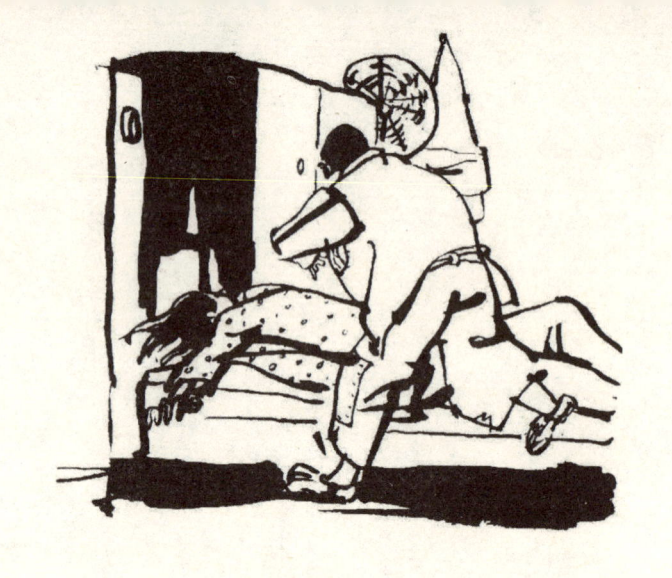

王二嫂抓黑八

在王家庄一带，谁要是做了件了不起的事，马上就会有人竖起大拇指称赞说："王二嫂抓黑八——真有两下子！"这话什么意思？原来里面还有段故事呢。

王家庄有个王二嫂，丈夫在部队里当干部，家里就她和一个不满周岁的孩子。在初冬的一个深夜，二嫂睡梦中蒙蒙眬眬听到屋内有声响，她警觉地睁开眼睛一看，顿时根根汗毛坚立，心怦怦乱跳，只见屋门已被撬开，一个黑影正悄悄地向衣橱移去。"有贼！"这两个字到了唇边又被二嫂咬住咽回肚里。她猛地意识到，呼喊是最蠢也最危险的办法，若是一喊，那贼狗急跳墙行凶起来，一个妇道人家怎是他的对手，但也不能眼睁睁地看着他偷呀！怎么办？怎么办？

也是二嫂急中生智,她悄悄地把手伸到孩子的屁股上一拧,"哇哇哇"孩子哭起来了,哭声使那贼撬橱的声响停止了。王二嫂翻了个身,嘴里含含糊糊地哼着:"噢,噢,噢,睡觉觉,噢,噢,噢,睡觉觉……"谁知二嫂"噢噢"得越紧,孩子哭得越急。二嫂一边拍孩子,一边自言自语:"这孩子又发烧了,半夜三更找谁看去? 唉!"她长吁短叹着,可手里利索地给孩子穿好衣服,抱起来就向门外走去! 一出门,"咔嚓"一声将门锁上。那贼听到二嫂起床,悄悄地潜到另一间屋里去了,他觉得躲得挺快,可二嫂却看得清清楚楚。

二嫂锁好门,就拉开嗓子喊起捉贼来。顿时,四邻八舍老的少的,把二嫂的两间小屋围了个水泄不通。大家你一言我一语都夸二嫂有胆量、有智谋,这个说:"二嫂这一手真绝! 关门打狗,干净利索。"那个说:"二嫂真有一下子,这一手顶两手。"几个青年还学着电影上的样子喊起话来:"喂! 快出来吧,你跑不了啦!""举起手来,我们不虐待俘虏! 老实认罪才是出路!"喊了一阵子,屋里什么声音也没有。几个会武术的小伙子沉不住气了,开门进屋,准备捉活的。怪事出现了,屋里的箱箱柜柜、门后、床下,凡是能藏人的地方都查了好几遍,哪里有什么贼! 是贼跑了? 然而窗户好好地关着,纱窗上的尘土都没动一点,他能从哪里跑掉呢?

当时大家来得急,没多穿衣服,后来忙于捉贼,没觉得怎样,现在大家觉得有点冷了,便对二嫂安慰几句告辞了。几个小伙子兴冲冲赶来,却连贼的影子也没见,就埋怨起二嫂来了:"二嫂呀,你真的看见贼了吗?""看见了,怎么没有啊!""怕是二嫂过度思念二哥,精神恍惚了。""怕是二嫂想学二哥哩,也给咱们来个'紧急集合'。"二嫂知道,现在就算自己满身是嘴也说不清了。于是,她只好连连道歉,把这几位小兄弟送走。

王二嫂也觉得奇怪,那贼到底藏在哪里呢? 她回到屋里,收拾了一下,就重新睡觉了。只听"当啷"一声响,门后那个大水缸的木盖飞出老远,又听"哗啦"一声水响,从缸里站起一个黑大汉来,他头顶葫芦瓢,脸上狞笑着,手里握着匕首,浑身上下全是水。王二嫂的心蓦地提到了嗓门口:啊……到底还是在屋里……

这贼确实厉害,照庄稼人的话说,是兔子他爷——老跑家。当二嫂出院喊人,他就意识到自己跑不掉了,但他不慌不忙,走到门后那个大水缸前,把水瓢往头上一扣,双手将缸盖一举,迈进水缸往下一蹲,缸盖还像原样盖在缸口上。你想:大冷的天,谁往水缸里打主意?就是万一掀开缸盖,他头上不是还有个瓢嘛,谁会想到瓢下还有人呢?

现在,那贼不知是冻的还是恨的,牙齿咬得格格响,挥动匕首,破口大骂:"好厉害的臭娘们,若不是碰上八爷我,可吃你的大亏了。八爷本来只打算到你家借几个路费,没想到叫你折腾得好苦。今天也是你自作自受,八爷我不走了,所有值钱的我都要,少一样也不行。"他边骂边朝二嫂的床铺走去,见二嫂在床上一动不动,一声不吭,就"嘿嘿"一阵阴笑:"小娘们,你也有技穷的时候,放明白点,乖乖地给我全拿出来,八爷就饶了你,若是再……嘿嘿,恐怕明年今日就是你的周年。"他一边胡说八道,一边恶狠狠就要朝床上扑去。只听"扑通"一声,一个黑影倒地;接着"哎呀"一声,从床下闪出一个人来,冲向门外,那地上的黑影一个鲤鱼打挺起来就追,谁知还没站稳,就又栽倒在地;又听"咔嚓"一声,王二嫂第二次将门锁上了。

原来,大家走后,王二嫂怎么也放心不下,她断定那贼还在屋里,就把床铺装扮起来,好像自己睡在床上,又拿了绳、棍,躲到床下,想先看看动静再说。一会儿,果然不出二嫂所料,那贼真的出来了。二嫂等他靠近床边扒衣服之机,迅速用绳子将他的腿套住,再用力猛地一拉,那贼"扑通"就仰面倒地了。二嫂手疾眼快,迎头就是一棍,然后抱起孩子冲出屋门。那贼站起要追,谁知腿被套住,又栽了个筋斗。随着大锁一落,那贼再也无路逃了。

那贼原来是越狱逃跑的杀人犯——黑八。从此,"王二嫂抓黑八——真有两下子!"这句话就飞遍了四里八乡。

(谭承新)

(题图:庞先健)

偷钱记

小池区张东院村有个老头儿叫张四良,这人生性胆小怕事,是远近三村出名的和事佬、胆小鬼。

这天,张四良正在家里编簸箕,忽然,邮递员在村头喊他打戳儿。张四良出门一看,是刚从大学毕业的儿子寄回来三百元。他高高兴兴地接过了汇款单,吃罢午饭,就上街取钱去了。

邮电局里,张四良兑了钱,掂着一大叠钞票,心里有点发慌,禁不住偷偷地朝周围扫了一眼,幸好,除了门口有几个人在游逛外,没别的人。他为啥这样惊慌呢?原来昨天他听说前两个月,机修厂的会计领工资时被人发现了,在回家的路上,工资被抢光,人也被打伤。张四良想:马虎惹祸根,自己还是小心点为妙。于是,他把二百五十元藏在破麻袋里,用扁担挑在肩上,扮作做买卖的样儿;还有五十元钱,装在上衣口袋里。

张四良藏好钱,走出邮电局,直朝土肥站走去。土肥站在大街顶东边,那儿是县镇比较僻静的地方。张四良一路走,一路到这个铺店张张,往那个摊头瞅瞅,甚是悠然自得。突然,他无意间发现有三个人在自己后面盯着,他大吃一惊,便本能地加快了脚步。这时,他发现后面那三个人也加快步子跟了上来,他们之间总是间隔着二十米左右的距离。

张四良紧张了,他不知道怎样才能甩掉这条尾巴。他望了望四周,一个熟人也没有,更找不到可以躲一躲的地方,只好硬着头皮往前走。来到十字街口,抬眼一看对面是木材公司,张四良心中一喜,猜想很可能村里有人在那买木料,哪怕只要碰上一个熟人,也好结伴回家。于是,他迈开大步,就要过马路。突然,"呼——"一辆公共汽车从他面前驶了过去;接着,又"呼——呼——"连续开过四辆大卡车!

张四良叫苦不迭,失声喊道:"晦气!晦气!"忽地,他觉得上衣口袋动了一下,用手一摸,五十元钱已不翼而飞!张四良惊慌失措,扭头一看,三个家伙成三角形地站在自己的身后,前面穿皮夹克的青年正凶狠地盯着自己。张四良吓得头上冒汗,腿打哆嗦,他望了望警察亭里的警察,又看了看眼前的三个人,不敢作声,担心万一得罪了他们,不知要给家里带来什么样的灾祸!张四良忽然灵机一动,笑眯眯地说:"师傅,我也在等钱花,这钱不能借给你们了。"

"借钱?!"三个家伙互相对笑了一下。

皮夹克走上前来,拍拍张四良的肩膀,说:"有啥大惊小怪的?借就借嘛,嚷啥?!哥儿们,走吧。"

张四良见他们要溜,一把拉住皮夹克,说:"这咋行?我还要买土肥呀!"

皮夹克压着声音说:"钱已拿走,你要干啥?"

张四良被这一下震住了,再也没作声。皮夹克就若无其事地吹着口哨,扬长而去。

张四良气得直发抖，一摸，二百五十元钱还在麻袋里，他怕他们再来找碴儿，就慌慌张张地往回家路上跑。

张四良穿过大街，拐过小巷，在经过一条小胡同时，突然，旁边闪出了一个人。张四良抬头一看：又是皮夹克！他慌了，说："我啥时踩塌了你家的祖坟？怎么找我没完没了哇！"

皮夹克冷冷地一笑，说："别慌嘛，我是赶来谢谢你的。给！"

说着，他从提包里拿出一个红布包，朝张四良的破麻袋里塞了进去。张四良惊慌地说："不，不，我不要……"

没等张四良把话说完，皮夹克身子一闪，进了另一条胡同，走了。

张四良心惊胆颤，仿佛麻袋里有一颗正在冒白烟的炸弹，他既不敢碰，也不敢看，他知道盗贼送来的绝不会是好东西，说不定会招来大祸！他想：三十六计走为上计，于是拔腿就跑，一口气跑出了二三百米，见后面再没人跟上来，才放下麻袋，掏出布包，打开一看，妈呀！里面竟是一大包烂稻草，再扒开，发现中间还裹着一张纸条，上面写道："明天上午在松鹤亭还钱。"

张四良稀里糊涂，忧心忡忡，回到家里，经过思想斗争，才吞吞吐吐把事情的经过对老伴讲了一遍。老伴气得捶着桌子嚷道："你咋不喊警察？"

张四良说："我心里怕呀，我这把老骨头敢招惹他们吗？"

老伴火了，说："你是好人还是孬种？"

"我是地地道道的老实人呀！"

"你干吗怕那些孽根呀？"

张四良无言以答，羞愧地低下了头。

老伴说："不信这个邪！明天我去取钱，那是儿子的血汗哪！"

张四良一听，慌忙连连摇手说："这使不得呀。我去，我去……是……是不是向派出所报案呢？我还不放心哪！"

老伴说："真不中用！"接着，老夫妻俩就到派出所报案去了。

第二天，张四良按规定时间来到了松鹤亭。快十二点了，皮夹克才露面。他穿着牛仔裤，架着墨镜，一副十足的港派味儿。他来到张四良面前，将手指朝他一挑，转身又走了。张四良只好跟着。

来到公园东角的一家小饮食店，皮夹克点了菜，要了酒，便开始吃饭了。张四良说："别穷开心了，请你放老实点吧！"皮夹克听了这话，抬头一看，只见两位民警正严厉地盯着他。大个儿民警说："走吧，到派出所去坐坐。"

哪知，皮夹克并不慌，他从容地摘下墨镜说："陈殷源同志，你好。"

大个儿一见，吃惊地叫道："哟！是你呀！"

张四良一看，暗暗叫苦：唉！小偷跟警察是朋友！

皮夹克说："大家都坐吧。瞧，这满桌的酒菜，每人都来消灭点儿！"

大个儿民警说："小江，我真为你痛心哪！党白白地培养你这么多年，你竟走上了这条路！"

皮夹克一听，哈哈大笑："好，好，这件事我正要解释。既然惊动了你们，我现在就摊出底牌吧！"

原来，皮夹克姓江名水贵，是市财经学院法律系学生，他对侦探工作极感兴趣，翻阅了古今中外的许多案例，自命为"小福尔摩斯"。这次回家度暑假，周围连续发生的两起案件，使他大为震惊：他的弟弟下夜班回家时，被一伙强盗搜身后打伤了；他邻居的一位大嫂，在领回奖金的途中，钱也全部被盗了。江水贵听后，义愤填膺，便与第六派出所取得联系。通过几天的活动，他知道这是几个在逃犯组成的盗窃集团干的。江水贵便盯上了两个家伙,并交上了"朋友"。这两个家伙也精得很,总是防着他。昨天,他们瞄准了张四良,就有心考考江水贵。

事情弄清楚了。大家听着,都向江水贵投来钦佩的目光。大个儿警察转过身来,握着张四良的手说:"谢谢您。为了我们的工作,您做了一个极好的诱饵啊!"

张四良激动地说:"没关系,为了大家能安心生活,我愿做这样的诱饵啊。"说着,嗨嗨地笑了。

(陈少华)

(题图:朱 刚)

引熊出室

北大荒某部队有个炊事班,班长是个小个子,长得白白净净,文质彬彬,可他偏偏起了个名字叫王大力。王大力虽然力气并不大,但脑袋瓜子倒是挺灵的。

一天夜里,炊事班七个人,六个已进入了梦乡,唯独王大力因肚子不舒服,一直睡不着。时近半夜,他从炕上起来,开亮电灯,上厕所去了。等他解完手回来,到门边一看,不觉倒吸了一口冷气。你道为啥?原来屋里来了只狗熊!

这只狗熊说大不大,说小也不小,估计是才离开父母而独闯江湖不久的"无名之辈"。它觉得那亮闪闪的电灯泡很新鲜,便将身子直立起来,用前掌去拍打,左一下,右一下,拍得电灯泡晃过来晃过去,玩得很有趣。

狗熊正起劲地玩着电灯泡,突然从炕上传来"呼噜呼噜"的鼾声。

这声音惊动了狗熊,扭头一看,只见炕上一字儿排开六个脑袋。它大概不清楚这是什么玩艺儿,便来到炕前,在那个打鼾的小张的头边站住了。它看着又伸出前掌,将小张的脑袋拨过来拨过去,似乎在研究一个问题:这滚圆的是个什么东西?怎么会有声音出来?

它这么两下一拨弄,把小张给拨弄醒了。他做梦也没想到,半夜三更会来只狗熊跟他闹着玩,于是翻了个身说:"别,别开玩笑,明天还得起早呐!"说完又睡着了。

小张这一说话,把狗熊吓得倒退了几步,偏着脑袋,瞪起眼睛,站在那里看动静。不一会儿,"呼噜——呼噜——"小张的鼾声又响了起来。狗熊知道没什么危险,便又到炕前来玩小张的脑袋了。这一次小张火了,一骨碌坐了起来,举起拳头骂道:"真讨厌,看我不揍……"下面的话还没出口,发现一只狗熊站在跟前,吓得他一下缩到炕里边,顿时心跳加快,血压升高,头皮发麻,手脚酥软,什么话也说不出来了。

小张吓得半死,狗熊也不敢轻举妄动,两者之间隔着一座炕,你望着我,我瞧着你,就这样顶着。

突然,小张"啊"的一声叫,同时使劲一脚,将身旁姓刘的胖子给踢醒了。刘胖子痛得又骂又叫,把另外几个人也吵醒了。大家一见炕前站着狗熊,都吓得失魂落魄,有喊妈叫娘的,有浑身发抖的,也有呼救命的……

就在这紧要关头,只听门外一声大吼:"别乱动,要镇定!我来对付它!"大伙一听是班长的声音,马上镇静了下来。

刚才,王大力发现狗熊后,深知不能硬拼,他脑子一转,到厨房里取了几样东西回来。眼下,他先稳定住场面,接着,又将一个苞米饼子扔进屋里。

苞米饼子落到狗熊面前，它一看，辨出这是吃的东西，也就不客气了，捡起来就吃。它这一吃，哟，味道还真不错，可惜太少了点，要是再来几个就好啦。

"啪"的一声，又一样东西落在它跟前，狗熊一看乐了，啊！这是一条大马哈鱼，这东西狗熊非常熟悉，它们经常在河边捕捉这种鱼充饥，味道很好。狗熊伸出前掌去抓鱼，哪想鱼一蹦，跳出去好一截路，使它抓了个空。狗熊乐了，呵，还是条活鱼！

其实狗熊判断错了，鱼是死的，只是王大力在鱼头上拴了根长长细细的尼龙绳，绳子的另一头就抓在王大力的手里，轻轻一拉，鱼会走，用力一拉，鱼会蹦。这下可就热闹了，狗熊连连向鱼扑来，几下一扑空，就更来了劲，大有不抓到鱼绝不罢休的样子。

现在狗熊已被逗得怒火中烧，王大力也已玩得满头大汗。他知道，这时候万一玩砸了，那就非出人命不可，于是使劲一拉，将大马哈鱼拉出门外。狗熊正在气头上，哪肯轻易放过，一个虎跳也扑出门外，抱住大马哈鱼就大啃起来，边吃边哼哼，好像在说："看你往哪里跑……"

王大力趁狗熊兴高采烈品尝美味时，迅速冲进门里，"咣当"将门关住，还用一根大木棍顶住，然后关了电灯说："睡觉，睡觉，谁也不许说话。"

一场令人提心吊胆的险情，就这样被摆脱了。

（承伟宇）
（题图：谭海彦）

我当煤黑子

去年春上母亲病重,家中只要能变卖的东西都卖了,只剩得空荡荡的一个院子。那些天,我总觉得肩上好像扛了个大磨盘,沉甸甸地直不起腰。被逼无奈,只得又重去雍州城南老鸦峪一带下井当煤黑子。

我下的是私人的小煤井,矿长姓杨叫杨百万,这一带数他财大气粗,说话老仰着脸盯着天,从没正眼瞧过人,但他待工人还算大方,只要肯给他卖命出力,钱倒是能挣一些。

我是做炮工的,那次下得井来,心里一直像揣了只兔子一般,老琢磨着像要出事。不知什么时候,煤头的顶板上竟然出现了一团水雾,还带着一股咸腥味儿。尽管顶板上经常有水滴下,但绝不可能有这种水雾出现。我哪还敢往下细想,急忙将跟班的窑匠水生叫了来。

窑匠水生每次下了井，三言两句安排完活，就一头倒在绞车房旁的木桩边，睡得像只死猪，不到耳边叫，绝不会醒。我扯破喉咙叫醒了他，他不情愿地跟着我到了冒水雾的地方，跟狗一样嗅了几下，冲我嚷道："瞎扯淡，好生生的哪有水雾，一点点炮烟罢了。"放了三茬炮，往前进了三四米，眼看着那股水雾竟愈来愈浓，缓缓地由顶板往下弥漫，一股股咸腥腥的潮气劈头盖脸扑过来……我心里琢磨着要出事，不由得惊呆在架边，心里"咕咚咕咚"蹦个不停……恰好此时，也该下班了。

当晚躺在床上怎么也闭不了眼，眼前老是浮现着一个活生生的画面：几具不知何方的打工仔的尸体，被抛弃在老鸦峪西边山坳的一个洞里，风吹虫蚀，白骨森然。据当地人讲，那些都是煤黑子，因井下冒水被水冲了，抛在山洞里至今无人认领。

第二天早晨六点，窑匠水生急匆匆地跑来喊我们下井。我歇班不干，没理他。水生见我不动，就装孙子样软磨硬缠，我仍然不动，水生没法，竟把杨百万搬来了！

杨百万还是那样仰着脸，好像是在看西边天上还没有来得及下山的落日。这时，杨百万突然垂下脸来，冲我瞅了好一阵，问道："是来挣钱吗？"我点头说"是"，接着，杨百万便对我吼起来："不想下井，能挣钱吗？今天下井，屁事没有；不下，干脆滚蛋。我杨百万一辈子最看不起的就是草鸡毛子屙软蛋，就这熊样，还打算捞钱，屁！"

后来，我还是跟水生下了井，这一班，一共下了十三人。

水生这次下了井，没在绞车旁的木桩边睡觉，而是跟我上了煤头。水生让我打炮，我压根儿没理他，一屁股坐下来，任他吼破了嗓子也不动。水生抡起一把井下的长柄斧子想跟我打架，只是被人拦开了，后来水生说通了四川的打工仔赵财，说是一个炮眼十元钱，打一个算一个，上井就点钱。赵财平时也恨水生,可这钱诱人,他冲水生骂了一句,就抱起了钻枪。

赵财一个眼儿打下去,没事;第二个眼儿打下去,还是啥事没有;第三个眼儿打下去,水生那张乌鸦嘴开口了:"瞅王文喜那软蛋儿,我说屁事没有吧,他还不信。今儿赵财你挣了钱,可别忘了请我喝、喝——"还没等水生喝出个啥尿来,就听"哗啦"一声巨响,只见赵财抱着钻枪,被一股水箭像发射炮弹一样凌空撞去,像贴一张棒子面锅饼,再没动上一动,一股水柱由炮眼里喷射出来,瞬息间,炮眼已崩裂成锅口大小的口子,豁口处崩飞的煤坷垃撞击顶板的声音像炸雷一样,一架架木桩被拦腰击断,酸酸臭臭、咸咸腥腥的浊水劈头盖来……

窑匠水生扭头跑时,已经晚了,大水冲击的劲头将他掀起来抛上了顶板,又撞倒了一架木桩,几个浪头接连打来,他被冲进一处煤旮旯里,再没出得来。

我那时连叫都没来得及叫一声,心里只有一个念头:死跑!心一下提到了嗓子眼儿上,真的就像一只被鹰穷追的兔子,又蹿又蹦,嘴巴虽张得老大,可大气都不敢喘上一口。无数次碰在煤帮上、木架上,无数次跳起……出事的煤头离马背坡处足足有二百来米,我狂奔着,马背坡处拐弯时,"吭"一声竟撞在煤斗上,这才感觉到帽子和矿灯早已不知去向,头"嗡嗡"地一阵眩晕,一股黏黏糊糊的液体急急淌下,我顾不得抹上一把,又慌乱地甩掉脚上的矿靴,凭借行道两边的灯光,终于奔上了马背坡上的平台……

那汹涌的水浪,就紧跟在我的身后,冲击着每一个角落,落顶塌方的声音此起彼伏,雷鸣一般,整个井下就像经历着一场唐山大地震。眨眼间,那水电跟着冲到了马背坡下。

平台上的电缆突然闪出几道刺目的蓝光,灯光随即全部灭了。我知道那是水漫电缆后将井上的变压器烧了。眼前这一口黑井,就像是一副被埋在地下的棺材瓢子。

马背坡下的水几分钟内恐怕还不会漫上来,我忙趴下身子,摸着运煤的两行道轨,蹲在中间,凭着熟悉不过的地形,摸到了井口下。

电没了,载人的笼子自然不能上去,慌乱之中我两手抓了一根通天钢丝绳,赤脚蹬着油滑的井帮,攀附着往上爬。钢丝绳上的毛刺霎时撕破了我的衣裤,连手脚都血肉模糊了。那水也漫上了平台,涌到了井口下。我往上爬一米,那水也往上漫一米,只是没了先前的那股猛劲。百十米的通天绳我只爬了一半,就再也爬不动了,我死命地抱着那根通天绳,两脚蹬在片帮上,幸好那水也不往上涌了,在我的身下翻着水花,我这才渐渐松了口气。几分钟后,井上有大绳吊下来,我用大绳把自己拦腰捆了,然后被人提上井来。

我躺在煤堆上,想哭,却无泪,两眼直呆呆地看天,看阴黑的云,看西边的山。我突然向西边的山洞狂奔,洞中那几具煤黑子的尸骨早已将我的脑子充塞得满满当当,我知道,没多久那里又要添上新的孤魂了。

我奔到了那里,跌坐在洞口,眼盯着地上的一具具白骨,好久,好久……不知什么时候,杨百万带了好多人也到了洞口。

杨百万没有像平常那样仰着脸,他低着脑袋壳,显得很悲伤。他伸出左手从口袋里抽出一沓百元纸钞,右手将胸脯拍得"啪啪"响:"这是五千块!谁要替我出力卖命,我杨百万死也不会亏待谁,老鸦峪这一带你尽管打听去!"说完,他硬将这钱塞到我的手里。

我默默地看着手中的这沓钞票,心里像咬碎了十个苦胆,苦苦的,涩涩的:这哪是五千块钱,不就是一沓臭纸吗?命要是没了,要这龟孙东西有什么用?

不知什么时候,天变得阴惨惨的,风在山间盘绕,雨也"淅沥淅沥"地飘落而下。人渐渐散去,我呆愣着坐在洞口,任着雨淋风吹,一步没动。杨百万催人拖了我几次,我仍没动身,杨百万最后恨恨地说了声"王疯子",便下山了。齐整整的一天一夜,我寸步未离山洞,没有离开洞中那些不幸的煤黑子。

那一班,我们下去的十三人,仅我和安徽的一个煤黑子没死,其余十一个,全给水泡了。

后来,我才知道,原来杨百万自打这井时,就知道六七十年前日本鬼子曾在这一带采过煤,底部一经挖空后,几十年后自然就蓄满了水。窑匠水生把我发现的煤头冒水雾的情况告诉了杨百万,杨百万说反正得打透放水,再设法把水抽干,这井才能重开。可谁去放水呢?杨百万说事成之后赏水生一万块钱,于是水生才来逼我们下井……谁料想他一万块钱没拿到,倒赔上了一条命!

现在我把这事讲出来,只是想告诫那些在私人小煤井做煤黑子的穷哥儿们:钱是人家的,你无论如何也是挣不完的,只有你这条命,才真正是你自己的呀!

(王文喜)

(题图:谭海彦)

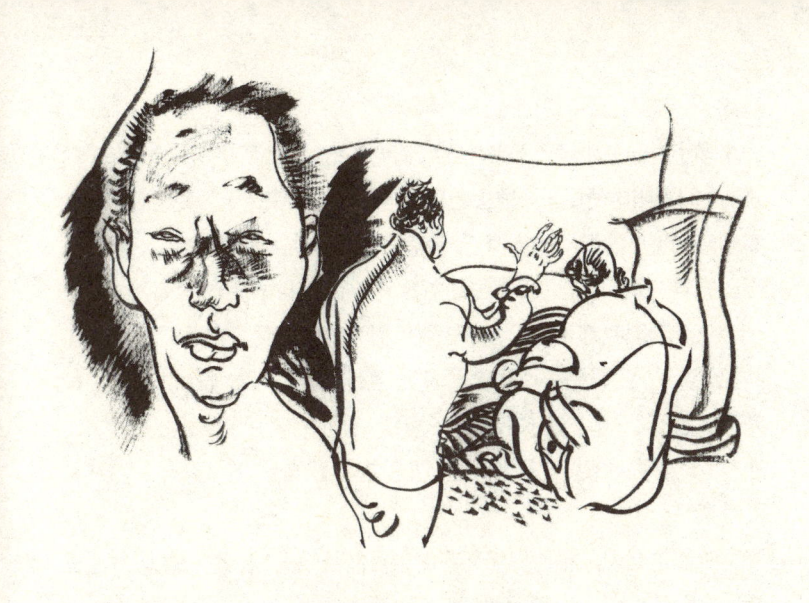

和绑匪过招

我是一家监理公司的业务员,出事那天晚上我加班到很晚,快走到我家那条黑胡同时,迎面开过来一辆面包车,在和我擦肩而过的一刹那,车门猛地打开了,从里面伸出两只手,一下就把我拽进车里,死死地摁在了座位上。

这一切来得太突然了,我还没意识到是怎么回事,头上就挨了一家伙,疼得我眼冒金星,刚想反抗,脖子又抵上了一把刀,耳边有人低声说:"请你和我们走一趟,放老实点!"我一犹豫,手脚立即被绑上了,嘴里塞进一团纸,眼睛也被蒙了起来。

这是绑架!我突然明白过来,但已经晚了,全身都动弹不得,也发不出声音,只好忍着脑袋的剧痛,默记着面包车所走的路线,看绑匪把我带到哪里。面包车在街上转来转去,一会儿就把我拐迷了,大约过了一个多小时，车才停了下来。我感觉先被抬进了一所房子，然后下台阶进了一间很阴冷的屋子。进去之后我被按坐在一张床上，蒙在眼睛上的布和塞在嘴里的纸团被拿掉了。我睁开眼睛，映入我眼帘的是一胖、一瘦、一矮三个绑匪，在昏黄的灯光下，他们的面目显得十分狰狞。

三个绑匪我都不认识，不知道他们为什么绑我。我说："你们是不是抓错人了？我只是公司的普通职员，没钱赎身的。"那个胖绑匪好像是头，他笑了一下，说："错，怎么可能？你小名叫强子，是公司的金牌业务员，老婆叫王岚，是名医生，儿子胡小刚在经纬路上小学，这些都没错吧？"

听他这么说，雇他们绑架我的很可能是熟人！我紧张地说："是谁指使你们来的？"见三人不理我，我干脆扯着嗓子喊开了："救命啊，绑架啦！"三个绑匪一听，同时扑向我，对我一顿拳打脚踢，把我打昏了过去。

这一顿打我并没白挨，至少我知道这附近还有人，否则他们不会反应那么激烈。过了一会儿，我醒了，说："想要多少钱你们说，别为难我老婆孩子。"

几个绑匪看了我一眼，没说话。他们的举动让我很纳闷，一般说来，绑匪绑架了人，肯定第一时间找家人索要赎金，但他们好像并不着急。胖绑匪指了指瘦绑匪，对我说："今晚他看着你，别做无益的反抗，否则他一个人也能让你神不知鬼不觉地消失。"

绑匪心狠手辣，什么事都干得出来，好汉不吃眼前亏，我不能作无谓的牺牲，得用智取。拿定主意后，我仔细观察了一下这间屋子，发现是间地下室，没有窗，头顶上总有车在跑，奇怪的是有时感觉车子离得很近，有时又感觉离得很远。我忍着浑身的疼痛想，这究竟是在哪里呢？

这一夜我是在焦虑和惊恐中度过的，一点睡意都没有，我的手机被绑匪搜走了，我失去了同外界联络的一切途径，老婆现在知道我被绑架了吗？绑匪会怎么对付她？到底是谁想对我下毒手？脑海里各种假设交织在一起，到第二天还没理出个头绪。

第二天一大早，矮绑匪来接替瘦绑匪。等到地下室就剩我们两个人时，我试探着对矮绑匪说："兄弟，就是死你们也让我死个明白吧！"

矮绑匪说："想知道我们是谁雇的？"

我苦笑着说："我想了一夜也没想出这个人是谁，总不会是上帝吧。"

矮绑匪点了一支烟，得意地说："你就当是上帝好了。"

我见他的脸部表情松弛下来了，就说："兄弟，要不这样，我给你一笔钱，你把我放了，他俩来了你就说我跑了。"

矮绑匪愣了一下，眯起眼盯了我一会儿，说："你和你老婆都是上班族，能有多少钱？"

我说："虽然不多，但还有一点，你开个价吧。"

矮绑匪一听，哈哈一笑，说："你别耍小聪明，我才不会上你的当呢。"

矮绑匪说完便不再理我，我更奇怪了，世上还有不要钱的绑匪？

中午和傍晚，瘦绑匪给我们送来两次饭，伙食还不错，似乎没有为难我的意思。到了晚上，瘦绑匪来换班，我又试着用钱引诱瘦绑匪。

可瘦绑匪连连摇头，也不动心。我又说："你不动心你兄弟可动心了，只不过我们在价钱上没谈拢。"

这句话果然管用，瘦绑匪听后连忙问："你能出多少钱？"

终于上钩了！我抑制住内心的兴奋，说："十万，十万怎么样？"其实我这是信口开河，家里根本没这么多钱。

谁知瘦绑匪一乐："我们三个是好兄弟，为了十万块钱和他们反目不值得，要是你出一百万我就考虑一下。"

我愣住了，没想到这小子太精了，早就摸清了我的底，根本不上我的当！看着他洋洋得意的样子，我恼了，对他说："我要方便。"

瘦绑匪拿来一个矿泉水瓶，我哼了一声，说："不是小便，是要大便！"

瘦绑匪一听，便找来几张报纸铺在地上。

我白了他一眼，没好气地说："你们把我的腿绑着，怎么蹲得下来？"

瘦绑匪想想也是，就过来弯下腰，松开我脚脖子上的绳子。

我趁着他低头松绳子的当口，一咬牙，猛地一提腿，用膝盖狠狠撞在他的面门上。他怪叫一声，仰面倒地，我立即往门口跑去。可没跑几步，瘦绑匪就扑了上来，我感到身体猛地被电击了一下，立刻浑身酥软，一下倒在了地上。

只见瘦绑匪满脸是血地站在我面前，手里拿着根电警棍。我想这下完了，一顿皮肉之苦肯定少不了，但他把我的双腿重新捆上之后，并没打我，只是狠狠地说："小子，我给你记着！"

功亏一篑啊！我懊恼不已，担心绑匪夜里下手撕票，又睁着眼睛挺过了一宿，到了早上，才昏昏沉沉地迷糊过去。

我睡得并不安稳，一直做噩梦，梦见有人不停地追我，后来我跑回了家，却发现一家人全被人绑架了，我怒火中烧，发誓一定要亲手抓住凶手。梦到这里我一下惊醒了，对，我不能就这么束手就擒，我要想办法出去，家里人还等着我呢！

吃过午饭，我又开始琢磨这地下室到底在哪里。正在这时，有两辆车同时经过地下室的上方，听声音不像是并排走，而是一个上一个下。我闭着眼睛默想了一会儿，忽然明白了：上面是座立交桥！但全市有好几座立交桥，会在哪一座下面呢？从过往车辆的数量来看，不太可能是在市内；北郊那座周围一点建筑都没有，不可能有地下室；东郊和西郊的两座还没完工，根本没通车。排除了这几座，我兴奋得几乎要跳起来，因为我想起被绑前曾经看过一则新闻，说这南郊桐柏路立交桥经过一个村庄，有些村民搬迁时地下室没填，压路机曾把路面压塌过。对，这里一定是南郊！

确定了地下室的位置后，我又犯愁了，怎么把这信息送出去呢？正想着呢，一直没露面的胖绑匪忽然来了，他和另两个绑匪耳语几句，一手拿着我的手机，一手拍拍我的肩膀，说："等急了是吧，那就赶快发条短信告诉你老婆存折放在哪里了。"

哦，绑匪终于问我要钱了，我从他的话里知道妻子很平安，于是稍稍放了点心。我装作心疼的样子问："你们要多少？"

胖绑匪干笑了一下，说："你不是愿意出十万收买我兄弟吗，那就十万好了。"

我又说："给我看看我老婆发的短信！"胖绑匪犹豫了一下，把我的手机递给我，然后死死盯着我的一举一动。我先调出他今天发给我老婆的短信："你丈夫在我们手里，要想让他平安归来就准备十万块钱，报警他就没命了！"

再看我老婆的回复是："存折平时都是他收着，让他告诉我。"

不愧是我的老婆，回答得真聪明！我猜她一定报警了，要知道家里的存折都归她管呢，她这样说，分明是想得到我的消息。这时，胖绑匪一把夺过我的手机，不耐烦地问："想好了没有？"

我略微思考了一下，告诉胖绑匪这样一句话："存折在家里那个桐树吉他南头的琴桥下面。"

胖绑匪听了，没发现什么异常，就照我说的发了。过了一会儿，老婆回短信说:"存折找到,但现在银行取不出大笔钱,得等到明天早上。"

看到这句话,胖绑匪面露微笑,说:"今晚我们就在这儿凑合一夜,明天拿到钱再说。"我的心里却一点底也没有,不知老婆明白了我的意思没有,也不知道警察找到这里以前我还能不能活着?

三个绑匪不久就呼呼入睡。我仰着头,侧着耳朵,等呀等呀,不知过了多久,忽然听见有几辆车由远而近,最后在地下室上面停了下来。我的心猛地狂跳起来,睁大眼睛看着三个熟睡的绑匪,生怕他们在这个当口突然醒过来。这一刻,空气仿佛也凝固了,我能听见自己怦怦的心跳声,心简直都要跳出来了。

"砰!"一声巨响,地下室的门被人一脚踹开了,几个全副武装的特警一拥而入,三下五除二就把刚从睡梦中惊醒的三个绑匪一一擒获,我也被一个特警抱起迅速离开。

转眼之间我已到了安全地带,看见在外面等候的老婆,一脸紧张和憔悴,我的眼泪禁不住流了下来,我们两个人抱在一起,很久说不出一句话来。随即三个绑匪也被押了出来,看着一脸惊愕的胖绑匪,我朝他吐了口唾沫,说:"其实我家根本没什么吉他,我编的那个短信是报信的!你们想不到吧?"

警察把我带回公安局做笔录。做完笔录,我问一个审讯绑匪的警察:"他们究竟为什么要绑架我?"

警察反问我:"你知不知道浩宇公司?"

我一怔:"知道,这家公司是我们的同行,怎么了?"

警察说:"绑匪交代是浩宇公司的老总雇了他们,让他们限制你两天自由。"

我觉得莫名其妙,问:"限制我自由干什么?"警察说:"浩宇公司老总说你曾经抢过他们公司的生意,这两天又有一笔大业务要竞争,他怕再次失手,就找人把你这个金牌业务员关起来。绑匪完成了'任务',本来就要放人了,可你不是想收买他们吗,所以他们打算多捞一票,没想到聪明反被聪明误,就栽在这贪上!"

案子破了,也得救了。更让我高兴的是那笔和浩宁公司竞争的业务,本来,我被绑架那天加班就是准备第二天去谈判这笔业务,因为竞争的公司多,我也没有把握。可这事一出,人家竟答应跟我们公司签约了,原因是有我这样在绝境中也不放弃努力的好员工,我们公司一定错不了。

看到这个结果,我想被捕的浩宇公司老总的肠子一定悔青了。

(彭晓风)
(题图:箭　中)

身后有只狼

二十二岁那年,小林从石油学校一毕业,就被分配到塔里木盆地一个叫博望的采油区工作。这个采油区的几十个采油点,星罗棋布地分布在塔克拉玛干沙漠的腹地,从采油区望出去,四周都是一望无际的黄沙大漠,走几百里地也见不到一户人家。

那天,小林和同事多吉开着队长派给他们的一辆越野吉普,去检查采油区1号到4号四个采油点的输油线路。说实话,小林真不想和多吉一块儿干活,因为她刚到采油区不久,多吉就表示要和她处朋友,小林一看他整天胡子拉碴不修边幅的样子,就想逃。队长那天也不知怎么搞的,偏偏把他们给派到了一起,小林只好硬着头皮去了。

出发的时候太阳才刚刚露脸,按计划满打满算,四个采油点检查下来,应该能在天黑之前赶回队里的,可车子从3号采油点往4号采油点开的时候，中途出了故障，多吉摆弄了好一阵也没见有用。他一看这情势，对小林说："算了，咱们赶快走，要不了多久，就可以到4号采油点了。咱们今晚在那里过夜，明天让他们派人来给咱们修车。"

论经验和资格，当然是多吉比小林足，他要比小林早到队里好几年了嘛，所以小林就是再不想跟他在一起，这会儿也只能听他的，于是两个人锁了车门，就一前一后上了路。

但小林不知道，多吉刚才是故意说得轻松，其实3号采油点与4号采油点之间，要走三四个小时，即使现在车子已经开了一半的路程，那剩下的路也得走一二个小时，加上望出去满眼都是滚滚黄沙，天也渐渐暗了下来，真要走到4号采油点，对一个刚参加工作不久的姑娘来说，谈何容易！

多吉看小林走得挺累，想搀她一把，可是胳膊刚伸出去，小林就昂着头从他身边擦过去了，那意思好像是在对他说："哼，别动什么歪主意！"多吉不免觉得有点好笑，只好自个儿摇摇头，嘀咕着："这鬼丫头！"索性就让她走在前面。

就这样，大约走了一个多小时之后，沙漠里忽然开始刮大风了，转眼间沙尘弥漫，昏天黑地。多吉让小林把随身带着的手电打开，亮光中他发现小林吓得脸已经变了色。这时候，两人正好爬上一个大沙丘，小林突然两腿一软，浑身裹着沙子直向沙丘下滚去，多吉大喊一声"不好"，赶紧追着去把她扶起来。小林一屁股坐在地上，哭着喊："我走不动了，我不想走了啊……"

多吉望着小林出神，突然冷笑一声，就朝她发起火来："还从来没见过你这么吃不起苦的人，要享福你去城里呀，还来这干什么？你现在到底走不走？"

小林一听多吉这么不客气地说自己，气得声音越哭越响，冲着他就喊："不走不走就是不走！"

多吉冷笑一声："那好，你不走我走，你就留在这儿等着喂狼吧！"

小林以为多吉说这话只是吓唬吓唬自己，没想他说完就真的拔腿走了，转眼间就消失在了黑暗之中，她不由伤心得大哭起来，一边哭一边骂多吉是"混蛋"。

就在这时候，小林忽然听到远远地传来一阵毛骨悚然的声音，也辨不清是哪个方向，开始是一声两声，接着声音就连成了片，她顿时吓得头发都竖了起来，意识到果然是狼来了！记得刚来队里报到时，就听队长说起过，沙漠里的野狼特别凶狠，而且经常是一群一群地跟在你的后面行动。小林越想越害怕，哪里还顾得上喊累，也不知哪里来的力气，撒开腿就跑，她知道，只要一停下来，就一定会葬身狼腹。

就这样不停地跑啊跑，也不知道到底跑了多少时候，小林实在支持不住了，但那狼的嚎叫声一直不断，小林不敢停下来，只好用尽最后的力气坚持着。就在她感觉自己撑不下去的时候，猛然间一抬头，看到前方不远处有灯火在闪烁，不禁心里一阵惊喜。也就在这个时候，她人一软，倒在了地上。醒过来的时候，小林一眼看到的是她最不想看到的人，谁？多吉。

小林生气地把头扭过去，谁知多吉却毫不理会，冲着她一个劲儿地傻笑，嘶哑着嗓门说："你真了不起，能跑这么多路！"

小林不说话，鼻子里"哼"了一声。

这时，4号采油点的主任老赵走了过来，看小林这个神情，朗声笑了起来，说："小姑娘，你误会啦，你应该好好感谢人家多吉才对呀！要不是他，那场沙暴早把你给埋喽！"

小林委屈地说:"赵主任,我干吗要感谢他呀,你不知道,他把我一个人扔在沙漠里,害得我差点儿就被狼吃掉了呢!"

老赵看了一眼多吉,笑得更响了:"你这个小姑娘啊!你说说,是狼跑得快,还是你小林跑得快?"

小林想也没有多想,快言快语地回答说:"当然是狼跑得快!"

"那就对啦!"老赵说,"可是既然是狼跑得快,那为什么狼一直也没追上你呢?"

小林愣住了:是呀,怎么自己就一直没被狼追上呢?

老赵指着多吉,一字一顿地对小林说:"告诉你吧,你身后的狼啊,其实就是他呀!他学了这么久的狼叫,现在嗓子都哑了。要不是他用这种方法在后面逼着,你能自己跑回来?"

小林愣住了,面红耳赤地看着多吉:"你……"

多吉朝她眨眨眼,直起脖子,冲着她叫了一声:"嗷——"

小林一听,两行泪水"刷"地就流下来了,她跳起来在多吉背上捅了一拳:"你真坏,这种主意你也想得出来!"

可是就此以后,小林就老希望队长把她的活和多吉的派在一起——两个人真就爱上啦!

多吉冲着小林直乐:"你刚来的时候那么讨厌我,现在怎么就喜欢上我了?"

小林哈哈笑着说:"我喜欢的是跟在我身后的那只狼。"

多吉一把抱住了她:"从现在开始,这只狼要跟着你一辈子啦!"

(安 勇)
(题图:王申生)

家里钻进一条毒蛇

那天早上，我正在家门口晨练，猛听到一阵阴冷的"嘶嘶"声，低头一看，只见杂草中钻出一条毒蛇，足有一米长，全身长满幽暗的花斑，毒信一闪一闪的，在追一只小蛤蟆。那蛤蟆慌不择路，直向我家门前蹦来，我吓得倒吸一口冷气，慌忙从地上捡起一块砖，对准毒蛇砸去。

谁知没砸着，那蛇受了惊吓，反而加快速度向我窜来，于是我赶紧瞅准机会又捡起一块砖，朝它扔去。砖头砸着了毒蛇的尾巴，只见它在地上滚了一下，就一头窜进我家门里去了。

"完了！"我直捶脑袋，我家大大小小五间房啊，钻进一条毒蛇，到哪里寻？谁敢去寻？那不是找死？我瘫在地上，心想：家里是不能住了，干脆到哥们家去躲几天，等毒蛇走了，再回来。可锁门时才发现，那门严丝合缝，毒蛇就是想逃，也无法从门缝里逃出来，再一想：我若是走了，又怎样证实毒蛇逃没逃出家门呢？如果不能亲眼证实，以后还怎么安心在家里住呢？我只好重新打开门，指望那条毒蛇快点逃出来。眼看上班时间快到了，可那条蛇就是不出来。

我心里突然想到了老婆，得给老婆报警啊，不然，我上班去，她回来了咋办？可一想到老婆，我的脑袋就炸：老婆已经二十多天没跟我说话了，住一屋像仇人。夫妻闹成这样，就为了一张照片。

年前，我到省里参加网友聚会，大伙在一起拍了好多照片，其中有一张是我和一个女网友拍的，当时做了什么表情忘了，洗出来才发现，我笑得很不地道。妻子于是就认定我在省城出问题了，为这么点事，要跟我离。昨晚，她干脆没回来。闹归闹，可我不能不管她啊，于是就写了张纸条贴门上：家里钻进一条毒蛇，勿进。我将毒蛇锁家里，上班去。中午，我心急火燎地赶回家，看样子，老婆没回来过，那纸条依然贴在门上。我把门重新打开，又不敢进去，只好坐在门口守着，巴望着这个时候毒蛇能自个儿出来。

就在这时，老婆骑摩托车回来了，像没看见我似的，径直往屋里走。尽管我发过毒誓不先跟她说话，不过危急时刻还是大喊了一声："别，家里钻进一条毒蛇。"

老婆吓了一跳，收住正要迈进家门的脚，狐疑地望着我。

我将刚才的话又重复了一遍，老婆愣了愣，很快嘴巴扁得像瓢，冷笑道："你以为我会相信你？"

我的冷汗"刷"地就冒出来了。我承认，我以前一共说过十八次谎话，将咖啡厅说成办公室，将跳舞说成开会等等，可天地良心，我也只是玩玩而已，绝对没有做过对不起老婆的事，可老婆就是不懂我的心，朝我鼻子一哼，说："是不是你将狐狸精勾引到家里来，要占窝？"她抬腿又要往屋里冲。我知道我再解释也是白搭，可又不能让她进屋，于是只好一把抱住她。

我抱得越紧，她挣得越凶，下午，咱们两口子旷工了，一直像扭麻花一样缠在门口。我家住在城郊，周围没什么闲人，连劝架的人都没有，眼看我老婆都快闹虚脱了，我也没了一丝力气。就在我喘气的时候，老婆挣脱我的手，像疯子一样冲进屋里去了。我脑袋"嗡"地一炸，女人的嫉恨心真是可怕，如果今天不让她进屋瞧明白，我跳进黄河也洗不清。但是毒蛇真要出来了，怎么办啊？我顾不了什么了，操起一块砖头，视死如归地跟了进去。老婆首先冲进卧室，角角落落找了一遍，又到卫生间和能够藏人的房间去查看了一番，我一直脚跟脚地紧随在她后面转，一双眼睛将角角落落瞅得发蓝，生怕那毒蛇忽然袭击。曾经那么温馨的家，此刻在我的眼里突然变得那么杀气腾腾。

老婆虽然没搜出什么，但看我紧张得两腿发颤，一头冷汗，她的眼更横了，脸更长了，嘴更歪了："屋里没藏人，你紧张啥？"

我声嘶力竭地喊道："没人，但有蛇。"我还是用力将她往屋外推，想让她赶紧脱离险地。这当口，她手机响了，好像是有人找，她瞧了我一眼，急匆匆出了门。我在后面喊："今晚千万别回来，到娘家去躲躲。"

老婆本来已上了摩托车，一听这话，就又下来了，冲到我面前，凶巴巴地说："你给我听清楚了，这是我的家，要走，也不是我，你滚！"

我真是哭笑不得，想来想去，只好给岳母打电话，说家里钻进一条毒蛇，让她今晚千万劝女儿别回家。可怎么也没料到，岳母居然跟她女儿说话一个腔，冷笑道："你是不想让她回家吧？这事我管不了！"

放下电话，我欲哭无泪，想破脑壳，终于想到了可爱的人民警察，于是，赶紧拨110。接电话的是个女警，她说："先生，你不要怕，我们马上为你联系一个捉蛇专家。你现在不要进屋，你到110指挥中心来一下。"我捏着电话，激动得热泪盈眶，终于有人相信我们家钻进毒蛇了！我赶到指挥中心，向警察详细说明了我家钻进毒蛇的情况。有关我和老婆闹别扭的事，我本来想说说其中潜在的危险，瞧着接待我的女警是个大姑娘，我觉得很不好意思开口，就没说。

110联系的那个捉蛇专家，正好在外地捉蛇，最早也要第二天早上才能赶回来，警察要我回去保护好现场，等捉蛇专家一到，马上就行动。我赶回家，天已经黑了。家里的门大开着，老婆正悠闲地坐在客厅里看电视。

我吓得腿都软了，心惊肉跳地求她说："姑奶奶，我这回绝不是和你闹着玩的，那条毒蛇说不准啥时候就钻出来咬你一口，你还是回娘家去吧！"

老婆冷笑一声，较着死劲儿说："今晚我哪儿都不去。别说是蛇，就是有毒蟒藏家里，我也不怕。"老婆拿出一副犟死牛的样子，冷着脸做这做那，后来，干脆就一个人呼呼大睡起来。

而我却不敢睡，房里的灯一直亮着，我拼命睁大眼睛，警惕地注意着房里的动静。第二天一早起床时，我两腿一软，在床前跌了一跤，老婆迟疑了一下，上来扶了我一把。她看我熬红了的眼睛，不由问："你一夜没睡？"

我像一个受了委屈的孩子那样抽抽鼻子，没回答。这天正好是周末，上午八点多，一个警察和一个长着山羊胡子的人到我家来了。山羊胡一到，就将我和老婆撵出了家门。警察告诉我，这个山羊胡就是捉蛇专家，老婆这才相信我家真钻进蛇了，站门口不停地拍胸口。我呢，再没给老婆好脸色!山羊胡在我家各间房转了一圈,很有把握地说:"这东西还在屋里。"他掏出随身带来的包,从里面拿出一个皮人,充上气,我一看,妈呀,那皮人躺地上,简直跟真人一模一样。山羊胡在皮人身上抹了一点油,然后从怀里掏出一支绿幽幽的骨笛,盘腿坐皮人附近吹起来。

大家屏住呼吸,紧张地盯着屋里,大约十分钟后,从老婆昨晚睡的房里,果真传出一阵"嘶嘶嘶"的声音,眨眼间,一条蛇飞快地从房间蹿到客厅,游到皮人身边不动了,随后它看了看皮人,慢慢地就往皮人身上爬。我吓得背上起了一层鸡皮疙瘩,眼一瞥,发现老婆不知什么时候已经吓得捂上了眼睛,连见多识广的警察也惊呆了。

山羊胡的笛声终于停了,那条蛇已盘在了皮人的脖子上,舒服得再也不动了。山羊胡走上去,将蛇的七寸捏住,像提草绳似的把它提了起来。

我坚持要给山羊胡买条好烟,山羊胡乐呵呵地说:"不用了,我今天有这下酒菜就够了。"说着,他抖抖那条蛇,"这是条菜蛇,没毒。"

就在这时候,老婆突然一把抱住我,泪流满面。

我摸着老婆的脸说:"原谅我啦?"

老婆亲着我,喃喃道:"一个彻夜守护老婆的人,要变心都难!"

(阮红松)

(题图:刘斌昆)

枪口下的河

两年半前，这个国家爆发了战争，从此，战火弥漫着每一寸国土。

这里是西部的林区，广阔的大地上处处是浓密的森林，还有一条宽宽的河。三个星期前，一个营的士兵在河的这边驻扎下来，紧接着，敌军两个营的士兵在河的那边安下营来，但他们没有发起进攻，不知道他们想搞什么名堂。同时，双方的哨兵已经隐蔽在两岸的森林中，虎视眈眈地寻找着战机。

部队抵达河边时，天气还是寒冷的，可前几天放晴了，春天到啦！

天气的转热使士兵们感到了身上的燥热，而且这两年半里，他们没有洗过一次澡，周身积满了污垢，于是那条河便成了对他们的最大诱惑。一天清晨，一名军士偷偷地从军营里跑出来，他溜到岸边，潜入河中，正当他在大自然的怀抱里尽情地沐浴时，"砰砰"，从河那边的荆棘丛中射来了两颗无情的子弹,鲜血染红了河水,不一会儿,那军士爬回自己一方的河边,几小时后,他就停止了呼吸。

第二天,又去了两个士兵,可是他们再也没有回来,人们听到河那边传来一阵机枪的"哒哒"声,过后,便陷入了一片死一般的寂静。

这天,全营的士兵在树林边的空地上集队,司令部派来了一位少校,向全体士兵宣读了一道命令:禁止到河中洗澡,而且在离河两百米的范围内任何人不得入内。违抗此命令者都将被送交军事法庭。

"让司令部的命令见鬼去吧!"士兵们从牙缝里低声抱怨着。

这天早晨,一名士兵跑出军营,来到河边,他把衣服留在岸上的一棵树旁,让步枪直立着靠在树干上。他朝身后看了看,以防自己军营那边有人过来:送上军事法庭受审那可不是闹着玩的;他又向敌人占据的对岸瞟了最后一眼,随即跳进河中。

这场打了两年半的战争使他的身躯和心灵受尽了折磨,他的身上至今还留有两处伤疤,所以,他赤裸的身体一浸到水里,便感到自己又变成孩子了,感到自己成了一个新的人,又好像有这么一只巨大的、温情脉脉的手,在用海绵擦拭他的全身,抹去他两年半里所受的痛苦。

他一会儿浮泳,一会儿仰泳。河的两岸飞着各种不知名的美丽鸟儿,它们还飞到了他的头顶上,好像在和他嬉戏。

这时,有一根树枝被卷进了激流,他下意识地潜进了水里,他想通过一次长时间的潜泳,把那根虽然没有了生命,但被卷进了激流的树枝抓到自己手里,他真的这么做了,冒出水面时,正好游到树枝的旁边。就在这时,他感到了一阵恐怖,因为他同时看见前方三十米处有一个脑袋!他停了下来,想看清楚些。

另外那个游泳者也看到了他,也停了下来,他们相互对视着,他弄不清面对着自己的那家伙是自己人还是敌人……他们在水中一动不动地对视了好几分钟,突然,那家伙开始急急地朝对岸游去,几乎是在同时,他也扑进水里,使尽全力游回自己的岸边,仅仅是瞬息之间,他已抢先钻出水面,奔向放枪的地方,并很快一把将枪抓到了手里,而对岸那家伙,这时才刚刚钻出水面,正跑去取枪。

他举枪瞄准,对他来说,把一颗子弹送进那家伙的脑袋实在是太容易了,因为那人仅在二十米远的地方奔跑,而且是一丝不挂,目标太显眼了。

但他无法扣动扳机,河那边的那个家伙,全身赤裸裸的,就像从母亲肚里刚生出来那样,而他也正赤身裸体站在河边,他们是两个剥光了衣服、剥去了姓名、剥掉了国籍、剥下了卡其布军服的赤裸裸的人……枪口下的这条河没有把他们分开,却把他们连到了一起。

他把枪放下,低下了头,就在这时,"砰",只听见从对岸传来一声枪响,他眼前一黑,什么也看不见了。几只飞鸟惊骇地从岸边的灌木丛中蹿出,他双膝跪地,接着,那张惊恐的脸平贴到了地面上……

(编译:霍苹军)
(题图:箭　中)

博物学家的妙计

一位美国博物学家到印度考察。一天,他被邀请参加一位官员举行的盛大宴会。主人夫妇把宾客领进一个布置得异常华丽的餐厅,那餐厅地上铺着光洁的大理石,一扇敞开的玻璃门外是个非常漂亮的阳台。宾主们兴致很高地在频频举杯。

这时,博物学家听见身旁的一位小姐正和一位年轻少校在激烈争论着有关自制力的问题。

小姐说:"妇女们看到一只老鼠都要被吓得魂不附体的时代已经一去不复返了,她们的自制力完全可以控制住自己的感情。"

年轻少校却摇摇头说:"一个女人在碰到任何危险时的反应只有一个——惊叫。对男人来说,尽管有时也会惊呼起来,但他们总是比女士们多一盎司自制力,这最后的一盎司是多么至关重要!"

博物学家对这场争论毫无兴趣，也不愿意听，而是注视着别的客人。突然，他发现女主人的脸上浮现出非常奇怪的表情，她的身体微微地震了一下，但立刻，又变得神态自若。她转身把侍童叫过来耳语了几句，侍童的眼睛一下子睁大了，急忙离开了餐厅。

一会儿，博物学家见侍童端了一盆牛奶放到了阳台上，阳台的玻璃门依旧开着。博物学家暗暗吃了一惊。在印度，谁都知道，把牛奶放在阳台上，只能是引诱一条毒蛇。他意识到餐厅中肯定有一条毒蛇，他抬头看了看房梁，又看了看房子的四角，都没有！他断定毒蛇肯定在桌子下面，正在威胁着客人的安全。

博物学家想立刻跳起来警告大家，但如果那样，只能引起混乱，使毒蛇受惊咬人。于是他镇定地想了个好主意，他大声说："诸位在争论自制力吗？我想知道诸位的自制力如何，我来数三百下，在这期间谁也不能动一动，否则他将输掉五十比索。好，开始！"

霎时，客人们像石雕一样一动不动了。当博物学家数到二百八十时，突然看见一条眼镜蛇正朝阳台上那盆牛奶游去。他大喊一声，扑过去，迅速地把那扇玻璃门关上，客人们顿时一片惊呼。这时，男主人对少校说："您是对的，少校。"他指指博物学家说，"这位先生的行动正巧给了我们一个极生动的例子。"

"等等。"博物学家说，同时转过身问女主人，"夫人，您是如何知道那可恶的家伙在餐厅里呢？"

女主人微微一笑回答说："因为它刚刚从我的脚面上爬过去。"

（罗　然）
（插图：李　加）

乞丐王国历险记

入魔窟

在埃及一条破破烂烂的小街上,走着一位用石膏裹着断胳膊、衣着邋遢的乞丐,他不时向行人伸出那只断胳膊乞讨,嘴巴喃喃地说着:"行行好,给我点钱吧!"路上行走的珠光宝气的达官贵人,厌恶地远远躲开。偶尔有人朝这个乞丐脚下扔下几枚硬币,这个乞丐忙弯腰鞠躬,发出有气无力的声音:"真主保佑你!"

这位断胳膊乞丐不是别人,而是中东发行量最大的《今日报》主任编辑哈米德,他为了能了解生活在最下层人的疾苦,唤醒社会良知,曾化装成仆役、歹徒、囚徒,以一系列报道震惊了社会,推动了一些社会问题的解决。今天他特地到医院求医生给他的胳膊打上石膏,假装成断了胳膊的残疾人,随后他化装成乞丐,想到乞丐群里去生活一个星期。他到了街上,他的胳膊像真的折断了一样,再加上他惟妙惟肖的表演,效果奇佳，蒙住了所有的人。不一会儿，他的口袋里已装满了乞讨来的钱币。

哈米德一边乞讨，一边在四处观察，他知道要进入乞丐群，首先要得到乞丐首领的允许，不然他们是绝对排异的，无法进入他们的世界。他已经在路上行走了一天，只是和一些小乞丐擦身而过，一直没有发现他们的头儿。哈米德想了想，决定到游人最多的大商场那里去碰碰运气。

他马上径直朝大商场赶去，刚到大商场门口伸出"断胳膊"向游人乞讨，突然一只有力的黑乎乎的脏手搭到了他的肩上。他回头一看，大吃一惊，只见一个嘴唇上豁开了一个口子、相貌丑陋的中年汉子，他只有一条胳膊、一条大腿，手持一根大得出奇的拐杖。这个汉子声音嘶哑地说："你上别处去讨吧，你知道这里是谁的地盘？是海曼师傅的地盘。你知道海曼师傅是谁吗？"说到这里，他那深深陷在眼眶里的眼睛恶狠狠地盯住哈米德，哈米德顿觉一股冷气向他扑来。哈米德刚要开口解释，这个乞丐像一只发狂的狮子拼命吼叫了起来："海曼师傅就是我！"说时迟，那时快，那一只像干柴般的手，冷不丁地一把揪住哈米德的领口，拼命拉着，"谁敢侵犯我的地盘，我就要扭断他的脖子！"

哈米德一听，顿时来了精神，这位恶汉正是自己苦苦寻了一天的乞丐头儿。他马上装作非常惊恐的模样，卑躬屈膝，连连低声哀求道："我是刚从医院出来的，残废了，讨些旅费回家，求师傅高抬贵手，让我混口饭吃。"

海曼朝着哈米德的"断胳膊"瞅了几眼，打量了半天，最后浑浊的眼珠一转，凶神般的脸腔慢慢展开了笑容，口气缓和了下来，说："好吧，我同意你'干活'，不过你每天至少要交给我五镑钱！"

哈米德假装成犹豫不决的样子，沉思着，最后才勉强点了点头。

海曼见哈米德点头答应了，豁开的大嘴乐得"咳咳"一阵干笑，随后他斜视着哈米德，把他那只干柴般的脏手搭在哈米德身上，一拐一拐地把哈米德带到一座孤零零的破楼房里，引着他上摇摇摆摆的楼梯，走进了一间小屋。

哈米德一进屋，打量着四周，只见小屋里堆满了破烂，没有灯光，只有一个炉子里发出的红光才给小屋带来点光亮。哈米德正在观望四周，突然，海曼"嘶"的一声，撕裂了套在自己身上的那件肮脏的外衣，露出了看得见根根肋骨的胸脯。哈米德好奇怪，天气又不热，屋子里又没有水，他打赤膊干什么？哈米德正在琢磨时，只见海曼一转身从炉子里拿出一块烧红了的烙铁，猛地朝自己赤裸的身体贴去，霎时，一股皮肉烧焦的味道弥漫了小屋。一阵嘶嘶啦啦的声响后，红的、黑的伤痕接二连三地出现在海曼的身上，像被文身一样。海曼把牙根咬得格格直响，但手里的烙铁还是不停地朝自己的身上贴去。哈米德惊愕得瞪大了双眼，他早就听说乞丐王国是野蛮的，但万万没想到竟是如此残忍，又是如此无耻。看来，海曼把他带到这个鬼地方来，一定是有目的的，很可能自己也要尝尝烙皮肤的滋味。

果然，海曼松了口气，把烙铁又放进了炉子里，突然他转过了身，冲着哈米德一阵吆喝："快把衣服脱光，快！"他见哈米德没有反应，阴森森地说，"这有什么可怕的？只不过是替你掐死身上的虱子，同时也是我需要的标志！"说着，他一把从火炉里抽出烙铁，一拐一拐朝哈米德逼来。望着海曼被跳跃的火光隐隐约约照红的变形的阎王般的脸，哈米德心想：想要进入这个恐怖的世界，是必须付出这个代价的。想到这里他一把撕开自己的衣裳，闭上了眼睛。"咚、咚、咚"，海曼的脚步声越来越近，哈米德感觉到炽热的烙铁离自己的胸口越来越近了。

就在海曼把烙铁慢慢地贴上哈米德胸脯的时候,突然,"砰"的一声,门被推开了,滚进来一个黑乎乎的东西,紧跟着门外走进来一个叫努费尔的残疾男人,指着地上的东西对海曼说:"这个小球想溜,给我抓回来了,该让他吃顿热炒饭了!"哈米德睁开眼睛一看,原来是个十五六岁的乞丐,龟缩在墙角,眼睛里流露出恐怖的神色。

突如其来的转变,分散了海曼的注意力,他一把推开哈米德,恶狠狠地盯住小乞丐,随后指着哈米德对努费尔说:"把他带走吧,要好好'照顾'他!"努费尔一听海曼的吩咐,一把拉过哈米德,把他推下了楼梯。哈米德像获得大赦一样,急忙离开了这个充满血腥味的破屋。

睹酷刑

第三天一大早,一个双目失明的乞丐找到了他们露宿的地方,告诉努费尔,说海曼师傅要哈米德马上去。努费尔对哈米德说:"你数数钱,这三天够不够十五镑,头儿要你的钱了。"哈米德忙翻开所有的口袋,一数只有十三镑多一些,努费尔摇摇头,苦笑着说:"试试看吧,头儿可不是好惹的。"

哈米德怀着忐忑不安的心情,来到了那间破屋里,把三天讨来的钱全部交给了海曼。海曼拿着哈米德交上来的钱,掂了掂说:"凭良心讲,你这个模样,一天要讨五镑的收入是件不容易的事。怎么办呢?咱们得想个好办法。"说着他退后一步,眯缝着眼,打量着哈米德,摇了摇头说:"像你现在这个模样不行,你需要动动'小手术'。"说完,拽起哈米德的手,朝外走去。

哈米德不懂他们的"手术"是怎么回事,以为是化装而已,尽量把自己弄脏，充其量不过往身上烙几个伤疤而已。为能写出篇振聋发聩的文章来，作点牺牲也是值得的。想到这里，他顺从地跟着海曼一伙朝一个旮旯里走去。

他们拐弯抹角地绕了一个半小时，海曼才把他带到了一所快要倒塌的洞穴般的房子前停住了脚步。这是所两层的小楼，院子里满是污水，房子里又黑又潮，一进去，一股恶臭扑鼻而来。哈米德正打量着这个阴森森的地方时，突然从里面传出了鬼哭狼嚎的声音，这是一个男人绝望的恐怖的喊叫："啊，我的眼睛，我的眼睛！"哈米德一听，不顾一切地朝发出声音的地方冲进去，使他大吃一惊的是，只见三条彪形大汉把一个男子按倒在地，第四条汉子把又脏又尖的手指戳进拼命扭动身子的男人的眼眶里，随着一声毛骨悚然的喊叫，这个汉子用指甲抠出了那个男人的眼珠，一甩手，扔在了墙角里，霎时，血从被剥落眼珠里的伤口喷射而出。那几个帮手看见扔在地上的眼珠，放松了手脚，松了口气，朝满脸满头都是血污的那个汉子说："完了，老弟，熬过这鬼门关，以后就好挣大钱了！"

哈米德从来没有见过这种惨不忍睹的场面，他绷得很紧的神经还没松弛下来，突然前面的一张"手术床"上又传来一阵又尖又高的叫喊声。哈米德定眼一看，一个浑身一丝不挂的女人，仰面躺着，被电线牢牢地绑住，一条腿被几个大汉按在一块被污血浸黑的大木板上。那个女人拼命地挣扎着，声音都喊哑了："师傅，我不干了，我要腿，我不干了！"只见海曼师傅怪模怪样地一笑，脑袋一歪，身边几个帮手用一块黑头巾布蒙上了她的眼睛，就在这一刹那，海曼那只独臂飞速操起一把大刀，只听见"咔嚓"一声，刀落腿断，一只脚连同一段小腿飞离身体，掉在远处，血像喷泉一样涌了出来。那女子大叫一声，头一歪，顿时昏死了过去。这时，海曼熟练地把草药敷在那女人的伤腿上，一边拍着大腿，一边高声说："这是神药，又止血，又止痛，过两天就可以去赚黄金了！"

目睹这两起惨绝人寰的"手术"，哈米德吓呆了，他万万没有想到这些让人同情的残疾人，并非天灾人祸。这时，海曼浑身溅满了血迹，朝哈米德一拐一拐地走了过来，然后怪模怪样地笑了笑说："奇怪吗？只有这样，才能赚大钱！你知道我有多少财产吗？我有三幢洋房，还有五十万镑存款。"

"五十万镑存款！"哈米德听得目瞪口呆。这么大的数目，他们报社全年的利润才这么多！哈米德惊讶得连连咋舌。正在他不可思议的时候，耳边却传来使他肝胆俱裂的声音："还是让我也在你腿上搞点什么，这样你的手和脚就像样了，像我一样，会赚到大钱的！"

这一声犹如五雷轰顶，顿时把哈米德从惊愕中惊醒。他知道海曼是个心狠手毒的恶魔，为了赚钱，他是什么都干得出来的。怎么办呢？他无法想象自己靠一条脚蹦跳着在《今日报》社里工作，这是一个可怕的噩梦，得想办法赶快离开这个魔穴。

想到这里，哈米德连忙装出一副可怜的模样，对海曼说："海曼师傅，我现在的模样够能让人家同情的了。等我手好一些后，你不让我做手术，我也会求你做的。现在我会讨到很多钱来孝敬你的……"

海曼又怪模怪样一笑，摇摇头说："你现在连最起码的'干活'钱都交不够，怎么能讨到更多的钱给我呢？"

哈米德一听，忙解释说："前几天我还不懂行情，现在我算摸到行情了：不要向五十岁以上的男人或妇女讨钱，他们是不会给你一个铜子的，也不要向姑娘们要，她们也不会同情咱们，要向小伙子要，他们往往因为我和他们一样是小伙子而同情我，也许这种同情是出于要在姑娘面前显得慷慨大方的心理状态。还有，农村来的小伙子比穿西装受过教育的更富同情心。"哈米德一口气说到这里，加重了语调，"真主做主，假如我每天晚上不交你十镑钱，我一定把腿伸给你砍去，绝不再说二话。"

海曼足足盯了哈米德五分钟之久，终于，他那让人害怕的脸有了些表情："嘿，这小子真摸到了门道，去吧！"哈米德一听，顿时像从地狱里爬了出来，慌不择路地从致残所中逃了出去。他刚刚庆幸自己脱离了魔掌，突然从他身后传来一阵响声，他回头一看，见是努费尔带着几个乞丐急急忙忙朝他赶来，给他带来海曼的指示，要他跟着努费尔一伙一起行乞，不得有误，否则将要受到残酷的刑罚。原来海曼担心哈米德逃走，少了棵摇钱树，所以派了努费尔这个忠实的走狗来监视哈米德。

第二天，哈米德在努费尔的监视下，在拉姆勒火车站乞讨。不料到了华灯初上，已经行乞了一整天的哈米德手里只是捏着数十个铜子，那些乐善好施的顾主都被努费尔这帮乞丐抢去了。这时努费尔他们不时向他飘来几丝嘲笑，好像说：哈米德，这下你的大腿就要从你的身体分离了。看到他们的神态，哈米德不由得感到一阵恶心。讨，讨不到十镑钱；逃，又逃不出这帮乞丐的包围圈。就在哈米德走投无路的时候，突然他的眼睛一亮，他发现了唯一知道他行踪的报社主编达利从车站匆匆走了出来，他忙拖着疲倦的身体，向达利移去，伸出那只"断胳膊"假装行乞，说："先生，行行好，真主会保佑您！"随后马上改用原来的声音说，"快给我扔下三十镑，三天后我便可以回来，一定能写出一篇像样的冒险新闻报道。"达利奇怪地瞧了瞧哈米德，很快从熟悉的眼神里认出了是哈米德，马上从口袋里掏出三十镑，朝他手里一塞，轻轻说了声："当心点。"为了不引起努费尔他们的怀疑，他对达利的背影深深鞠了一躬，口中念念有词:"真主保佑您!"

意外的相遇,挽救了哈米德一条大腿。哈米德像一个凯旋而归的将军,来到了海曼的破屋,交上了十镑十来个铜子。海曼拿着哈米德交上来的钱,乐得嘴也合不上了,他手下的那帮乞丐,还没有一天上交这么多钱的。他嘻嘻一笑,十分满意地说:"怎么样?常言道:乞讨就是炼金术,尝到味道了吧。好啦,十镑我留下了,那些铜子属于你的了。"

遭险情

哈米德走下摇摇晃晃的楼梯,刚要离开这个小楼,突然听见在楼梯下面传来一阵带着哭腔的呻吟,他忙转到楼梯后面,只见上次被抓回来的小乞丐像大虾一样蜷缩成一团,赤裸裸的身上伤口已经溃烂,伤口里有不少白色的蛆虫在蠕动。哈米德蹲下身来,轻轻叫着:"小兄弟,小兄弟,你怎么啦?"

小乞丐张开浑浊的眼睛,微弱地叫着:"水、水……"说着,头一歪又昏迷了过去。

哈米德见小乞丐生命垂危,又见四周无人,便轻轻抱起小乞丐,急步回到自己栖身的破棚里,忙找来一碗冷水灌进了小乞丐的嘴里。不一会儿,小乞丐睁开了眼睛。哈米德一见小乞丐醒了,忙俯下身,关切地问:"你怎么会来这里?你快逃走吧!"

小乞丐泪汪汪地点点头,拖着哭腔说:"我是被他们骗来的,我想逃走,可是逃不出去。海曼师傅的人把住了各个通道,你要离开他的地盘,轻的打得你死去活来,重的干脆把你打死。"他望了望自己的伤口,"再说我没有钱,我往哪里去啊!哟,痛死我了!痛死我了!"小乞丐说着,又在草堆上打起滚来。哈米德知道小乞丐不马上医治,命就保不住了,但进医院是不可能的,只有到药房买点药,也许还能救他一条命。

想到这里,他忙翻出他藏起来的二十镑钱,转身就朝门外跑去,刚跑到门口,只见努费尔像幽灵一样从破门里闪了进来,那双布满血丝的黄眼珠朝哈米德一个劲地转悠。"小球在你这里,害得我找了半天,你真是大好人!"突然,他用穿着的一只大皮鞋,猛地朝小乞丐的伤口上踹了过去,只听见小乞丐一声惨叫,痛得昏死了过去。

哈米德一见,怒不可遏,气愤地冲到努费尔面前,一把抓住他的衣领,喝道:"你为啥这般残忍!"

"残忍?我是为他好,他越伤残,越是个好乞丐!"说着,又要往小乞丐的伤口上踩去。

就在这时,哈米德再也忍不住了,他一边喊叫着"我也成全你当个好乞丐吧!"一边用裹着石膏的"断胳膊"猛地朝他面门砸去,"哗"的一声,只见努费尔满面开花,鲜血溅满了头上身上,直挺挺地躺在了地上。

哈米德甩开努费尔,朝广场旁的药铺跑去。一个小时之后,他上气不接下气地拿着药跑了回来。他刚跑到门口,只见小乞丐已爬到门口,一把抱住他的腿尖声叫道:"好人,你快逃吧,他们要来害你!"

哈米德一听忙问:"为什么?"

小乞丐哭着说:"都是我惹下的祸根!他们本来就对你怀疑,刚才你又不顾一切地救我,他们看出了你的破绽:你的胳膊是好的、假装的,从而认定你是钻进来的暗探。他们对暗探是不会轻易放过的,快,我听见海曼的脚步声了,你快逃走吧,不然就没命了!"

哈米德一抬头,果然在街口拐角处,海曼身后跟着满脸是血的努费尔,带领着一批人正朝他赶来。哈米德见情况紧急,便对小乞丐说:"太感谢你了,你如能想办法逃出去,就到《今日报》找我,我叫哈米德!"说完,他朝小乞丐做了个"V"的手势,随后疾步朝广场处奔去,在人群里拐来拐去,他要甩掉海曼他们的跟踪,趁机逃出他们的包围。

就在他在人群中横冲直撞的时候,他发现了一辆报社的面包车,像见到了救星,急忙一溜小跑到面包车旁,不料,司机竟是一位陌生人,他急忙对司机解释说:"我是报社的哈米德,请你赶快把我带走!"还没等他把话说完,却引来一顿嘲笑:"嘿,你是哈米德?那我就是他爹!你这个臭要饭的!"说完,司机唾了他一口,打起方向盘,一溜烟开走了。哈米德呆住了,他没想到命运竟是这般残酷。就在这瞬间,海曼、努费尔他们赶到了。他们包围了广场,一步步向哈米德逼近。海曼一面阴森森地豁着嘴"咳咳"地干笑,一面凶狠地挥舞着独臂,一拐一拐地朝哈米德走来。很快,他们紧缩了包围圈,不一会儿,乞丐们里三层、外三层把哈米德密不透风地包围在中间。

海曼阴森森地盯住哈米德好半天,才从喉咙里挤出一句话:"点天灯!"话音刚落,乞丐群里发出一阵骚动。这是一种最残酷的刑罚,行刑时,把人倒挂起来,身上用汽油浸透的破布裹着,然后点上火,把人慢慢烧死。

面对绝境,哈米德反而心里平静了,他知道,在这里没有法律,没有人道,没有人的尊严,任何解释,任何请求都是多余的,但自己在走向死亡之前,他仍然应该履行自己的社会职责,他要规劝他们弃恶从善,用自己的劳动血汗来改变自己的生活道路,结束这可耻的生活。不料还没等哈米德开口,努费尔像恶虎扑食,一下子把哈米德摔倒在地上,随后拿出早已准备好的绳子,结结实实地把哈米德捆绑起来,推推搡搡地把他推向刑场。

乞丐们把哈米德押到海曼住的破屋门前，正准备把他吊起来的时候，突然，一辆辆鸣着警笛的警车呼啸着朝聚集的乞丐驶来。海曼一看，冤家路窄，碰到了管风化的警察，吓得抱头鼠窜而去，乞丐们也顿时像被开水浇的蚂蚁窝一样，扔下哈米德，跑得无影无踪。

这时，一辆红色警车"嘎吱"一声，停在了哈米德面前。哈米德一看，愣住了，只见警长的后面竟跟着主编达利和那个小乞丐。原来小乞丐见海曼他们围追哈米德，知道凶多吉少，这时他见守在路口的乞丐小头目都随着海曼去围追哈米德，情急中萌发了报警的念头。警察局接到报案后，马上与《今日报》联系，获悉确有哈米德其人，才风驰电掣般地调动几十辆警车赶来解救哈米德。

这时，小乞丐深情地望了望哈米德，眼一闭，又昏迷了过去。哈米德热泪盈眶，望着小乞丐激动地说："谢谢，谢谢……"

(改编：顾学军)
(题图：王志伟)

魔鬼大亨

意外的结婚礼物

香港一条最繁华的大街上,车水马龙,熙熙攘攘,一辆辆轿车都像事先约好一样,保持着一定的速度,一定的距离。唯有一辆"奔驰"牌轿车显得特别不耐烦,总想超车,但井然有序的车群又抑制了它的超车欲望。开这辆车的人是一个个子颀长、潇洒倜傥、皮色黝黑,名叫周咏良的青年男子。他父亲是香港屈指可数的富商,但这位富商担心喜爱体育运动和旅游的儿子不会精于经商,因此不让他在自己公司供职。周咏良只得自己经营一家名叫百利的电子有限公司,利润倒也丰厚。此刻,他正要赶到维多利亚酒家,与女友傅娇娅约会。年方二十的傅娇娅天生丽质、容貌姣美,她在太空俱乐部供职,还是一名业余歌手。

周咏良赶到维多利亚酒家时,早已过了他俩约会的时间,但找遍整个酒家也不见傅娇娅的倩影。正在他焦急万分时,他的后颈部被人吻了一下,他回头一看,正是傅娇娅。

傅娇娅甜甜地表示着歉意:"我下班后去参加一个慈善机构的义演,来晚了。"周咏良也用一个亲吻表示了他的理解。

吻后,周咏良把傅娇娅领到他早已预订好的座位上,从包里拿出一样东西藏在身后说:"娇娅,你能猜出我手里拿的是什么吗?"

傅娇娅不假思索地回答:"一束花。"

"不,不对。今天你是猜不到的,这将是我们结婚的……"说到这里他故意卖个关子,逗逗傅娇娅。傅娇娅急得伸手去抢,抢到手一看,只是一张普普通通的日报。这时,周咏良把一杯咖啡送到她嘴边,说:"娇娅,你暂时不要看报。你听我说,这次我们的新婚蜜月到哪里去最好,我想过了,你能猜出来吗?"

傅娇娅含情脉脉地瞧着周咏良,黑宝石般的大眼睛眨了眨说:"北京的古长城?"

"那里我们已去过两次了。"

"埃及的金字塔?"

周咏良又摇了摇头:"那里不够诗意。"

傅娇娅双手托着粉腮,望着墙上挂着的原始森林大油画说:"亚马逊河沿岸的原始森林?"

"那里不够刺激。"

傅娇娅闭上大眼睛沉思片刻,突然睁开眼睛高兴地叫道:"猜到了,东非大峡谷?"随后紧紧盯住周咏良的嘴巴的口型,周咏良刚要说出声,傅娇娅低下脑袋,娇嗔地说,"我可猜不出了。"

周咏良一把把傅娇娅搂进怀里,把她手里的日报展开,指在一条标题上说:"亲爱的安琪儿,你看。"傅娇娅顺着周咏良的手指望去,只见一则新闻上面写着：

新婚蜜月最佳方式：太空一日游！

宇宙旅游公司推出人类首次太空旅游，它将给您的新婚带来无限的奇趣，它将给您的新婚留下永恒的纪念。

"太阳神"号载人宇宙飞船将令您一睹天外风光，大开宇宙奥秘之眼界。请各位注意："太阳神"号载客有限，务请捷足先登，先睹为快！

每位一万美金，新婚夫妇算一位票价。

傅娇娅从小酷爱天文学，现供职于太空俱乐部，专门负责俱乐部购买来的各种宇航工具拍录下来的外星球风光资料。这些图片和录像她已经看得够多了，但这些资料终究不是亲眼所见的实景，她羡慕能上天的女宇航员。现在这个梦寐以求的夙愿，竟被心上人、未来的丈夫周咏良作为新婚旅游的方式提出，真是兴奋异常。她紧紧依偎在周咏良的怀里低声说道："良，这是真的吗？"

周咏良从身上衣袋里掏出两张旅游票说："这还能假！明天的。"

坑人的骗人圈套

第二天，他俩乘上宇宙旅游公司的"伊丽莎白"号轮船，到达一个太平洋的岛屿，据说这原是美国的一个被遗弃的秘密航天基地。两年前，宇宙旅游公司以极低廉的价格购入了这座航天基地，投入巨资，经过一年多的苦心经营，已建成了可供"太阳神"号载人宇宙飞船起落的太空宇航基地。

周咏良扶着傅娇娅刚下码头,一位身穿白色制服的工作人员毕恭毕敬地递上一张纸,他们展开一看,原来是一份表格,填写内容除了要游客填写姓名、住址、职业外,还要填上"您在最困难的时候首先想得到哪几位朋友的帮助"的内容。周咏良笑着摇摇头,拔出钢笔,刷刷地填完表格,放在码头上的一个箱子里,随后,搂着傅娇娅来到起飞基地入口处,只见基地外守备森严,保安人员三步一岗,五步一哨,荷枪实弹,格外紧张地警卫着这神秘的基地。

傅娇娅小嘴一噘,说:"我们的蜜月就是在这种气氛中进行?"

周咏良虽也对这森严的气氛有点不满,但他也理解这种太空旅游的保安措施是必要的,一旦碰上什么恐怖分子,后果不堪设想,就安慰道:"亲爱的,这就叫与众不同呀。"随后诙谐地补充,"这也是美国基地的遗风呢!"

正在这时,迎面走来一位身材高大、衣冠楚楚的中年男子,他就是宇宙旅游公司总裁杜梓龙先生。他首先祝贺各位新郎新娘新婚愉快,并恭喜大家幸运地成为人类第一批太空游客,接着,他请游客上了密封式的大巴士,送到设在若干里程外的航天基地。周咏良挽着傅娇娅随着游客们一起小心地登上巴士。经过大约一个半小时的颠簸,巴士门打开时,他们便发现已到了另一个世界:一座庞大的密封式的建筑物。他们被引进太空建筑风格的餐厅,享用了一顿精美的适合太空旅行的早餐,用餐后,在一位年轻美貌的太空小姐引导下,通过一条长长的走廊,好一会儿眼前才明亮起来,庞大的起飞井台正静静地卧躺着,面对着刺向蓝色天空的锥形体"太阳神"号宇宙飞船。

太空小姐笑容可掬地把游客们一个个引到座位上,舱顶上的传播器传来了播音员关于本次太空旅游的旅行计划:"本次太空旅行首先沿地球经线和纬线各绕一周，让各位亲眼目睹一下我们人类生存的地球在太空中多彩的、壮观的景色，然后直飞月球，围月球绕一圈，并对月球作超低度鸟瞰式观赏，最后返回地球。祝各位一路平安，谢谢。"

舱门关上了，游客们只感到飞船剧烈地震颤起来，一会儿，太空小姐请大家打开各自面前的一块迷你电视荧屏。霎时，荧屏上只见大地、高山、海洋迅速向后倒去，只几分钟便出现一个巨大的圆球体，这就是我们居住的星球——地球了。飞船完成沿地球经纬线各绕一圈远去的时候，蓝色的海洋和黄色的土壤变得熠熠发亮相互辉映，像是嵌在茫茫宇宙中的彩色明珠。

游客们都大开眼界，不时对地球在宇宙中的壮观发出阵阵惊叹声。在惊叹声中，傅娇娅的眉头却越皱越紧，她觉得荧屏上显示的景象，好像在哪里见过，也是这么个太空的角度，也是这么个相同的时间，地球也是这样机械地向后退去。没多时，她想起来了：那是太空俱乐部最近购买的一套宇航探测器发回地球的录像，她还是和周咏良一起看的。她越看越像，竟情不自禁地喊了一声："哦！这不是在放录像么？"

突然，傅娇娅的嘴被人用手封住了，她回头一看，居然是周咏良。周咏良神色严肃地瞧了她一眼，用目光示意她不要出声。傅娇娅不吱声了，但她再也看不下去，心想：这是一场骗局，"太阳神"飞船仍在基地的起飞台上，宇宙旅游公司不过是在向全体游客放映一场廉价的太空录像片。傅娇娅越想越愤怒，她打算一离开基地后，马上上诉法院，揭露宇宙旅游公司的骗局。骗走自己的一万美金是小事，它亵渎了自己神圣的蜜月是不能容忍的，而且再也不能让其他人上当了。

"太阳神"号飞船"返回"地面了，舱门刚打开，周咏良就紧紧地抓住傅娇娅的手，像从地狱里逃出来一样，率先挤出舱门，急匆匆走过狭狭的阴森的走廊，登上一辆早已等候在那里的巴士。在巴士里，周咏良轻声地在傅娇娅耳边说道："亲爱的，你可要闭紧你的小嘴，有话到家里讲。"傅娇娅看了看他那神秘的脸色，点了点头。他俩默默无声地又登上了"伊丽莎白"号轮船返回香港，船停靠码头，他俩第一个冲了出来，疾步走向停车场。刚要钻进自己的轿车，突然，他们面前出现了两个彪形大汉，胸前佩着宇宙旅游公司保安人员的标志，对他们冷冷地说道："对不起，周先生，傅小姐，我们轮船内的仪器测出你们身上带有武器，这是违反登舱制度的，请你们稍等片刻，解释一下这个问题。"

周咏良知道，眼前的一切都是由傅娇娅在飞船上那声喊叫所引起的，看来今天要离开这里绝非一件易事。他猛然出拳打在前面那个保安人员的脸上，另一只手抓紧皮箱狠命地向另一个保安人员的头上砸去。两个家伙没料到对方会这么快地出手攻击，一下子跌倒在地。就在这一刹那，周咏良拉着傅娇娅迅速钻进停在身旁的轿车，刚要启动轿车，傅娇娅却被后面赶来的一个大汉一把拉下车，这时，周咏良已踩上离合器，轿车已像箭一样地向前冲去。周咏良想停车，但转而一想：车一停不仅傅娇娅上不了车，连自己也得束手就擒。他惨叫一声："娇娅，娇娅！我会来救你的。"叫完，轿车迅速地开走了。周咏良咬紧牙，强忍着悲愤，头脑却十分冷静，他很快制定了计划：现在肯定不能回到自己的家，甚至不能与家人联系。杜梓龙搞这样一个公司，有的是钱，在这个世界上，钱是能办到一切事的。杜梓龙的魔爪早已伸到他的家庭。现在要救出自己的恋人傅娇娅，只有在报上揭露这个骇人听闻的骗局，引起舆论的关注，再寻找机会到司法部门，正式通过法律程序，告倒杜梓龙。此刻唯一的办法是找到自己最亲密的朋友，《每日快报》记者陈士德。

难逃的魔鬼黑手

周咏良把车直接开到《每日快报》报社。他找到陈士德后,把这段经历说完,陈士德也义愤填膺,马上拟定了一篇报道,他想让主编过目后,尽快地刊在明天的日报上。

陈士德带着周咏良推开主编办公室的门,将稿子放在主编面前说:"主编,这是一条震惊全球的新闻,明天一见报,首先能让我们的报纸声誉大振,其次让骗子丑事彻底败下阵来,也算是对社会做件好事。"

主编一听,马上来了精神,说:"什么新闻?"他戴上眼镜,捧起稿纸还没有看完,就皱起眉,把稿纸递给陈士德说,"小伙子,你这条新闻是从哪里听来的?不要为了赶时髦,忘记了新闻首先是要真实的。"

陈士德指了指身边的周咏良,胸有成竹地答道:"主编先生,这是我最亲密的朋友的亲身经历,半点错不了。"

不料,主编摇摇头,从抽屉里拿出一张稿纸递给陈士德。陈士德不看则罢,一看气得喘不过气来。原来,这是宇宙旅游公司总裁杜梓龙署名写的一份稿子,说是有一个名叫周咏良的游客企图破坏"太阳神"号载人宇宙飞船,现潜逃在外。

陈士德忙替周咏良申辩:"这是设下的圈套,有意扰乱社会舆论,破坏揭露真相!主编先生,您要主持公道!"

主编沉下脸,用训斥的口吻对陈士德说:"在香港这块弹丸之地,哪个不晓杜梓龙是有地位、有名望的人物?他这样的名流,不可能撒谎!"弦外之音,暗指周咏良是歹徒。

周咏良看穿了这位《每日快报》的主编已被杜梓龙收买了,气得浑身发抖,他挥舞着拳头说:"我不相信偌大的香港,就没有仗义执言的报纸!"说完,他猛地打开办公室门,气呼呼地朝外走去。

周咏良走到路边,刚要拉开车门,两个满脸杀气的壮汉突然横在他的面前,二话不说,铁锤般的拳头朝他鼻子挥来。周咏良一看,忙把脑袋一缩,从壮汉的胳肢窝下弯腰钻了出去,撒开腿就往前拼命跑去。两个杀手从腰里拔出手枪,大声吆喝:"站住,不然老子开枪了。"

周咏良摸不准周围究竟有多少人在围追他,忙拐到一个墙角处,紧紧贴住墙根。这时一个鹰钩鼻的杀手急匆匆追来,一边追,一边朝周咏良开枪。突然,周咏良捂住胸口,一个趔趄,摔倒在地,在地上直打滚,惨叫着:"痛死我啦!痛死我啦!"

鹰钩鼻得胜地一步跨上,双手按在周咏良身上说:"对不起,周先生,我可不想杀了你,我只是为了得到十万美金的悬赏,才不得不这么干的。阿门,但愿你的阴魂不要缠我。"就在他要下毒手的时候,周咏良像还了魂似的双腿猛踢他的背脊,一下子腾翻起来,猛虎般地压在他身上:"你可不是我的对手。"说着,一用力,将他的手脱了臼。

鹰钩鼻翻了翻眼皮,痛苦地呻吟着:"四周撒下了天罗地网,老鹰也休想飞出去。"

周咏良看到这条讨厌的走狗还在饶舌,就朝他下巴狠击一拳,立刻震落了他几颗血淋淋的大牙,这家伙痛得立刻昏死了过去。

周咏良跑到街上,只见一辆敞开式的吉普车停在那里,一个身穿保安制服的小伙子十分认真地紧张守候在那里。周咏良煞有介事地拍了拍他的肩膀,严厉地训斥他:"笨猪,周咏良这小子刚才从这条道上跑了,你他妈的十万美金让它从手里跑掉,还等在这里干什么!"小伙子大惊失色,立刻跟周咏良跳上车,驾车直追,直到离开《每日快报》报社很远很远,周咏良才转身对小伙子说:"把步枪给我!"

小伙子不明白地问:"你要枪干什么?"

周咏良说:"我已经发现了他,用步枪射击那家伙准跑不了。"

小伙子信以为真,立刻将步枪交给他,但又不放心地说:"十万美金你我一人一半。"

周咏良大笑道:"哈哈,你这下可以彻底放心了,周咏良先生要永远感谢你了。"说着,便一脚将他踹下了车。他加大马力,开了好长一段时间,将车停在街上一个投币电话亭前下车,拨通了他的另一位好友万明发家的电话。

万明发是一家银行的董事长兼总经理,在他刚满二十岁时,父亲身患恶疾,离开了人世。他有志继承父业,但年少资浅,再加上当时父亲的几个对手趁机发难,就在这个危难之际,周咏良的父亲鼎力相助,无私解囊,使他这个濒临垮台的银行重振旗鼓,几年时间一跃成为香港令人瞩目的财团。从此,他不仅与周家建立起特殊的情谊,而且一直存有报恩之情,可是近几年周家也左右逢源,愈发火红,不需他的慷慨解囊。

这天深夜,万明发刚从国外处理几桩业务回来,正在床上同分别数周的爱妻梦璐亲热时,床头的电话铃响了。万明发很不高兴,心想,早不来,晚不来,偏偏在自己最需要无人干扰的时候来电话。他气呼呼地抓起电话,刚要开口训斥对方,一听竟是周家公子周咏良的电话,立刻一改态度,忙问:"这么晚来电话,令尊有何贵干?"

当他听到周咏良面临杜梓龙的杀手追杀时,脸色严峻了起来,他急促地说:"我马上用车来接你。"他马上穿好衣裤,带了八名保镖,开了车将周咏良接到他的别墅。

就在他俩刚坐进客厅,还没开始交谈时,万明发的保镖说外面来了一个不速之客，请他转给董事长一盒录像带，经他检验确定是一盒录像带，而不是什么爆炸物之后，就放走了此人。万明发把录像带推进录像机，荧屏上出现一个年轻女人被折磨的镜头，他仔细一看，这个人不就是周咏良的恋人傅娇娅吗？他回头一看，只见周咏良双眼紧紧盯在荧屏上，浑身上下在抽搐。他再看荧屏，傅娇娅被一个健壮的黑人发泄般地扇着耳光，鲜血从嘴角里淌下来，继而又被一个黑人狠狠一顿鞭抽，只见洁白如玉的肌肤上留下一条条紫酱红的血印；鞭抽后，又来了一个五大三粗，足有一米九的高个子壮汉，他一下子拉掉傅娇娅的衣裤，然后面孔转向镜头，说："高贵的周先生，如果不是我的头儿在旁看管着我，我早就忍不住了。"说着发出一阵浪笑，笑后又狂傲地宣称，"我仇恨一切女人，女人是十恶不赦、坑害男人的魔鬼，如果周先生不在意的话，那么我就要对可爱漂亮的傅小姐先奸后杀了。"

周咏良再也忍不住了，在客厅里喊叫着："畜生！我要拿这盒录像带去告发你们这些魔鬼，让法院处以你们绞刑，不！我要亲手绞死你们这群魔鬼。"可这恶汉像预料到周咏良会这么说一般，竟继续说："周先生，你不要发火。我现在对你可爱的小宝贝一不奸，二不杀，只要你不再向新闻界，向任何人泄露杜梓龙先生半点秘密，我可以还你一个纯洁如初的傅小姐，但是，你如果继续一意孤行，不听我的忠告，那么我只好……呵呵，再见，周先生。"

万明发准备把录像带再放一下时，只见荧屏上一点踪迹都没有了。原来这是经过特殊处理的录像，只能放一次。周咏良被气疯了，在客厅里又喊又叫。万明发好不容易把他劝住，说："咏良弟，我们慢慢想办法，杜梓龙暂时不会那样干，如他真要那样干，把你逼急了，他将要失去成千上万的钱。我想，现在看来只有两种方法，第一种是我争取与他对话一次，看看有什么妥善的办法，比如什么条件可谈，这就要你不泄露他们的丑闻，他们将傅小姐归回给你；另一种办法则是通过我在政界、警界、经济界的朋友来揭露他们。"

周咏良听完他讲的两种方法，急不可待地叫起来："不！现在我要揭露，我要控告。"

万明发冷静地握着暴跳如雷的周咏良的手说："咏良弟，这样的话，傅小姐的性命就难保了。我们需要的是傅小姐能平安回来。"

这席话像一帖镇静剂，使周咏良平静下来，可是他们一直商量到凌晨，也没有拿出一条良策。最后，万明发只得接通宇宙旅游公司的电话，要求与杜梓龙直接通话。电话里传来了杜梓龙"哈哈"的狂笑声，他带着拖腔说："我早就相信万先生会给我来这个电话，我也早就相信周先生会来找我。大家都是在社会上混饭吃，彼此要合作哟。"说到这里，两人商定了具体事项，明天由杜梓龙派人来商谈。这时，电话里又传来杜梓龙带威胁的话：要表示诚意，商谈时，只得由万明发一人参加，不仅周咏良不准在场，就连万明发的妻子与保镖也不能参加。

恶毒的君子协议

第二天，周咏良只得在自己的房间踱来踱去，急得像热锅上的蚂蚁，他一直站在窗口前，除了看到几个男人和两个年轻漂亮的女人来到别墅外，再也没有看到什么人像宇宙旅游公司的谈判人员。如果说这些人来谈判的话，那么来这些男男女女干啥？他呆在自己房间里实在憋不住了，想请万明发再和宇宙旅游公司联系一次，就走出房间，来到客厅。

周咏良刚要推门，发现客厅里气氛不对，只听见客厅里传出几声女子的淫笑声和娇滴滴的发嗲声,他低头往钥匙孔里一看,不禁大吃一惊,只见在强烈的水银灯下,万明发正与两个女子上演不堪入目的一幕。更令人不解的是,四周还有好几架摄像机在拍摄着这些淫乱的场面。他只得转身回到自己房间,叹息自己找错了人,这个万明发荒淫无耻不去说,但在今日,我求助在他门下,他还有心思寻欢作乐,看来只有靠自己了。他坐在沙发里捉摸了半天,也没想出更好的办法。正在他为找不到一条良策而懊恼时,万明发推门进来了。这时的万明发已西装毕挺,尽管头发有点零乱,但笑容满面,他走到周咏良前面的沙发上坐了下来,说:"咏良弟,不要太难过,你的傅小姐马上可以回到你的身边。"

周咏良鼻子里哼了一声,刚想发问,转而一想,这毕竟是自己的事,朋友愿不愿帮忙也是由不得自己的,他平静地说:"明发哥,你也尽了力,我想我也不能久留在你家,我自己有办法来拯救自己的妻子……"

还没讲完,万明发就打断了他的话:"你疯了,你打算怎么办?"

周咏良咬了咬牙说:"我出巨款,雇用一架飞机到'太阳神'号基地上空拍摄证据,向全世界揭露这是一个没有起飞设施的所谓太空旅游基地。"

万明发说:"杜梓龙不是傻瓜,他的防护措施早就会料到你来这么一手,钱花去了不说,弄不好这样一来,傅小姐的生命也有危险。你趁早死了这条心。"

这下,周咏良怒不可遏地叫道:"那么,我在你这里等死,我在你这里等他们来擒拿!"

万明发忙说:"咏良弟,你说到哪里去了,你住在我家就像住在自己家里一样,我刚才已说过,傅小姐马上就可以回到你身边了,我可以保证你也不会有任何危险。"

周咏良一下子从沙发上弹了起来,用手指在万明发的鼻梁上大声骂道:"你不要左一声保证,右一声保证,你用什么作这样的保证?我看你到现在还没有与杜梓龙的人谈判过,你这个忘恩负义的伪君子。我投在你的门下,看错了人头,跑错了门,如果我父亲早知道你是这样一个人,绝不会把一百万美金扔在水里的!"

万明发一听这话,吃惊地抬起头,紧紧盯住周咏良,一会儿脸色由红转白,又由白转红。

周咏良骂罢,怒气冲冲地向门外走去。这时万明发一个箭步冲上去,一把拉着他问:"你要干什么?"

周咏良一字一顿地回答他:"离开你这儿!"

万明发高声喊道:"不,咏良弟,你现在要走是可以的,但必须答应我一件事,你绝对不能对任何人提起杜梓龙的骗局。"

周咏良气昏了:"没想到你已经被他们收买了。他们付给你多少钱!"

万明发反倒平静下来说:"咏良弟,事到如今,我本不想告诉你的也只得告诉你了。我与杜梓龙已谈妥了,双方都交换了条件。杜梓龙已保证不杀害你与傅小姐,可你知道我付出了什么代价?"

周咏良迫不急待地问:"什么代价?"

万明发万分痛苦地答道:"我付出了人格,付出了人的尊严。我为了报答周老先生,为了拯救你与傅小姐的生命,我只能依他的条件。我,我被剥得一丝不挂,被迫与两个女郎做出各种下流动作,他们把这些都摄制成录像带,一旦你告发他们,他们就将这些录像公布于众。他们是知道的,只要这些录像一公布,我与我的财团就垮台了。现在,不是你的命运在他手里,也不是他的命运在你手里,而是我的命运在你手里,我的咏良弟呵!"说着,两行热泪夺眶而出。

周咏良一听，不相信地紧紧盯住万明发的脸，想到万明发作风一贯正派，是个从不越道德规范雷池半步的人。怔了半天，突然他倒身跪在万明发膝下，呜咽地说："明发大哥，我错怪了你！我知道，我自从在宇宙旅游公司登轮前，在那份表格上填写了你的名字起，我就把你也连累上了。你为我受辱于魔爪之下，叫我今生今世如何来报答你呵，我的明发大哥！"说完，两人抱头痛哭。

哭了半天，还是万明发先开口："咏良弟，从现在起，你可以自由了，傅小姐也可以马上回来，只是，只是从今后你要替我着想，我求你了！"

这时杜梓龙嘴里叼着雪茄烟，坐在自己舒适的办公室里，把刚拍摄到的录像带，从头到尾兴致勃勃地看了一遍，他指着赤身裸体的万明发对手下人说："这下不仅没事了，而且连万明发这样的金融家也受制于我，哈哈，在香港还有谁是我的对手？还有谁敢和我作对？"说着，又发出了一阵大笑。笑罢，他来到关押傅娇娅的房间，推开门，他就笑容满面地招呼着："傅小姐，想念周先生了吧？哈哈，人之常情，恋人分手么，总是特别难受，更何况在蜜月的第一天。"说着，他看到桌上的饭菜一动也未动，马上装出一副怜悯的样子，"啊哟，这样不吃不喝，把人搞垮，我在周先生前怎么交得了账？"经过一天一夜折磨的傅娇娅，显得虚弱、憔悴，但仍不失姣美妩媚。她看到魔鬼装成人的样子肯定又要玩什么花招，她咬了咬牙，心想今天不管怎样，宁可玉碎，也不能瓦全，绝不能让魔鬼玷污自己的身体，自己的一切只能属于周咏良。想到这里，心里不由颤抖起来。不料，对方不仅没有动手动脚，反而在一只远离她的沙发上坐了下来，还不断地说："坐，坐。"接着点燃了一支古巴雪茄烟，仪态轻松地说，"傅小姐，委屈您了。这确不是出于鄙人之意。我这个人一生最大的嗜好就是钱，为了钱我是不择手段的，再多的钱进了我的口袋，我也不会说声多的，但，谁要破坏我的财路，我是不会答应的。谁叫您生得这样漂亮聪明，一个女人生得漂亮，谁都喜欢，但生得聪明，往往要惹出祸来。您一眼就把我的骗局给看出来了，您想一想，这个'太阳神'飞船，已花了我大把大把的钱，不捞回本我能心甘吗？好了，过去的事不谈，从现在起您可以自由了，您马上可以回到周先生的身边，重新开始你们的蜜月。至于为什么，那您去问您先生，不过在床笫之欢时要给您先生多吹点枕边风，要他多多遵守自己的诺言。"

此刻，傅娇娅也弄不清周咏良究竟与他交换了什么条件。作为恋人，她了解周咏良，他爱她，为了爱，为了保全她的生命，他会干出一切事的。现在，只要自己一脱离魔爪，回到周咏良的身边，就要竭尽全部财力与精力揭露这个天下第一号大骗局。

蹊跷的失踪怪事

傅娇娅很快地被两名宇宙旅游公司的保安人员护送到家。家里人一见到她回来，将一张当天的日报送到她面前。报上一条醒目的标题跳进她的眼帘：百利电子有限公司公开拍卖。这不是咏良苦心经营多年的企业吗？她顾不上两天两夜受到折磨的疲惫，只是淡淡化妆了一下，就立刻驱车赶到百利电子有限公司，在公司从上到下找不到周咏良。拍卖委员会一位男士告诉她，周咏良已将所有业务全权委托给拍卖委员会。她又马上赶到周家，周家还问她："你们不是去参加太空一日游的蜜月了吗？"她又奔波于周咏良一个一个亲戚好友的住处，也没找到他的身影。这时她的心一下子紧缩了起来，一定是她亲爱的周咏良，为了救出她，不惜一切代价，甚至付出了自己的尊严。现在他藏匿了起来，想当个隐士。想到这里,她租了一辆车,每天从早到晚,从晚到早,在香港的大街小巷、宾馆旅社寻找着他,还是没寻到他的一丝踪迹。但她发誓,找遍天涯海角,也要寻到周咏良。

一天,傅娇娅坐在梳妆台前,准备略施粉脂后,再去寻找自己的周咏良。电视里正在播放某一旅游公司的广告,自从她受了宇宙旅游公司的骗后,十分厌恶这类广告的喧噪。她马上转身走到电视机前,当她正要按按钮时,忽然发现荧屏上一个熟悉的身影,熟悉的声音,定神一看,此人不是别人,正是自己日夜追寻的周咏良。她一下子扑向电视机,想听得仔细,看得仔细,但只见他说了声再见,荧屏上马上又出现了其他的广告。她再也没有心思坐回到化妆台前,立刻驱车赶到电视台,好不容易才打听到,这是深海旅游公司的广告片,该公司的经理叫陈思富。傅娇娅一听好不失望,不是她的周咏良,但她怎么也抹不去刚才在荧屏上出现的那个熟悉的身影和声音,突然,脑子里跳出一个念头:会不会是周咏良的化名?想到这里她忙上前打听,得知深海旅游公司是在太平洋上一个岛屿后,傅娇娅第二天就从启德机场乘飞机到夏威夷,再从夏威夷改客轮赶到这个小岛。

傅娇娅一上小岛,就被风光旖旎的环礁海岸吸引了。一边是海滩的男男女女穿着泳衣,有的躺在明媚宜人的阳光下,有的漫步在椰林丛中;而另一边则是高矗入云的大厦,飞驰着的汽车。但她没有闲心观赏,按照广告的地址,她很快地找到海边,在浪花轻起的海边有一排别墅,只见别墅前竖着一块高达35公尺的广告牌,广告牌上写着:

深海旅游公司推出人类首次海底一日游
"月亮神"号深海潜艇将令您一睹人类从未到过的处女地——深海奇

异绚丽的风光,生活在深海的奇鱼异卉。目前,人类可以离开地球,飞到月球,火星,进入太空,但由于受到海水特有的压力,还未能潜到海下10000米。属于本公司的"月亮号"深海潜艇能潜入海下10000米。

请各位注意:"月亮神"号载客有限,务请捷足先登,先睹为快!

本岛居民可享受优惠,每位游客票价一千美金。

傅娇娅看完这些内容,感到似曾相识,但她已无兴趣去猜测了,她直朝深海旅游公司的办公大楼走去。刚走到门口,一位保安人员拦住了她:"小姐,请出示本公司的证件。"

傅娇娅说:"对不起,我不是公司的职员,我只是想找一个名叫周咏良的香港人。"

这位保安人员彬彬有礼地回答她:"本公司没有名叫周咏良的人。"

傅娇娅一听没有周咏良,自知说错,忙更正说:"噢,我说错了名字,我要找经理陈思富先生。"

保安人员一听她要找经理,就把她请到东首第一幢别墅的客厅,随后询问了她的姓名、国籍后,又离开客厅。略过几分钟,他回来告诉她,经理正忙着招待一批客人,要她先用过午餐后,等待安排接见。不料她一直等到晚上十点,工作人员很抱歉地对她说,经理晚上要参加一个谈判,实在没时间见面,请她先住下,安排明天接见。傅娇娅见也没别的办法,只好点头同意了。

次日早上,傅娇娅刚醒来,一位漂亮的妙龄小姐就告诉她:今日经理要陪一个观光团下海底旅游,等到晚上才有空接见她。傅娇娅一听,急得直摇头,她是风风火火赶到这里来找周咏良的,她恨不得一踏上小岛就知道陈思富是不是就是周咏良。昨天已拖了一天了,今天再拖一天,自己心里实在忍受不住了。她一骨碌从床上下来，顾不得化妆，匆匆赶到售票处买了张海底旅游票，她要到潜艇里见见陈思富。

傅娇娅和其他游客一样，走上栈桥，登上奶白色的"月亮神"号潜艇，当她一钻进橙黄色的艇舱时，一下子被豪华富丽的装饰吸引住了，她坐在自己的座位上，发现座位前有两只类似望远镜的圆镜头，她知道要观看海底的奇景就是通过这两只圆镜头。

一会儿，红灯亮了，潜艇船身微微抖动，潜艇开始下沉了。这时几位漂亮的航海小姐笑容可掬地给每位游客端上一份精致的早餐，这些早餐都是用海洋中的动植物制成的，具有浓厚的海味。航海小姐笑吟吟地告诉大家："现在潜艇还在浅海，一些景色都是在一般电影电视中能看到的，趁现在这段时间用完早餐，等到潜艇潜到深海，那时可尽情地观看您所从未见过的景象了。"果然，刚用完早餐，一幅幅深海奇特的景色出现在两只圆镜头内，那些蔚蓝色的海水中漫游着一些扁圆的鱼，据航海小姐介绍这是由于海水的压力使这些生物长成这些特有的体形。游客中许多人不断地发出惊讶的叫声。傅娇娅游兴虽然没有周围的游客那样浓，但她对这种旅游项目也发生了兴趣，她又想到了她与周咏良在"太阳神"号上受骗上当的情景，她感叹：自己命苦，为何不选择在"月亮神"号上度蜜月呢？她忽然注意着艇舱前方的显示器上面不断跳出的数字在说明"月亮神"号已潜到海下多少公尺。傅娇娅越看越有兴趣，双手紧紧把着圆镜头观赏着海底奇景，看着看着，突然她"啊"的一声尖叫了起来，又"忽"地站了起来。

闻声赶来的航海小姐扶住她，轻轻问："小姐，有什么不舒服吗？"

傅娇娅摇摇头说："没有，我只是想见见你们的经理陈思富，你知道他坐在哪里吗？"

航海小姐笑着说:"原来是陈经理的又一个崇拜者,他本来是上潜艇的,不知怎么的又下去了。"

傅娇娅一听,一下子破坏了情绪,再也鼓不起劲看深海奇景了。好不容易挨到"月亮神"号潜艇重新浮出水面,傅娇娅第一个离开"月亮神"号潜艇,直奔公司办公大楼,直闯经理办公室。她刚走到门口,一位妙龄女郎挡住了她的去路,笑笑说:"陈经理不在。"傅娇娅不信,女郎打开了经理办公室的门,傅娇娅朝里一张望,果然没有人影,她郁郁不欢地问女郎,她何时能见到经理。那位女郎笑笑说,这几天经理实在抽不出空,叫她安心休息,逛逛岛上的风光。

落魄的可悲归宿

傅娇娅闷闷不乐地回到了别墅,在床上躺了一会儿,觉得浑身不自在,就走出房间,走出别墅,来到公司的花园,她发现这几幢别墅造型都是不同的,其中有一幢别墅从外型看,像是一艘潜艇。她好奇地走了进去,里面几个房间都开着灯,却无一人。自从她来到这里后,对这个公司已产生一种说不出的滋味,这里的一切给人一种神秘感:经理虽不认识她,但留她在这里吃住;说是陪客人下海底,却悄悄离开;她明明在电视广告中看到周咏良在该公司,但公司上上下下都说不知道这个人。她决心今夜将这些谜解开。

傅娇娅壮了壮胆子,推开一间房,一看这是一间卧室,她感到闯进人家的卧室是不礼貌的,刚想转身离开,忽然一眼瞥到床头的墙上挂了一张彩照,这张彩照不是别人,正是自己。她大吃一惊,以为自己看花了眼,揉了揉眼睛仔细一看,正是自己最得意的那一张。就在这时,门外响起了一阵脚步声,一会儿推门进来了一个个子颀长的小伙子,傅娇娅一看,这不就是周咏良吗?傅娇娅不相信眼前发生的事情是真的,以为还是在梦里,当她看到她日夜思念的周咏良一步一步走近她时,她才相信这是真的。这时她再也控制不住自己的感情了,张开双臂紧紧地搂住他的脖颈,失声痛哭:"咏良,我找你找得好苦啊!"

可是,周咏良既没拥抱她,更没给她亲吻,只是神态冷漠地说:"你怎么会找到这里的?"

傅娇娅好不容易停止了抽泣,说:"自从离开杜梓龙魔穴后的那一刻起,我就无时无刻不在找你,你为什么要卖掉自己的公司?你为什么不等我回到你的身边再走?你为什么跑到这个岛上来?为什么?"

突然,她停止了发问,闭着眼睛沉思片刻,随后又睁开那双又黑又亮的眼睛问:"你是不是认为我已在杜梓龙那里失去贞操?你是不是认为我丢了你的尊严?我可以告诉你:我没做任何对不起你的事!"

周咏良好像被傅娇娅的感情所感染,重新燃起了爱情的火焰,他凝视着傅娇娅被愤怒激红的脸和喷火的眼睛,慢慢地抬起手,突然紧紧抱住傅娇娅,炽热的嘴唇像瀑布般地泻在傅娇娅的脸上。

正在他们双双销魂的时候,突然房间里响起一阵急促的电话声。这是一只银白色的带有小型荧屏的外线电话,周咏良按下电话的通话键,荧屏上显出了打电话的人,不看则罢,一看周咏良出了一身冷汗,此人不是别人,正是逼得他恋人受害、朋友受辱,甚至逼得自己背井离乡的宇宙旅游公司总裁杜梓龙。这时,杜梓龙发出一阵骇人的笑声:"周先生,不不,陈思富先生,要找到你不容易啊!怎么样,生意兴隆,大发洋财了吧?"

周咏良知道善者不来,来者不善,就平静地问:"有什么事直说吧。"

杜梓龙还是一脸笑容地说："事是有点的，只不过很小。挑明说吧，我这个人素来爱钱，这点你比任何人都清楚。谁断我的财路，谁就是我不共戴天的敌人，不在地球上抹去这个人，我是不甘心的。今天我找到你，正是为了这个……"

下面的话，周咏良再也听不进了，他万万没想到对方至今还没放过他，他言不由衷地问对方："具体的说，你准备怎么样？"

这下杜梓龙收住了笑容，露出了满面的杀机："痛快！告诉你！你创办的事业和我是一样的，只不过我骗人上天，你骗人下海。现在谁不知道，人类制造出的任何先进材料造出的潜艇，只能潜到海下4500米，是鬼造的潜艇才能像你公司广告所宣扬得那么有用。现在我要向全世界公布你的骗局，不仅让你破产，而且让你信誉扫地，再也不能在企业界混日子了。"

周咏良一听，全身禁不住阵阵颤抖，他害怕了，对方说的全是事实。他创办的深海旅游公司正是效法杜梓龙的勾当，怎么能骗得过他！周咏良想到这里，不由自主地对着话筒大声呼叫："不，不，你不能这样，你不能这样，你可以开条件，你可以开条件！"

杜梓龙一眼一板地说："老朋友，你害怕了。其实我也不是不让人吃饭的，我的人生哲学只是让别人不断我的财路，既然今天你求饶了，我也不会不放你一条生路。"

周咏良一听，像抽了脊梁骨的狗一样，连声地说："杜先生，你的宽宏大量，小弟永远铭记在心。请你开条件吧，我都答应！"

杜梓龙慢条斯理地说："周先生，我不想掠人之财，我不想要你一分一厘，我只想要你公司的一些材料，比如录像片、海底模型，挑明说吧，这些资料到我手里，不怕哪天你财大气粗，翅膀硬了，来拆老子的台。今后,咱俩一个拥有'太阳',一个拥有'月亮',在地球上大发其财。"说完,挂断了电话。

周咏良慢慢放下电话筒,人像被钉子钉在那里一样,久久没有移动。这时,站在他身旁的傅娇娅"啊"的一声瘫倒在沙发里。这一声惊醒了周咏良,才发觉瘫在沙发里的傅娇娅。

他双手抱起她,大声疾呼:"娇娅,娇娅,你听我说,你听我说。"

傅娇娅脸色苍白,双眼发呆,盯着屋顶天花板,嘴里轻轻地喃喃着:"不,不,你不要说,你不要说。"

周咏良更是激烈地摇晃着她,大声说道:"不,不,我要说,我要说。"

原来,周咏良离开万明发的家后,感到无颜见自己的恋人傅娇娅,无颜见自己的恩人万明发。这时,他想起古人一句话:君子报仇十年不晚,他想改一个字:君子报仇三年不晚。他准备大干三年,等赚到了一笔钱后,再回来找杜梓龙复仇。于是,他赶在傅娇娅回来之前,匆匆将公司托付给拍卖委员会,带走了所有积蓄与傅娇娅的一张彩照。他来到这个小岛,看到岛上旖旎风光,终年游人如织,来此岛观光度蜜月的人都来自世界各地,一个未来的蓝图在头脑中渐渐清楚了起来:办一个旅游公司,开展深海旅游项目。于是他把全部财产投到这个项目中,果然不出所料,开张才一个月,不仅已捞回成本,还赚了一大票。谁知,就在实施他的雄伟计划时,傅娇娅却奇迹般地出现在他的公司里,他是了解傅娇娅的性格和脾气的,天真、正义,容不得半点的虚假,现在他干的肯定要遭到傅娇娅的反对。于是他想方设法躲开她,拼命用工作来填补心中思念傅娇娅的情感,但不见她,又不忍心,于是让她住下,拖段时间再说。

讲到这里,周咏良紧紧抱住娇娅说:"我是被杜梓龙逼上梁山的,我就是要打垮他、摧毁他,我要筹集巨资,买上杜梓龙公司的所有的股票，然后再抛出，让他毁在我的手中，为你和万明发雪耻，我要让杜梓龙像狗一样趴在我的面前! 娇娅啊娇娅，我不得不效法他们的骗术来快速筹资。你要理解我啊，要理解我啊!" 说着，周咏良已是满面泪痕，泣不成声。

傅娇娅还是一个劲地摇头，嘴里还不停地说着："不，不……" 说着，猛地挣扎出周咏良紧紧抱着她的双手，跃到床上，一把将悬挂在墙上的彩照镜框扯下，一拳打碎玻璃，取出她的彩照，撕个粉碎，然后将彩照的碎片连同镜框向周咏良的头上砸去，说："你这个骗子、畜生，与杜梓龙有什么两样?! 我寻遍天涯海角，没想到寻到你这样一个骗子、畜生!"

周咏良被眼前满床的玻璃碎片、傅娇娅手上的鲜血和她的言语震慑住了，他失声大叫："不，你不要这样，这个世界就是骗人的世界，就是罪恶的世界。"

傅娇娅转过身，擦干泪，轻蔑地看了他一眼说："这个世界上有一个杜梓龙就够了，又多了你一个周咏良，这个世界罪恶不是更多了吗?" 说完，头也不回地朝门外走去，傅娇娅的话就像一记耳光，狠狠地扇在周咏良的脸上，他看着傅娇娅愤然离去的身影，再也没有力气去追赶她了，只能怔怔地望着渐渐消失的，那熟悉的倩影……

(老 井 俞培元)
(题图：张恩卫)

夜幕降临，我们不谈风月，来谈谈怪事……

夜谈·怪事
yetan guaishi

这车祸真玄乎

天方村的陈大憨家里买了辆大客车,开始的时候跑长途接客,后来跑长途的越来越多,乘客越来越少,陈大憨就交了本子卸了牌子,把大客车改成了火化车,专门把各村的死人往火葬场送,一趟一百元,生意也满红火。

村里有个地痞叫"方邪眼儿",平日里踢寡妇门、挖绝户坟、打瞎子、骂哑巴,无恶不作,他一看陈大憨拉死人挺挣钱,就打上了主意,三天两头上门"借"钱,陈大憨惹不起他呀,哪回都"借"给他一些。可日子一长,陈大憨受不了啦,挣的钱还不够给"方邪眼儿"的呢,一家老小可怎么活呀?陈大憨一生气,就不再"借"钱了。这一下"方邪眼儿"可就急了:"好,你甭借,等着瞧,下回你再出车我让你汽车掉沟里!"

事有凑巧,"方邪眼儿"刚说完这话,二湾子村就有一家死了人的,叫陈大憨马上去拉人。陈大憨没多想,开车来到二湾子村,把死人装上车就往火葬场赶。

汽车开到半道儿,该拐弯了,陈大憨一打转向,转向失灵了,又一试刹车,刹车也没用,陈大憨慌了,怎么回事?难道"方邪眼儿"真的在车上动了什么手脚?他赶紧下车检查,什么毛病也没有。陈大憨一抬头,前面正有个修理厂,便把车慢慢开进去让师傅查,师傅一查,也没什么毛病。陈大憨毛了:明明转向和刹车失灵了,怎就查不出毛病来呢?本想把车搁在修理厂好好修修,可那家雇车的催得急,陈大憨只好硬着头皮慢慢悠悠地把车开到了火葬场。死者火化完了,陈大憨再把家属送了回去,这时天已经全黑了。

陈大憨把车开出了村,停在路边,还想检查检查到底出了什么毛病,可他还没下车,转向自己又出来了,刹车也有了,陈大憨直纳闷:真他妈见鬼了,怎么刚烧完人车就没事了呢?再一想,管它呢,反正车子没事了,开车回家吧。

二湾子村离天方村有二十多里地,走公路十多分钟就到,走土路也就二十来分钟,因为天黑,陈大憨就把车开上了公路。汽车一上公路,陈大憨就加大了油门儿,可不知怎么搞的,陈大憨越着急,车越不往前走,借着大灯往外一看,路边的树木纹丝不动,可时速表的指针却一个劲地往上顶,陈大憨吓出了一身冷汗,心想今天撞见鬼了,我要是真出个事儿连个救的都没有,干脆抄近走吧,赶快回家就什么事都没了。陈大憨这么一想,一打方向,就上了通向天方村的土路。

这条土路从一片树林里穿过,到天方村也就一里多地。陈大憨的车刚开到林子边上,原来的那条土路一下子竟成了三条,陈大憨的头皮发麻了：今天怎么净遇见邪事？停车下去一看，前面就一条路，弯弯曲曲从林子里通过，汽车大灯一照，路两旁的坟头都清晰可见。陈大憨又上了车，再一看，前面又变成了三条路，陈大憨知道，这就是人们常说的"鬼打墙"，如果愣闯过去，肯定会出事。陈大憨心里直打小鼓，小声念叨开了："是哪位大仙在前面挡路呢，求您让我过去吧，您可千万别听'方邪眼儿'的，我要是有个三长两短，我那一家老小可真的没法活了……"说完，陈大憨再一看，前面的三条路一下子就变成了一条，他抹一把头上的汗，开上车接着往前走。

汽车刚往前开了不远，陈大憨隐约看见前面闪过一个人，紧接着，就听车底下"咣当"一声响，车子也随之一颠，陈大憨吓得一哆嗦，坏了，轧人了！要是换了别人，没准开车就跑，可陈大憨老实，他想看看把人轧成什么样，要是能救的话得马上送医院，可他下车前后左右一找，什么人也没有。怪事，明明看见一个人在车前闪了一下，觉着撞上了，怎么没有呢？陈大憨嘀咕道：这车今天接二连三出事，看来不是好兆头，赶紧走吧！

陈大憨继续往前开，刚开了一段，又见前面闪过一个人，这回看得比上次还清楚，眼瞧着那个人撞到了车上，陈大憨想刹车，已经来不及了，就听"咣当"一声响，那个人就躺到了车底下。陈大憨赶紧停车，下来一看，还是什么都没有！陈大憨不敢往前走了，开着大灯往路边一坐抽开了闷烟，正抽着，忽听一棵大树后面有动静，好像是谁在打呼噜。

陈大憨平时胆小，这会儿早已经吓得腿肚子转筋了，哆哆嗦嗦喊了一句："谁？是人还是鬼？"

陈大憨刚喊完，就听那棵树后传来一声怒骂："他妈的，是谁吵老子的好觉？"话音刚落，只见一个人提着一把雪亮的尖刀从树后闪了出来，陈大憨一看，正是"方邪眼儿"！

"方邪眼儿"一看是陈大憨，又骂上了："他妈的，你小子半夜三更的怎么从这道上走？给老子送钱来了？好啊，老子在这儿都等大半夜了，想劫几个人，可连个鬼都没遇着，这下正好，掏钱吧，老子好回家喝酒去！"

陈大憨一看，真是冤家路窄，居然在这碰上他了。陈大憨一脸苦相地央求着："兄弟，我真没钱，我要是有钱早就给你了……"

"放屁，看样子你刚拉完死人，口袋里准有钱，快拿来，别让我费事！"说着，他晃着手里的刀就来到陈大憨跟前。

"方邪眼儿"是村里一霸，什么事都做得出来，这三更半夜的，又是在荒郊野外，他要是真一刀捅来，找谁诉冤去呀！陈大憨这么想着，就哆哆嗦嗦地把刚挣的一百元钱拿了出来。"方邪眼儿"一把将钱夺过去："他妈的，就这么点儿？还有没有，快掏！"陈大憨没法，赶紧把口袋里的钱全掏了出来，"方邪眼儿"把钱抓在手里，喝道："滚吧！"

"方邪眼儿"拿了钱撒腿就走，大概是手头有了钱，他甩手把身上穿着的那件脏兮兮、臭烘烘的蹩脚西服扔了。陈大憨看着"方邪眼儿"乐颠颠地远去，想到自己辛辛苦苦挣的钱全让"方邪眼儿"抢走了，说不出有多窝火，他跳上了车，开动了车子，对着"方邪眼儿"扔在地上的那件西服轧了过去，车轮子不偏不斜，在衣服上轧了一遍又一遍，这一下陈大憨总算是出了一口气，开着车回了村。

陈大憨回到家一看表，已经是凌晨四点了，从二湾子村到天方村，就这二十多里地，他竟然整整走了九个小时！陈大憨往炕上一躺，一直睡到日上三竿，刚爬起来就听见外面有人嚷着："方邪眼儿"昨天晚上在公路上被汽车齐胸轧了过去，死了……

陈大憨跑到公路上去看了尸体，一看就傻了：昨晚车轮子对着"方邪眼儿"那件西服轧了好几遍，不料现在竟没有一点泥尘，好端端地穿在"方邪眼儿"的身上，而且昨夜和"方邪眼儿"相遇是在土路上，而不是在公路上！陈大憨顿时吓出了一身冷汗，从那以后，他把车卖了，再也不敢摸车了……

（马敬福）
（题图：黄全昌）

边城奇事

解放初期，北方有个边城市。边城市有个歌舞剧团，歌舞剧团里有个青年女演员，名叫雪花。雪花家里只有一个年迈的母亲，母女两人相依为命。

雪花年轻漂亮，她的歌声像草原上的百灵鸟一样悠扬动听，她的舞姿像绵长的柳丝一样优美轻柔。她是剧团里出名的歌唱手和舞蹈演员，她一出场，便使观众为之入迷、倾倒。

一个星期六的晚上，外面正淅淅沥沥地下着雨，舞台上，雪花演完最后一个节目，在暴风雨般的掌声中谢了幕。观众和其他演员都陆续地走出了剧院，雪花最后一个退场。当她走到剧院门口时，外面的雨越下越大，突然从一边走来一个身穿一套洗得发白的工作服的青年小伙子，对她说："同志！外面正在下雨，我的伞借给您用吧！"

雪花没有防备,吓得一愣,然后,她顿时柳眉倒竖,杏眼圆睁,一抬手,"叭"打了那小伙子一记耳光,口中还嚷道:"无赖!真讨厌!"骂完,就头也不回地冒雨走了。

雪花匆匆走了一段路,回头看看,未见那青年追上来,心才定下来,放慢了脚步。雪花为啥见到那个青年会如此发怒?俗话说:树大招风。雪花自从出名后,遇到一些无赖青年的纠缠可多了。她见到这些人,就像见到绿头苍蝇一样讨厌、恶心!现在,雨渐渐小了,她也冷静下来,想到刚才那个送伞给自己的青年,样子似乎很和善,态度也很诚恳,自己骂了他,还动手打了他,可他并没做出任何反应,看来他不像是坏人。她顿时觉得自己刚才太冲动、太过分了,心里反倒十分不安起来。回家后她把这件事同妈妈说了,妈妈也用同样的话埋怨了她,并嘱咐她一旦再看到那个青年工人,要向人家赔礼道歉。

一个多月以后,已是夏天,在一次周末演出时,雪花发现在一个显眼的位子上,坐着那位曾经给自己送伞的青年工人。演出结束后,雪花卸了妆,在剧院门口遇上了那个青年工人。当他们并排走着时,雪花不好意思地说:"那次我对待你的做法太过分了,是我的不对。"青年工人毫不介意地说:"那没什么,过去的事情就不要再提它了。"

从简单的交谈中,雪花知道这青年工人叫倪福根,是郊区机械厂的工人,家里还有一个母亲。他每逢周末差不多都来看歌剧,他还告诉雪花,他特别爱看雪花的舞蹈和演唱。

从这以后,每逢星期六和星期天晚上的演出,倪福根都准时到场。散场后,倪福根都要伴送雪花回家,虽然倪福根的话语不多,可他对歌舞却很有见解。随着时间的推移,他们的共同语言多起来了,感情也越来越深了。一天,雪花主动邀请倪福根在星期天的中午到她家去做客,倪福根犹豫了一会儿，点头答应了。雪花回家后和妈妈说了，妈妈很是高兴。母女俩忙了大半个上午，准备了丰盛的饭菜，就等倪福根上门了。雪花从上午十点就一次又一次地到门外去张望，可是一直等到中午十二点，却不见倪福根的人影，母女俩白忙了一天，感到十分扫兴。晚上演出时，雪花又发现倪福根坐在原来那显眼的位子上。演出结束后，雪花找到了倪福根，见面就问他为什么失约，让她和妈妈白等一天。倪福根十分抱歉地说："真对不起，我有急事儿，耽误了约会。"雪花追问什么事，倪福根却是含糊其词，雪花提出是否再约时间到倪福根家看看，他又支支吾吾，没有答应。于是，两人便不欢而散。

自从那次不愉快的分手后，接连几个星期六和星期天，雪花再也没见到倪福根来歌剧院观看演出。雪花虽说心里很生倪福根的气，然而此时倪福根已在雪花心中占据了位置，见不到倪福根，雪花总觉得好像生活中少了什么，她决定到郊区那个工厂去找他。

这天，雪花换乘两部公共汽车，左问右寻，好不容易找到倪福根所在的这家工厂，向传达室的同志一打听，竟然回答说："我们工厂确实有个叫倪福根的工人，但是，他暴病身亡已有半年了。"

雪花一听，惊得几乎不敢相信自己的耳朵，她连连摇头说："前些日子我还同倪福根见过面，你们怎么能开这样的玩笑！"

传达室的同志说："姑娘，不骗你，倪福根确实死了，我们工厂也没有第二个倪福根。"这时，雪花忽然想起倪福根曾告诉过她，他的宿舍就在工厂门外，他住在二楼10号房间，于是便带着满腹狐疑的心情来到职工宿舍。这时工人们都在上班，她没有碰上任何人，便独自上了二楼，一推10号房间的门，门虚掩着，没上锁。她进了室内，里面有四张床和一张桌子，床和桌子上都布满了很厚的灰尘，看样子很长时间没人住了。她忽然发现桌子上有一个圆形镜子，仰面放着，她信手翻过来，哪知这一翻，惊得她差点叫出声来，只见圆镜子的背面，有一幅倪福根的墨笔画像，画像披头散发，面目可憎，瞪着一双愤怒的眼睛，张着大嘴，好像在喊什么。雪花放下镜子，呆立在那里好几分钟，才回过神来。她喃喃地说："这到底是怎么回事，难道我真的碰到鬼了？"她怀着无限怅惘和恐惧的心情，回到了家里。

回家以后，这件事儿一直在缠扰着她，她百思不解。她是个遇事喜欢追根问底的人，不相信倪福根是鬼，下决心非要找到倪福根问个水落石出不可。

在一个休息日的下午，她又去郊区机械厂找倪福根。她问了宿舍里的工人们，大家都说倪福根半年前暴病死了。雪花又问："你们这里还有人叫倪福根的吗？"工人们摇摇头说："没有。"

雪花还能问什么呢？她见天色已晚，就抓紧赶乘回市区的汽车回家。从工厂到车站要经过一片长满高大树林的地带，那树林中布满了旧坟新墓。秋风吹着树叶发出"呜呜"的吼声，脚踩在盖满树叶的小路上，发出"沙沙"的响声，她不由毛骨悚然。正在这时，突然，从一个新坟中冲出一个披头散发、面目狰狞、张大嘴巴、手舞足蹈的黑影，那黑影声嘶力竭地高喊："我叫倪福根，你还我的命！你还我的命！"雪花吓得肝胆俱裂，大叫一声，昏倒在地上……

等雪花醒来，发现自己躺在床上，阳光透过明亮的窗子照进屋里，一切都显得很宁静。雪花问道："我这是在哪里？"一个年轻的女大夫走过来，坐在床边，告诉她："这是机械厂的职工医院，有几名过路的工人发现你昏倒了，他们及时把你送到这里。经检查，你是受了过度的惊吓和精神刺激昏倒的，休息几天就会好的。"雪花百感交集，两手捂住脸,"呜呜"哭了起来。她断断续续地把自己最近一段时期来的遭遇告诉了大夫,并请大夫帮忙,挂电话给市歌剧院领导。

歌剧院的领导很快来到医院,听了雪花的叙述,感到事情发生得太蹊跷了,于是就向市公安局报了案。

市公安局经过调查,证实倪福根确实已经得病死了近半年了。可是,现在这个倪福根又是谁呢?他为什么要用这一手吓唬雪花呢?一下子,这个怪事成了边城市郊的传奇新闻;在机械厂,更是闹得满城风雨。

这一天,雪花已恢复健康,快出院了。正当她和来向她了解情况的公安人员谈话时,忽然病房门被轻轻推开,接着走进来一个身穿洗得发白的工作服的小伙子。雪花一见,顿时吓得尖声叫喊起来:"倪福根!鬼!鬼!"公安人员立刻"刷"站起身来,护住雪花。再看看进来的小伙子,眼里含着泪水,突然"扑通"一声,跪在病床前。

这下倒把雪花和公安人员闹懵了,只听那小伙子口气沉痛地说:"我叫林江,是机械厂的工人,假装倪福根的是我,装鬼吓雪花的也是我。我为什么要这么干?"林江顿了一下,便继续说了下去。

原来,倪福根酷爱歌舞,他家恰好住在歌剧院附近,他几乎每次回家都要去歌剧院观看歌舞。他更爱雪花的歌和舞,有时竟达到如醉如痴的地步,并且暗暗地对雪花从敬慕而产生了感情。这种感情竟像火焰在燃烧,使他难以抑制,他想找机会接近她,向她表白。那天下雨,他见雪花要冒雨回家,感到心疼,便鼓起勇气,上去送伞,谁知得到的竟是雪花的怒骂和耳光!倪福根被打后捂着脸,一下子好似凉水浇头,冷到心里,他木然地站在大雨中看着雪花远远离去,他拿着伞,失魂落魄地任凭大雨淋湿了全身,回到家里就病倒了。

林江和倪福根年龄相仿,身材相貌相似,两个人平时无话不谈,好得胜过同胞弟兄。在林江来看望他时，倪福根流着泪，说出了心里对雪花的爱慕和遭遇。不久，倪福根忧怨交加，又不愿同医生配合，不到一个月就死了。

林江为失去好友，痛哭一场，从此他担负起照看倪福根老母的责任。他同情亡友，认为倪福根的死，是雪花造成的，于是，便想出了一套折磨、恐吓雪花的计划，为亡友出气、报仇。

可是，当他装鬼吓昏雪花而惊动公安局之后，他紧张得几夜不能安眠，他觉得自己的所作所为，不仅不道德，而且也是法纪不允许的。他追悔了，经过激烈的思想斗争，决定负荆请罪，听凭处理。

雪花听到这里，已泣不成声，公安人员听了也感慨万分。请示领导后，并在雪花的要求下，公安人员对林江进行了一次彻底深谈，最后，还是放他回厂了。

这场轰动边城市的风波很快平息了。现在，人们经常可以看到，当雪花在台上翩翩起舞时，台下前排的最当中三个位子上坐着两位老太太、一位小伙子。小伙子就是林江，两位老太太就是倪福根的老母和雪花的妈妈。

(张雨儒)
(题图：袁银昌)

秦岭轶事

秦岭山区有很多地方是苍翠深邃的原始森林，那里地形险峻、人烟稀少，豺狼虎豹经常出没，而且传说有野人出现。

在秦岭山区南部的一条大山谷里，有一个小村庄叫石湾子。这个小村庄属于原始森林区域，到处是茂密的丛林和陡峭的山崖，几乎与世隔绝。石湾子村有十来户人家，全靠打猎为生，男子汉个个都是狩猎能手，最有名气的当数村西头的老猎手王富根老汉。

王富根老汉早年当过兵，走南闯北见过很多世面，而且过了大半辈子猎人生活，狩猎经验非常丰富，村里每次集体出猎都由他带领，并由他安排大家划分各自安放炸包、套子的区域，以免发生人畜误伤。

这天，石湾子十来个身强力壮的年轻人聚在王富根家，商量着出猎的事。现在正是深秋，是猎人们农闲出猎的好时节。大家七嘴八舌议论了好久，最后王富根一锤定音："明天我们去大青沟一带，大伙儿要齐心协力，不要独闯，万一遇上狼群就马上集中火力，不能分散。好了，大家去准备一下吧。"

大家走后，王富根一个人来到村后一块荒草坪上，坐在一座坟堆旁，他两眼发直，默默地一动不动。这里，埋着他两个最亲的亲人——妻子桂香和儿子虎儿。他又一次回想起十年前那凄惨的遭遇……

那年春季的一天，王富根在离村子五里以外的山坡挖荒地。日头当顶，晒得他热汗直流，眼看都过了中午时分，仍不见妻子桂香的身影，王富根心里便有些纳闷，往日这个时候妻子早就背着刚满周岁的虎儿把饭送来了，今天是怎么啦? 难道她在半路上遇到什么了? 王富根有些不放心，他扔下锄头，急急忙忙往回走。

他走到离村二里路的一片树林子里，突然发现在一块巨石后面有个东西，走近一看，心里顿时一惊! 原来，草丛里倒扣着一个竹篮子，一只粗瓷大碗摔得老远，碗里的饭撒得满地都是! 王富根一阵惊栗，要紧顺着大石后的一道山坡仔细察看。渐渐地在杂草丛里出现了殷红的血迹，在黄土埂上还赫然印着很多狼足印。不一会儿，他又触目惊心地看到：一只鞋子和一根长长的布腰带，拾起来细看，啊! 是虎儿的小鞋子，那上面绣有一朵小小的桂花，而那腰带则是妻子每天用来背虎儿的绑带啊! 难道……瞬间，王富根脑海里闪过一个可怕的镜头，忍不住发疯似的喊起来："桂香——虎儿! 你们在哪里……"

三天过去了，村里的人们几乎踏遍了每一个荒沟野岭，钻遍了每一个山洞，仍不见母子俩的人影。又找了三天，终于在一个小山头上找着了几根带血的白骨和几块破布，显然，可怜的母子俩是被狼群吃掉了! 这下王富根神经彻底崩溃了，绝望地大叫一声便一头栽在地上……

从此，王富根咬牙发誓：一定要杀光山里所有的狼，为妻儿报仇!

他重新握起那杆沉重的猎枪,穿山越岭,寻踪追击,山上处处都安放有他的炸包和套子,每道荒岭幽谷都印有他的足迹,多少年来,他不知打死了多少只野狼,套住过多少猎物,甚至只身一人打死过一只土豹子!他把一切仇恨都发泄在这些野兽身上。

王富根就这么痴痴地在坟边坐了一夜,第二天一大早,他带着猎人们来到大青沟一带,在一处非常隐蔽的地方搭起了一个帐篷,然后按照分工,大家分头在山洞口埋上炸包,在密林间安放好套子。干完这一切,已经是傍晚了。这时,大家突然发现,王富根不见了!

原来,王富根发现了狼脚印,这些狼脚印由一条小溪旁蔓延到很远很远的一道山梁上,王富根报仇心切,他不知不觉地跟踪上去。

日已偏西,血红的夕阳给本来已是红彤彤的群山再洒下一片胭脂色,眼前大山像一片焚烧着的火海,鲜艳的红树叶在晚风中不停地摇摆着,就像火苗在蹿动。王富根在一片荒草坡上停下脚步,发现杂乱的草丛似乎刚刚被什么东西踩动过,但由于枯草和积叶太厚,无法看清。他喘了口气,蹲在一块石头上,伸手从干粮袋里掏出一块黑红色的烤猪肉和一小葫芦酒,还没待吃上一口,突然,前面不远的草丛里出现两个闪烁着绿光的小亮点,一眨眼的工夫,从那里"呼"的一声蹿出一只大灰狼来。王富根立即扔掉烤肉和酒葫芦,端起枪准备射击。可是,草丛一动,又钻出一条狼来,随着四周一片响动,从各个方向又不断涌出一只只像牛犊似的恶狼来。

王富根惊出一声冷汗,意识到自己碰上了狼群!

几十只狼从四周慢慢向王富根逼了过来,狼眼发出凶残的光,使他感到一阵寒意爬上脊梁骨,不由得打了几个冷战,心里产生一种从未有过的恐惧感。要在平时,碰上几只狼,王富根连眼珠子都不会眨一下,可眼下，一下子冒出几十只狼，你纵有天大本事，也难逃脱这灭顶之灾呀。

狼群的包围圈逐渐缩小，离王富根只有三四米远了！突然，那条领头的恶狼昂起头，长长地嚎了几声，周围的狼便蹿跃起来，绕着王富根围转，显然是要发起进攻了。王富根一时情急，举起猎枪，向头狼"砰"一枪打去，不知怎的，他这一枪竟然没打着。王富根心底一凉，今天真是出鬼了，连子弹都不长眼了。

随着枪响，狼群齐齐向后退了几步，但是，紧接着几声低沉的怒吼，最前面的两只狼张着血红的大嘴，伸出利爪向王富根飞扑过来！王富根不得不以死相拼了，就在两只恶狼即将扑到自己胸前的一刹那，他猛地挥起沉重的枪杆，枪托砸中左面那只狼的头颅，又以极快的速度向右斜插过去，"噗"的一声，枪管戳进右边那只狼的肚子！两条狼同时摔落在地上，惨叫着打了几个滚就没气了，血水洒在红色的落叶上，显得格外醒目。王富根惨白的脸上渗出了细密的汗珠，心里感叹，毕竟老啦，不中用啦！就在刚才打死两条狼时，右边那只狼的前爪已抓上了他的膀子，在那儿留下几道血痕，血水正不断往下滴着。

两只狼的死并没吓退群狼，它们发起了更凶猛的进攻！又有五六条狼从身前身后疯狂地扑过来！王富根大吼一声，使出浑身解数，一边灵活地躲避，一边挥舞起手中的枪杆，向四周猛扫，狼的惨叫声不断响起，不断有狼倒下，但不断又有许多狼飞扑上来！王富根渐渐招架不住了，浑身上下都受了伤，他奋力与群狼周旋，死狼在他身前身后摆成一片！可是，他只能顾着前面的，身后又蹿出一条狼狠狠咬中他的左腿肚子，疼得他"哎哟"一声跳了起来，猛一转身，使出最后一点力气向那条狼砸去，只听"咔嚓"一声，狼的脊梁骨被击断了，它惨叫几声就送了命，而王富根也站立不稳，跌坐在地上！

就在这时,那条凶悍肥壮的头狼凌空扑来,两爪搭在王富根肩上,把他扑倒在地,那张血盆大口猛地咬向他的喉咙。完了!王富根两眼一黑,他再也没有力气抵抗这只狼了。

在这千钧一发的时刻,只听"呼"的一声,不知从哪里横扫过来一根手臂粗的木棍,"叭"的一声打在头狼的头上,既准又狠,那头狼立刻像油条泡汤一般瘫软在地上,王富根缓缓睁开眼,勉强从极度的惊恐中清醒过来,可是又被眼前的奇怪场面惊呆了!

在他面前,站着一个浑身长毛的怪人,正向那一大群狼吼叫着,像是对它们训话一样,而这些狼则自动聚集在一起,向山坡下一片浓密的树林子跑去,不一会儿就消失在暮色中……

这时候,那个怪人转过身来,王富根一看,不禁"啊!"一声惊叫起来,好怕人的怪物啊,他满脸长着黄毛,一张大嘴向前凸出,嘴角露出两颗尖尖的獠牙,两只耳朵耸在脸旁,满头黑褐色的头发披在肩上,只是那双眼睛跟人类相似,闪着和善、关切的光。精悍的身子长满长毛,大手大脚,腰间围着一块破布遮丑。王富根心想:坏了,自己碰上传说中的野人了!

"忽啦啦"一阵声响,松树林子里走出一个人,几大步走到王富根面前,原来这是一个白发苍苍的老人,他一边拍拍那怪人的肩,慈祥地称赞道:"好样的,你又救了一个人。"一边微笑着对王富根说,"老弟,受惊啦!"

王富根稍稍松了口气,客气地回敬道:"不打紧,不打紧……"他刚想站起身,一阵剧痛使他忍不住呻吟起来。

老人急忙打开随身的小药箱,给王富根敷上草药,再仔细包缠好。很快,王富根的疼痛感消失了,这才有精神打量起这一老一少两个不速之客，他简直不敢相信，这个传说中的小野人对老人竟然是言听计从。

忽然，王富根瞪大了眼睛，几乎叫出声来，他发现这个传说中的小野人的左耳边长着一颗豆大的黑痣，他颤抖着拉过小野人的手臂，仔细观看起来，当看到小野人那只毛乎乎的右手掌下侧，贴着小手指又长着一根细小的手指头时，王富根猛地立起身来，悲怆万分地喊出声："你是虎儿，你是我的虎儿啊……"他再也不能控制自己的感情，老泪纵横地哭喊起来。

那位老人一时也惊呆了，他好半天才说："老弟，它是与狼生活了五六年的狼孩呀，咋会是你的儿子呢？"

"不！"王富根对老人急切地说，"你看，他右手有六个指头，左耳边有颗黑痣。是的，他是我的虎儿，我不会认错人的！"

王富根由于兴奋异常，竟晕了过去。

王富根苏醒过来时，人已在帐篷里了。原来，大伙儿在山岗上找到了他们，见王富根醒过来了，大家便一起叫起来："大叔，大叔，你不要紧吧？"

王富根望望众人，高兴地说："不要紧，大叔死不了。我的虎儿呢？他在哪里？"

这时候，大家已经弄明白刚才发生的事。老人拉着胆怯的虎儿走过来，蹲在王富根面前，说："老弟，我了解过了，这个狼孩就是你十年前被狼拖走的虎儿。"王富根惨白的脸被柴火烤得渐渐红润起来，他抓住虎儿的手，久久地端详着。这个虎儿似乎也明白怎么回事了，任王富根看，那样子真像父子俩久别重逢。老人待大家情绪稳定下来，才讲起这个孩子的情况。

原来，十年前王富根的妻子遇害，而虎儿却被狼叼进深山，被一只母狼当作狼崽子喂养,很快,虎儿变得与狼一样凶悍灵敏。他虽然是人类,但生活在狼群中,使他具备了与狼一样的习性,他四肢能跳能跑,能抓能攀,居然变成狼群的首领。

五六年后的一天,老人遇到了虎儿,当时虎儿正与一大群野猪搏斗,因为寡不敌众,虎儿受了重伤,老人在关键时候救了他,从此以后,老人和虎儿混熟了,他们一起在深山里生活。老人试图让虎儿恢复人类的本性,教他立身行走,训练他讲人话、用两手劳动、吃熟食等等,然而,老人付出的努力却收效不多,虎儿只学会了劳动、行走和用双手干活,但怎么也学不会说话了。

众人一边听,一边不住地发出感慨,狼孩在这荒山野岭与他亲生父亲相认,并且又回到王富根身边,这真是天意呀!

听说从这以后,王富根老汉一下子抛开了猎枪,再也不打猎了,他与虎儿生活在一起,安度晚年。

(陈世君)
(题图:张恩卫)

遇鬼成医生

"文革"后期,我下放到岩寨生产队劳动改造。刚到岩寨,就有一位善良的老大娘悄悄告诉我:"千万别去住地母殿,那里边常常闹鬼。"

老人所说的地母殿位于深山竹林之中,很久没人住了,空殿堂被生产队用来堆放农具、化肥、农药等。我不信神鬼,也不敢挑剔住所,就担着被铺行李,进了那间满是尘灰和霉味的偏房。

散乱的稻草上,摊着一套八成新的被褥,尚还洁净。引我来的生产队长告诉我,这被褥没人睡,也没人要了。我的被褥在路上被淋湿了,走了几十里山路,又十分疲乏,便将就着在那现成的被褥里睡了。

半夜里,一阵响声把我惊醒。我侧耳一听,隔壁的殿堂里,传出一阵"咚咚咚"的声音,不一会儿,又传出"吱吱"几声老鼠的尖叫。

突然，殿外一阵风吹过，像老妇在呻吟，继而是一阵"沙啦沙啦"的声音，像有人在往竹林里撒沙子，仔细谛听，又什么也没有了。正要入睡，突然听到一阵脚步声传来，这不像老鼠，像人！我紧盯着门窗，门窗靠在一起，外面淡淡的月光射进来，房里越发显得惨淡凄凉。

脚步声停住了，窗户上现出了一只惨白惨白的手。

我的头发竖了起来。那只手伸进来了，在门窗间拨弄着。"啪"的一声，门开了，门口站着个披头散发、衣衫褴褛的瘦弱女人。是鬼！是鬼进来了！我在心里暗暗叫苦，却不敢出声。那女鬼环顾了一下左右，便两手向前伸着，一步步向我的铺位走来。

我吓得屏住了呼吸，女鬼已在我床上摸索了，我一动也不敢动，那女鬼却在拉我盖的被子了。我赶紧抓住被子，并暗暗往这边用劲，而那女鬼的力气不小，被子已被她拉过去了一截，我的上半身已露在外面了。

"不行，不能让她拉开！"我不知从哪里冒出来一股勇气，猛地坐起来，伸出双手，抓住了一只汗渍渍、冷冰冰的手。"啊呀！"只听见那女鬼一声惊叫，抽出被我抓住的手，转身逃了出去。

我赶紧点亮油灯，发现手中有只银手镯，是从那女鬼手上抹下来的。

第二天，我不敢声张，怕加一条宣扬封建迷信的罪名，只是打听了一下那套被褥的主人。原来，不久前，省城的一位女日文翻译被打成里通外国的女特务，下放来这里受贫下中农监督改造，她经受不了触及灵魂、也触及皮肉的批斗，在这偏房里上吊自尽，这套被褥便留了下来。

难道是这位女翻译冤魂不散，深夜现身？

事有凑巧，这时住在地母殿后边的一位张姓小寡妇突然病了，打针吃药都无济于事，病情日益严重，不几天便奄奄一息了。队里的人纷纷去看她，并为她准备后事。

我也去探望了。她十分瘦弱，双目无神，搭在被子外边的手没一点血色。突然，我见她的一只手腕上戴着只银手镯，和我从那女鬼手上抹下的一模一样，而另一只手上，却什么也没有。手镯是要戴两只的呀，为什么她只有一只，会不会是……

我掏出那只手镯，放在她面前，她的目光倏地一亮，脸色大变，嗫嚅着问："被子里的鬼是你？"我点了点头，问："来拉被子的鬼是你？"她点了点头，叹了一声长气。

原来，她一个寡妇，拖着一对儿女，十分贫困，拼命挣工分也糊不住两张嘴，床上的被子早破成了鱼网。她想，地母殿那套被褥反正没人要了，不如夜里偷回去盖，谁知碰上了被里躺着的我，以为是那吊死鬼现身，惊吓成疾，自然是汤药无效。当她知道了真相后，病便不治而愈了。

我在还她手镯时，队里有人远远看见，说我只摸了摸她的手，便把一个快要死的病人治愈了，是个神医，且越传越远，越传越神，于是，不少人前来找我治病疗疾，生产队干部竟要我当他们的"赤脚医生"。

其实，我并不懂医道。为了保护那小寡妇的名声，也不敢说明事情的真相，只是向队干部苦苦推却，可越推却，队干部越以为我有大本事，非要我当赤脚医生不可。我无可奈何，只好硬着头皮行医，凭着一本《赤脚医生手册》，一些阿斯匹林、红药水之类的常用药，居然也治好了一些伤风感冒，并认识了一些草药。直到对我撤消劳动改造，离开岩寨，我才结束这假冒医生的日子。

(杨辉周)
(题图：王志伟)

她走进太平门

惊闻骷髅案

故事发生在台中市。台中高级陆军医院有位外科主治医师叫杨克勤,人称"天下第一刀"。杨老医师老伴早丧,膝下只有独生女儿飘飘与他相依为命。

这是二十世纪七十年代的一天深夜,杨老医师和他未来的爱婿,也是这家医院麻醉科的实习医生阿潘,正酣睡在医院的急诊值班室里。蒙眬中忽然被一种"嘎吱、嘎吱"的怪声惊醒,睁眼一看,从闪电光中见一个黑影蹿进急诊室。阿潘一揿电灯开关,只见床前竖着一具白色骷髅骨架,那骷髅骨架在左右晃动,嘴巴洞中支出两只匕首似的牙齿,牙齿上的鲜血直往下滴。杨克勤和阿潘虽是经常和死人打交道的医生,但像这样活的白骨骷髅,还是第一次见到,一时没回过神来,吓得"哇"的一声,晕了过去。

等到杨老医师苏醒过来,那白骨骷髅已没了影子,可阿潘已倒在血泊之中。杨老医师上前一看,发现阿潘是被枪杀的,吓得他刚要叫喊,突然"砰"的一声,值班室的门被猛地推开,接着冲进一批宪兵,不管青红皂白,竟给杨老医师戴上手铐,连拖带拽押上一辆红白蓝三色相间的囚车,呼啸而去。

接着,台中市地检处秘密开庭审讯。那个吊眼皮检察长既不实地调查,也不容杨医师辩白,却大肆严刑逼供,逼杨老医师承认是嫌阿潘家境贫穷,趁二人值班之机,编造白骨骷髅的鬼话,杀死阿潘,达到赖婚的目的。

杨老医师被捕入狱的消息传到医院,上下皆惊。院长阮鸿基闻讯后,认定老友一定在什么时候得罪了哪一路神仙,才遭此陷害,因此,他四出活动,决心为老友申冤。谁知当阮鸿基刚找到律师,还没来得及申诉,竟传来了杨克勤被杀害的噩耗!

阮鸿基仰天大哭,痛哭老友不明不白含冤而死;他义愤填膺,向台北陆军司令部控告地检处不通过法院秘密处决犯人,要求查办吊眼皮,缉拿杀害阿潘的真正凶手。陆军司令部答应调查,可是阮鸿基等了三天,却如石沉大海。当他准备亲自往台北告状时,忽然接到一封大红信封装的信,信笺上没一个字,上面印着一扇烫金的门,门里探出一把利剑,剑尖刺了一颗白骨骷髅。看完这信,阮鸿基陡然脸色大变,他知道这门叫"太平门",任何人只要落到太平门的手里,只有直着进去,横着出来!阮鸿基觉得吊眼皮有太平门这个后台,去台北上告也没有用了。阮鸿基思虑再三,决意写信告知杨飘飘。

杨飘飘今年二十岁，是刚从台中体院毕业的职业运动员。这天，台北市运动村的大厅里，正在举行授奖仪式。随着"三民主义"的乐曲声，飘飘健步登上领奖台。她一上台，顿时全场轰动，几十名记者拥上台去，点点镁光，闪烁耀眼。飘飘姑娘长得很吸引人，她蛋形脸儿白里透红，身材结实丰腴，曲线分明，既有美女的娴雅，又有职业运动员的健美，而且还带有一股诱人的"野"性。这次比赛中，她取得了自选小口径手枪60发588环的成绩，获得冠军。领奖台上，她激动得脸似桃花，眼挂泪花，回到宿舍，好半天也平静不下来。她坐在沙发上，闭上眼睛，立即浮现出阿潘正陪着父亲坐在电视机前，喜滋滋地观赏自己比赛和领奖时的风采。飘飘想着想着，禁不住"扑哧"一声娇笑，自言自语道：阿潘，你有这么个神枪手妻子开心吗？

就在飘飘沉浸在兴奋欢乐之中时，有个侍者敲门进来，递给她一封信，她急忙拆开一看，是阮鸿基寄来的，她看着看着，突然脸色大变，双手发颤，信没看完，便一声惨叫，晕倒在沙发上了。

过了许久，飘飘苏醒过来，她双手捧信，看一遍哭一阵，哭一阵看一遍。她一闭上眼，脑海中就出现倒在血泊中的阿潘，出现仰望苍天、大喊冤枉的老父在"砰砰"枪声中栽倒在地的情景。忽然，她眼里又出现了那个吊眼皮检察长在"嘿嘿"奸笑……飘飘的泪眼中渐渐喷出了怒火，她咬紧牙关，摊开那封信，用手把凡是出现吊眼皮名字的地方全抠了下来，然后，拔出手枪，打开窗门，手一扬，三块写有吊眼皮的纸片，像蝴蝶一样，随着风飘飘荡荡向远方飞去。飘飘随手抬枪，朝着那三个越飞越远的白点，"砰砰砰"连发三枪，枪枪击中白点。飘飘长嘘了一口气，转身双膝跪在地上，声泪俱下地发誓道："阿爸，阿潘，我一定要亲手杀死吊眼皮，为你们报仇！"

枪震松鸡巢

复仇的怒火在飘飘胸中燃烧，她回到台中市，阮鸿基劝她"君子报仇，十年不晚"，说让他调查之后再行动，但她听不进，她发誓不立刻杀死吊眼皮绝不罢休。

这天，天快黑时，飘飘一身美国小姐打扮，把两支速射比赛手枪放在一只款式新颖的手提包里，来到位于市中心的中山广场。她抬头望望高耸入云的仁爱大教堂，绕过一条喧闹繁华的大街，穿过一道高高的竹篱笆墙，进入一个种满棕榈树和花卉的花园。这儿环境幽静，不远处有一座日本式房子。这所房子叫"松鸡巢"别墅，吊眼皮检察长就住在这别墅里。

飘飘已是第三次来到这里了，经过仔细观察，今天她决定行动了。这时她隐身在棕榈丛中，琢磨着如何进去。她打算进去后，用枪胁迫吊眼皮，迫使他写出陷害父亲和阿潘的全过程，先杀了他，然后再向台北高等法院控告吊眼皮的后台，为父亲，为阿潘报仇。

等到天黑透之后，飘飘走到那幢房子前，按响了门铃。一会儿，随着门廊的灯"啪"的一亮，大门打开，一个胖女人站在门口，从上到下把飘飘仔细打量了一番，当她弄清飘飘是向吊眼皮提供一个紧急案子的重要线索时，才撇撇嘴，不情愿地把飘飘领进客厅里。

客厅不大，布置得倒很雅致，这时吊眼皮正坐在客厅的沙发上，和一个慈眉善目的老头在促膝密谈。吊眼皮见人来访，好奇地看着飘飘，问道："小姐，你找我有什么事？"

飘飘说："我叫凯撒妮，是美国美孚石油公司总经理的第十三个女儿。我想麻烦你了结一桩复杂的投资纠纷案。"

吊眼皮一听有生意上门，马上脸上堆笑，说："嘀！我乐意为你效劳！"他从沙发上站起来，同那个老头打了声招呼，就把飘飘让进了他的小书房。

飘飘示意吊眼皮把书房的门关上，当吊眼皮转身关上门，下了锁，得意洋洋地回转身时，两支闪着蓝光的枪管，已经对准了他的心窝。

吊眼皮大惊失色，他翻着两只贼眼，茫然地盯着飘飘，问："小姐，我是明白人，你有什么要求，说吧！"

"请你马上把骷髅杀人的把戏和刑讯逼供杨医师的经过写出来！"

吊眼皮的眼皮一下子吊得更高了，他立即明白，站在面前的这个美丽姑娘想必是杨克勤的女儿了。这么一想，他倒镇定下来，冷冷地说："如果我拒绝你的要求呢？"

"那么我的枪是会走火的！"

这时，吊眼皮发觉飘飘握枪的双手似乎在微微发抖，他心里又定了几分。于是，他耸耸肩，笑道："我看你不像杀人犯。如果我没搞错，你就是杨老医师的千金吧！有话好说，别动刀动枪的嘛！"他边说，边若无其事地踱到茶几前，倒了两杯开水，自己喝了一口，然后端了茶杯朝飘飘走来，声音温和而诚恳地说，"唉，说实话，杨老医师死得真惨，我是爱莫能助呀……"他话没落音，突然一抬手，把开水往飘飘脸上泼来。飘飘本能地一侧脸，就在飘飘侧脸的一刹那，吊眼皮挥起双手，"啪啪"打落飘飘手中的双枪，又抢步上前，扭住飘飘双臂，"嘿嘿"笑道："小丫头，你还嫩着点呢。"说着，他用力把飘飘推到墙边，用身子紧紧压住飘飘那丰腴的胸脯，得意地说，"你有胆量呀，小乖乖，我就喜欢你这样的小姐，才够刺激。"飘飘又恨又羞，她竭力扭动着身子，拼命挣扎着，但对方越压越紧，压得她动弹不得。这时吊眼皮抽出一只手，猛地扯下飘飘外面的多色T恤衫，淫笑道："哼！待老子受用够了，再送你进地狱。"

飘飘双眼喷火，猛地往吊眼皮脸上唾了一口唾沫，骂声："禽兽！"她趁吊眼皮避让时，抽出一只手，拔出斜插在皮靴上的匕首，顺手对准吊眼皮的后颈狠狠刺了下去。吊眼皮"喔！"一声号叫，鲜血喷了飘飘一手。他的双手放开了，身子慢慢往下瘫去，倒地后一阵翻滚抽搐便不动了。飘飘惊恐地看着倒在地上的吊眼皮，一时竟忘了逃走。就在这时，书房的门"砰"地被撞开了，吊眼皮的保镖闻声冲了进来。飘飘既不逃走，也没作什么反抗，就被绑了起来。

经过军事法庭判决，杀人犯杨飘飘必须抵命。

飘飘自从被捕后，她已抱定宗旨：死！因此在执行死刑的那天早晨，她很早起床，一点看不出她脸上有恐惧悲伤的表情。她只是要求监方给她洗了个澡，然后从她那唯一的小皮箱里，拿出一套父亲在世时最赞赏的半透明娘惹装穿上，又对着一面小镜子，用梳子把头发梳好，然后面朝西天拜了三拜。一拜父母的养育之恩，二拜阿潘真挚的爱情，三拜阮伯伯见义勇为。三拜以后，飘飘又双手合十，默默祈祷：阿爸，阿潘，飘飘已经为你们报了仇！等会儿我来的时候，请二位务必在离恨天上相迎，不要让我迷了路呀！

这时，一个监卒打开牢门进来，朝飘飘面前丢了两根细麻绳，要飘飘把裤脚管扎牢。飘飘不解地望着他，这个监卒跨前一步说："小姐，等一会儿你吃花生米时，你会拉屎的。"飘飘没有吭声，也没去扎裤脚管。又过了一会儿，监门打开，进来两个监卒，粗鲁地把飘飘五花大绑绑好，架上囚车，呼啸着往三角埔刑场飞驰而去。

三角埔在台中市西郊，过去是部队的打靶场，现在这里改成公墓，只是在基地的右上角留了一块空地，专门作为死囚的刑场。

囚车到了刑场的时候,天上渐渐沥沥下起雨来,奇怪的是往日这里处决死囚时,总是有大群记者来现场采访,可今天除了囚车外,只有一辆监刑官坐的轿车。刑场显得特别冷清、阴森。

囚车一停下,刽子手们便凶神恶煞般地把飘飘架了下来。飘飘这时思想似乎麻木了,只想着父亲、阿潘。她下了车,似乎看到在一片长满黄色小花的地方,隐隐约约有两个人向她走来,呀,是父亲、阿潘,于是,她挣脱了刽子手们的手,直朝那长满黄色小花的地方走去。从她的脸上看,仿佛是一个流落他乡飘泊多年的孤女,现在要回故乡,同久别的父母亲人见面时所露出的激动和喜悦。

这时一个军警端来满满一盅长生酒,来到飘飘面前,让她喝下这盅烈性酒可以迷迷糊糊地死去,但被飘飘拒绝了。她站在那儿,嘴里喃喃自语:"爸爸、阿潘,我来了……"

这时监刑官回过头望望始终坐在轿车里没露面的那位慈眉善目的军人,见他手中的打火机亮了一亮,马上下令刽子手行刑。枪声响了,飘飘饮弹倒下,鲜血喷洒在雨打的黄色小花上,泛起颗颗绛红色血珠。

误入"太平门"

不知过了多少时间,飘飘居然苏醒过来了,她睁开眼睛,发现自己正斜躺在一辆奔驰着的高级轿车里。她以为自己真的到了离恨天了,动了动身子,除了感到身上有点湿漉漉不舒服以外,一点也不觉得疼痛。她惊奇地一抬头,见一个慈眉善目的老头坐在身旁。老头见飘飘醒了过来,关心地递给她一条白毛巾让她擦擦脸,然后开口道:"飘飘小姐,让你受惊了。你中的不是枪弹,是灌满鲜血的纸塑子弹,不碍事的。"

飘飘猛地坐起来，看看老头，好像在哪儿见过，不由警惕起来："你是谁？"

老头语气温和而带点伤感地说："我姓忻，叫忻善，是你父亲在大陆时的患难兄弟。我在淮海战役中不幸右肺叶中弹，在我生命垂危时，是你父亲的高明医术，把我从死亡线上救活，让我活到了今天，可是……"老头说到这里，把披在身上的呢料军大衣脱下，像慈父一样把它盖到飘飘的身上，然后长叹一声，说，"唉，都怪我公务缠身，知道你父亲被陷害的事太晚了，要救已来不及了。我已调查了，吊眼皮他陷害你阿爸和阿潘的目的是冲你来的。他是全市出名的色狼，早就看上你了，唉，这事你如果依法上诉法院，完全可以将他定罪，可你却选择了另一条可怕的道路，犯了杀人罪，这太可惜，太使人痛心了！"老头说到这儿，摇头叹息，眼中露出了泪花。

这几天姑娘一心要报仇，情绪烦躁亢奋，把生死置之度外，现在听了老头的一番话，姑娘的心被打动了，不由地恸哭起来："忻先生，谢谢您了。可我……"

老头抚摸着飘飘的秀发，说："阿飘，今后你就叫我伯伯吧。你别担心，今后的一切，伯伯会替你做主的。"

轿车缓缓停了下来，飘飘定睛看去，前面是一座极有气派但十分森严的大门，门两旁站着两个端着明晃晃刺刀的士兵。大门两边延伸着高大的围墙，上面布满了电网。这时，从大门传达室里出来一个值日的上尉军官，走到车前，"啪"地给老头行了个军礼，然后一阵"隆隆"声响，大门慢慢地启开了。小轿车进入大门，在林木幽深的树丛中穿行了一会，才在一片万花簇拥的草坪地旁停下。飘飘见草坪地中间有一幢白色的楼房，这楼房形状特别，看上去很像一艘旗舰，楼房顶上一面青天白日旗在微风中悠然飘扬。

忻善亲自扶着血迹斑斑的飘飘进入楼房，穿过一条长廊，到了一间门上标有"太平第18号"房间前停下。忻善对门上一个小喇叭叫一声："开门。"由声波控制的房门便自动开了。忻善把飘飘让进房里说："飘儿，你就住在这里吧，里面有浴室，先洗个澡，等会儿我来陪你吃饭。"说完就走了。

飘飘好像处于梦幻之中，进房之后，她反锁上门，开始打量起房间来。房里铺着湖绿色地毯，正中有一张香妃床，鹅黄色床罩，覆盖着嫩绿色杭州软缎被子，靠墙边排列着一组菲律宾的淡青色组合家具。房内生活所需一应俱全，连她穿的内衣内裤和鞋袜都放得整整齐齐。她感到惊奇，但连日来的疲乏和悲愤，使她来不及细想，便忙着进浴室痛痛快快洗了个澡后，人一上了香妃床便沉沉睡去。

飘飘这一觉一直睡到天快黑时，才被忻善的叩门声惊醒。待她起床穿好衣服，开了门，见站在门外的忻善已大大变了模样。只见他头戴绿呢大盖帽，身穿镶有一朵金梅花肩章的少将军服，脚蹬带有马刺的长统靴，左右交叉穿胸而过的武装带把老头衬托得威严挺拔，仿佛年轻了十岁。

忻善满面春风地走进来微笑道："飘儿，你睡得好香呀，我这是第三次来敲你的门了。你已经一天没有吃饭了，我们去共进晚餐吧。"说着，他打开了安放在沙发茶几上的闭路电视机，屏幕上马上显现出一位勤务兵的身影。

忻善对勤务兵吩咐道："来两份夜餐。"说完他关了电视机，对怔在一边的飘飘说，"以后你在生活中需要什么，只要学我样发指令，自会有人满足你的。"飘飘未及开口，忽然看到窗台下那堵墙壁竟无声地向两边移动,一张放满美味佳肴的小方桌就从墙壁中间自动进入房间。

这一切,把飘飘看得目瞪口呆,她一言不发地坐到桌边,既不喝酒,也不动筷,只拿了一只面包慢慢地撕着往嘴里塞。她的脑子里在翻腾不停,她想:阿爸和阿潘的仇虽然报了,但眼前这个自称是自己伯伯的老头是怎样从刑场上把自己救出来的?他把自己这个杀人犯弄到这个戒备森严又极神秘的地方来干啥?她不由为自己今后的命运担起心来。

忻善似乎早已看透了姑娘的心事,他喝了一口杜松子酒,眯起眼说:"飘儿,你现在一定在思索你的处境了。实话告诉你吧,这里是中央情报局台中市分局,也就是被民间称为'太平门'的绝密机构。我们的任务是对领袖负责,是让全国民众过上太太平平的日子;我们的组织是世界上最神圣的组织;我们的人员是领袖最信得过的人员。当我亲眼目睹你夜闯松鸡巢,杀了吊眼皮,为民除了一害以后,激动得一夜没有合眼,我觉得你是世上少见的美女,你是举世无双的神枪手,你是勇敢无畏的女英豪,你正是我们队伍中最需要的人才。从你被捕时起,我就想救你,可是面对庄严法律,作为一个军人的我,没有权力减免你的杀人罪!我感到痛苦,但我又不忍你就这么血洒刑场,于是,我写了血书,以我的前程担保,向上峰要求赦免你的死罪,参加我们的组织,将功赎罪。"说到这里,忻善停顿了一下,从口袋里摸出一张批令递给飘飘。飘飘接过一看,只见上面写着几行字:"接总统手令,国难当头,正是用人之际,准予特赦,但该犯必须在刑场之外接受非常之教育,以诚效尤!"

飘飘看完这张批令,激动得把批令捂在胸前,"呜呜"哭了起来。飘飘自幼深受三民主义教育,无限崇敬领袖,现在从批令中看出,是领袖的指令,是忻伯伯舍身相救,自己才得以死而复生。这时,她把父亲的死归结于吊眼皮之类腐败之徒身上,她要报答领袖的救命之恩,她接受了忻善的要求，答应参加 CLA 特务组织。

忻善见她答应参加组织，他那始终笑眯眯的脸忽然板了起来，语调严肃地说："飘飘，我虽是这儿的头，但我不能破坏这里的制度。现在你还不能马上成为我们的同志，总部有一条铁的纪律，任何人参加我们的组织，必须严格遵守太平门的机密，必须经过血与火的考验，直到考试合格时，我才能正式批准你参加组织，懂吗？"

飘飘这时已经把忻善视为父亲的密友和自己的救命恩人，她觉得忻善刚才这番话，完全是出于为国为民的一片赤诚，不禁肃然起敬！姑娘暗暗立誓，要为党国献身！因此，她突然拿起酒瓶，在自己酒盅里斟了满满一杯酒，一仰脖子喝得一滴不剩说："忻伯伯，你下命令吧，明天我干什么？"

"哈哈，飘儿，你太心急了，革命不在乎一天两天，这几天我给你的命令就是吃好、睡好。"

飘飘悠闲地过了两天，第三天一早，忻善来到飘飘房里，对她说："今天下午三角埔将要处决十个潜伏本市的共党分子，我命令你在午夜三点钟，只身去那儿将这十名死尸的鞋子取回来，你敢不敢去？"

飘飘一听，吓得暗暗直伸舌头，但她见忻善脸上带着嘲笑盯着她，飘飘那要强的自尊心受到刺激，一咬嘴唇，从嘴里吐出一句："我不怕，我去！"

夜闯三角埔

等到夜半更深时，飘飘换上黑色软缎奔衫奔裤，腰插忻善发给她的手枪，往三角埔走去。这时天是黑沉沉的，三角埔公墓中的树木黑森森的,四周没有一点声息。飘飘虽然要强胆大,但她毕竟是个不满二十岁的姑娘,眼下孤身一人来到这杀人的地方,不由得感到紧张、心悸。她进入公墓,往四下看看,便借着天空星光,朝刑场摸去。大约走了十分钟,依稀看到地上横七竖八躺着十具尸体,一看到这些污血满脸、龇牙咧嘴的尸体,飘飘直感到身上根根汗毛直竖。她咬咬牙,从怀里摸出一小瓶烈性酒,猛喝一大口,借着这股酒力,硬着头皮,弯下腰去,依序去脱死尸的鞋子。一双、二双、三双倒还顺当,一拉就下来了,可是当她去拉第四具死尸的鞋时,麻烦来了。这个死尸脚上是一双生牛皮大头靴,而且是用两根粗铅丝代替鞋带缠在脚上的,任凭飘飘用尽吃奶的力气也脱不下来。就在飘飘急得头上直冒冷汗时,这具死尸突然"哼哼"两声活过来了,这一下把飘飘吓得拔腿就跑。当她一口气逃到阴森森的公墓时,突然脚下被一条绊马索绊得栽倒在地,她情知不好,刚要摸出快机自卫时,只听"刷、刷、刷、刷"跳出四个劳工打扮的大汉,下了飘飘的快机,把她揿翻在地,三下五除二,捆了个结结实实。

这时,只听一个矮个子对一个瘦高个说:"老马同志,你快带他们去收牺牲同志的遗体,我来打发这个偷鞋贼。"等瘦高个走后,那个矮子用微型手电往飘飘脸上照照,嘴里"咦"了一声,马上给飘飘松了绑,说:"小姐,如果我没有看错的话,你一定是杨老医师的千金了。"

"你是谁?"飘飘警惕地打量着矮子。

矮子迅速从上衣口袋里夹出一张照片,递给飘飘:"这是你爸爸临刑前委托我的,他要我出狱后设法能找到你,他说他是被笑面无常害死的,你要替他报仇!"

飘飘一见照片,顿时双手颤抖,泪如泉涌。这张照片是她去年赴美国参加国际青年射击比赛,荣获金质奖章时照的半身彩照。回家后父亲见了这张照片笑得合不拢嘴，就向飘飘要了一直珍藏在身边留作纪念。现在见到了照片，想起了惨死的父亲，飘飘抽泣着问矮子："这笑面无常，是不是那个色鬼吊眼皮？"

"不！不！"矮子大摇其头，气愤地说，"笑面无常是镇压我们劳动人民的刽子手，他杀人放火，奸淫妇女，无恶不作，我们共产党人发誓一定要逮住他碎尸万段！"

"叔叔，你说了那么多，还没把笑面无常到底是谁告诉我呢。"

"好，我告诉你吧，他就是盘踞在台中CLA里的特务头子忻善！"

"呀！"飘飘差点叫出声来，但她马上又冷静下来，她不相信救命恩人忻伯伯会是杀害父亲的元凶！忽然，她暗暗一笑，这莫非是忻伯伯故意安排来考察我的？于是，她故意装着觉醒的样子说："叔叔，侄女是一时糊涂受了忻善的蒙蔽，现在侄女愿意听你们的，回去以后，寻机把这个老贼杀了，为民除害，为我父亲报仇。"

矮子听了喜出望外，急忙把快机还给飘飘："好孩子，我们欢迎你弃暗投明，加入我们的队伍。"

不料飘飘接过枪，推上子弹，喝道："举起手来，跟我走！"

"唉呀，飘飘同志，你、你干啥？"

"你不走，我开枪了。"

谁知矮子突然像饿狼一样扑上来抢飘飘手中的枪，飘飘一咬牙齿，"嗒"的一声扣下了扳机。谁知是空枪，矮子狞笑着，飞起一脚就把飘飘的枪踢飞了，接着又猛扑过来，就在这时，黑森森的树林中突然齐刷刷亮起了无数的手电，闪出一群全副武装的军人。飘飘仔细一看，乐了，为首的正是忻善。忻善哈哈笑着一把把飘飘揽到怀里，亲了亲她的额头，激动地说："飘飘同志，我祝贺你经受住了血与火的磨炼，我代表党国接受你为CLA的成员。"

飘飘成了CLA组织的成员后,过了几天清闲的日子,这天忻善对她说,前几天在桃园龙潭附近,有两架视察陆军"苍鹰"师对抗演习的直升机出事坠毁了,机上十三位陆军高级将领不幸遇难。太平门认为这是一件蓄意破坏的恶性事件,他让飘飘跟着去执行任务。

飘飘同忻善并排坐在一辆凯迪拉克轿车里,后面紧跟一辆架着机枪的飞行堡垒。上车后忻善交代飘飘的任务是,担任远距离狙击,只要看到漏网逃犯格杀勿论。

两辆车子出了本部大院,上了大街,便像发疯一样,横冲直撞,呼啸飞驰,转眼就到了一个地方停下了。飘飘一看,大吃一惊:这不是父亲生前工作过的医院吗?到这里抓谁呀?忻善下车前又严肃地对飘飘说:"你待在车里,监视从大门里出来的漏网逃犯,见一个打一个,绝对不许手软!"说完就亲自率领一个排的特务往医院扑去。

忻善大动干戈来到医院要抓的正是飘飘父亲的生前好友阮鸿基,忻善和阮鸿基是一对老对头。忻善这个人看上去慈眉善目,其实是个心狠手辣的魔鬼,人称"笑面无常"。这次杨克勤受害,他是元凶!他早就有心加害杨、阮,恰好利用"骷髅"事件,指使吊眼皮杀了杨克勤,斩去阮鸿基的一臂。他怕阮一旦见到飘飘,必定揭穿他的阴谋,于是又借这次空难事件,决定向阮鸿基开刀了。至于他为何救下飘飘,又拉她参加CLA特务组织,自然是另有目的的了。

此时,阮鸿基正在三楼手术室给一个病人动脑肿瘤切除手术,当他发现忻善带着四个特务如狼似虎地冲了进来,自知无路可逃,他猛地拉下口罩,把胸前的第一粒纽扣迅速咬碎吞下。忻善一见,阮鸿基企图自杀,便一个箭步上来制止,可是已经晚了,只见阮鸿基口吐鲜血,身子往后便倒。忻善气得龇牙咧嘴、大发雷霆,他不甘心让阮鸿基就这么死去,他要把阮鸿基定为故意贻误医机、害死受伤的将军、参与破坏坠机的重大嫌疑犯,尽情折磨,以解心头之恨。所以他命令手术室中的另一位医生,不惜任何代价务必把阮鸿基救活过来。他留下一人守在门外,然后带着其他人又去捉阮鸿基的同党去了。可是诡计多端的忻善,这次可上了阮鸿基的当了,阮鸿基吞下的不是毒品,而是一粒货真价实的塑料纽扣,然后咬破舌尖,从嘴上流出鲜血,制造了中毒暴死的假象。等忻善他们一走,他一个鲤鱼打挺,跃上手术室的窗台,打开钢窗,借着窗外茂密的松树遮掩,顺树而下,脚一落地,便飞逃而去。

阮鸿基这一手太突然,太出人意料了,因此惊得在场的医生和护士目瞪口呆。那个站在门外的特务听见响动,探头一看,见窗户大开,阮鸿基不见了,急忙打开手中的BB机,向忻善报警。忻善闻讯带人返回,见阮鸿基已快逃出大门,他立即对着BB机喊:"08注意,目标白大褂,下三路,抓活的!"

08就是飘飘的代号,她回了一句:"08明白。"迅速把枪弹上膛,端枪对着医院大门的出口。这时已看到一个身穿白大褂的人越来越近,已经进入了手枪的射杀范围了,可是飘飘一看那白大褂竟是阮伯伯,她那执枪的手忽然颤抖起来,恍惚间,她本能地朝天开了一枪,望着阮鸿基逃出门外,钻进一辆殡仪馆的接尸车逃之夭夭。

惊魂"大厨房"

忻善奔到门口,阮鸿基已逃得没了影子,他铁青着脸,怒视着飘飘,咬牙切齿地挤出一句:"你,你干的好事!"说完一挥手气恼地上车回去。

飘飘从没见过忻善这副怕人的面孔,回房后一直提心吊胆。到了晚上她被叫到忻善的办公室,见他脸上没有表情地说:"飘儿,你知道私放逃犯是要杀头的吗?"

飘飘低着头,嘴里咬着手帕,一言不发,沉默了好一会儿,她突然伤心地哭了,边哭边说:"忻伯伯,我不能杀害阮伯伯!求求你放过他吧!"

忻善见她哭成泪人一般,似乎感到不忍,脸色变温和了,他语重心长地说:"唉!人总有七情六欲的,也难怪你见了亲人就下不了手,说实在我与阮鸿基也是老朋友了,总想大事化小,小事化了,谁知知人知面不知心,他竟干起谋杀长官的事来。这是上司的指令,我也是爱莫能助呀。干我们这工作,一定要以党国为重,不徇私情才行。飘儿,看来,你还需要在感情方面多磨炼磨炼。明天你跟我到大厨房去烧几只名菜吧!"

飘飘哪里知道,所谓"大厨房"是太平门讯审室的别名。她也不想多问,便回房去了,第二天一清早,忻善带着她往大厨房走去。

大厨房设在白色楼房的地下室里,有四间侦讯室,四间刑审室,一间特殊囚室。

忻善带着飘飘来到一间标有"天"字的刑审室门前,用手指按了一下电铃,里面的特工便把铁门徐徐地打开一条缝。他们让忻善和飘飘进去以后,铁门又合拢了。此时"天"字号刑审室里灯光通明,一个受刑的是陆军医院的内科医生,是个文质彬彬的年轻人。他任凭特工拳打脚踢,只是重复一句话:"我只懂医学,不搞政治!"

忻善走到气得嗷嗷直叫的审讯官前同他耳语了一阵,那审讯官冷笑一声:"来呀,给我烧一只四鲜脚爪汤。"

几个打手马上从里面抬出一只十字框架,剥去内科医生的上衣,拖上十字架分开两手。一个打手狞笑着递给飘飘两枚半尺多长的棺材钉,一把羊角榔头:"小姐,长官请你把这个囚犯的手心钉到十字架上去。"

飘飘做梦都没有想到,这就是忻善昨晚对她说的"需要磨炼磨炼"的真实含义,她吓得不知所措。这时传来了忻善像背台词一样的声音:"飘飘,这是命令,也是对你新的考验,请你记住对敌人的仁慈,便是对党国的犯罪!这帮家伙干的是侵害我们神圣事业的勾当!切勿手软!"

飘飘听得吓出一身冷汗,她抖抖索索接过羊角榔头和铁钉,一步一步走到那内科医生面前,一手拿着铁钉,刚放在内科医生的手掌心,一抬眼见他那双怒火直喷的眼睛,吓得手一抖,再也举不起榔头,铁钉掉在地上。这时,一个打手冲上来,从飘飘手中夺过榔头,拾起铁钉,像修鞋匠敲铁钉一样,"嗒、嗒、嗒"三声,就把内科医生的右手钉上了十字架,接着又"嗒、嗒、嗒"三声,把他的左手也钉在了十字架上。霎时间,那医生双手血如喷泉般涌了出来。飘飘可受不住了,她"呀"的一声惨叫,便晕倒在地上。

飘飘被抬回到她的房间里,一连三天,吃不下饭,睡不好觉,一闭上眼睛,就见地下室那些鲜血淋漓的犯人一齐向她扑来,凄厉地高呼:"我是良民!我是良民!"她虽然觉得忻善说"在对敌斗争中,不是你死,就是我活,对敌人的仁慈就是犯罪"的话不无道理,但她对太平门的活动,对忻善所说的"敌人"感到怀疑?阮伯伯一贯救死扶伤,难道是敌人?那个只懂医学、不搞政治的内科医生,难道也是敌人?

飘飘正疑心重重时,忻善敲门进来了。他一进门,就笑呵呵地说:"飘儿,我真没想到一个神枪手会一见血就吓成这副模样。其实杀人也是个习惯问题,人杀多了,你就习惯了,几天看不见血还会憋得慌呢,哈哈哈!"忻善这几句话,这得意的笑声,听在飘飘耳里,感到刺耳,感到惊愕,她突然对忻善感到陌生起来,觉得他那得意大笑的神态,真有点像笑面无常。

忻善笑过之后,又亲切地坐到飘飘的床边,用手抚摸着她的秀发说:"飘儿,你知道吗,我这次用前程担保,把你介绍到组织里来,除了看中你的勇敢、你的聪敏和枪法外,更重要的就是你长得美,美得能够把天下的男人都吸引到你的身边来。"一听这话,飘飘臊得脸刷地红了,心也怦怦乱跳起来。忻善似乎没注意她神态的变化,自顾一本正经地说:"为什么要说这话呢?因为对敌斗争是复杂的,有时为了获得犯人们心中的秘密,硬攻不行,就得改用软攻,用美色去诱惑,这是一种对敌的策略,也是我们做特工工作的需要。飘儿,你能担当起这个光荣的任务吗?"

忻善的话,犹如当头一棒,砸得飘飘又羞又怕,她连看也不敢看忻善,嘴里只是嗫嚅着:"这怎么行!这怎么行!"忻善见她这副惊慌失措的神态,笑得更欢了。他站起身,走到一旁的茶几边,倒了一杯开水,放到飘飘床头的小桌上,而后一本正经地说:"昨晚我们抓到一个殡仪馆的老板,也就是上次在陆军医院门前用接尸车劫走阮鸿基逃跑的人,可是这个家伙是个不怕死的死硬分子,我们大厨房里连夜用他加工了四套大菜,他连哼都不哼一声。后来有人告诉我,他是个好色之徒,平时经常出入'休闲'中心:寡妇俱乐部,哈,这叫英雄难逃美人关嘛!"

忻善说到得意处,居然眉飞色舞,唾沫四溅,平时那副道貌岸然的样子没有了。飘飘越听越怕,她已猜到忻善的用意,果然,忻善说了下去:"所以分部希望你以党国为重,用美色去迷惑他,从他嘴里掏出阮鸿基的去向,也是你将功折罪的好机会!"

飘飘气得脸色发白,浑身发抖,她真想跳下床把忻善赶走,可她忍住了。忻善见她不开口,就端起小桌上的开水,递到她手里说:"飘儿,我知道你是个处女,对男女之事没有经验。既然你不愿意,就等以后有了感性知识再说吧。"

飘飘听到忻善暂时赦免了她,感激地望了他一眼,紧张情绪一解除,顿觉口干舌燥,便一口气把一杯开水喝了下去,说:"忻伯伯,我可能不是这块料,你另找别人……"

谁知飘飘还没有把话说完,便觉得自己神魂颠倒起来,直觉得屋子里的一切在旋转飘动,眼前一片模糊,恍惚中感到有人在撕她的衣服,又觉得有人重重地压在她的身上……

计出死囚牢

直到傍晚时分,飘飘才苏醒过来,只感到浑身软绵绵的,她猛地发现自己赤身裸体地躺在被子里,顿时,她什么都明白了,自己已经被笑面无常玷污了纯洁的身子。

飘飘又羞又恨,气得快发疯了。她做梦都没想到,平时像慈父一样的忻善,竟是个阴险狡猾的色狼,禽兽!她跳下床,穿好衣服,准备去找忻善拼命,但她走到门口又停住了。她突然想起了阮伯伯当初提出的警告:对吊眼皮这一伙人只能智取,不能蛮干。由于自己未听阮伯伯的话,才上了贼船,落到今天的下场。惨痛的教训,使姑娘冷静下来,她又退回床上,思考着下一步该怎么办!她想去找阮伯伯倾诉苦衷,请求他帮助报仇雪恨,然后离开这杀人的魔窟,可这太平门不允许同外人接触,又往哪儿去找阮伯伯呢?她突然想到,现在既然已被老贼奸污,倒不如暂时把深仇大恨埋在心底,将计就计假装答应笑面无常的要求。

飘飘是以外科医生的身份去特殊囚室的,临行时她要求忻善把特殊囚室的监视机窃听器全部拆除。忻善当然不同意,飘飘沉下脸来说:

"我的身子已给你占了,难道你还想看我在别人面前的那些丑态?!"

忻善没词,只得答应了,接着他从内室取出一只白皮小药箱对飘飘说:"祝你成功!"

特殊囚室布置得像一间高级病房,一切生活用品俱全。殡仪馆老板被上过电刑,灌过辣椒水,还尝过美制测谎机的滋味,但他是个为朋友甘洒热血的男子汉,当忻善问他阮鸿基在什么地方时,他冷冷一笑说:"我知道,但不告诉你!"这可把笑面无常气疯了,因此他才决定使用太平门里的最后一招——美人计。

飘飘走进特殊囚室,见那老板已被折磨得两眼深陷,面孔蜡黄,简直不成人样,不由一阵心酸,她走上去说:"先生,您好,我奉命从今天起负责照看您的身体,直到康复。"

老板见进来的是个非常漂亮的姑娘,只见她身穿猩红翻领衬衫,下穿宝蓝喇叭裤,外披一件白大褂,腰背一只白皮小药箱,脚穿半统靴,走起路来"笃笃"直响。老板不禁反感地皱皱眉,没理睬。

飘飘见他不吭声,就自顾打开小药箱,从里面取出一叠止痛膏,走到老板面前细声和气地说:"先生,您浑身全是伤肿,我给您贴几张膏药消消肿吧。"

老板眼珠一弹,把她一推说:"滚,滚!老子不要贴你们的臭膏药!"

飘飘突然"嘻嘻"一笑说:"好男不同女斗!您咋咋呼呼的,算什么好汉?"说着,手脚麻利"啪"的一声,一张膏药已贴在老板的右手腕上,他正要发作,突然发觉膏药上面有几个字:"我要同你讲话,注意隔墙有耳!"没等老板反应过来,飘飘用手往膏药上一抹,字不见了;接着又是"啪"的一声,第二张膏药落在了左手腕上,老板注意一看,上面又是几行字:"我是杨克勤的女儿,我要找阮伯伯为我报仇!"老板不由一怔,说时迟,那时快,只见她用手在膏药上一抹,字不见了;再是"啪"的一声,第三张膏药贴到了他的脚踝上,上面写着:"忻善逼我使美人计,叔叔!请你同我合作。"她向老板眨眨眼,又往膏药上一抹,膏药上的字全没了。

这时飘飘突然一伸手,抓住了自己的衣襟,向下一拉,白大褂就给扯下了,接着猛扑上去,搂住老板的脖颈,狂吻起来。老板大声吼叫:"你要干什么?你要干什么?"一边急忙左推右挡,旋即一声怒吼,一用力把飘飘按倒在床上,抽出小药箱里的纱布,把飘飘双手反剪,捆扎得结结实实,然后提起飘飘把她按跪在地下,挥拳就打,边打边高声大骂:"妈的,老子一夜闯过华西街上野鸡的十八个窝,你这点花功夫想把老子花倒,真是白日做梦。"可是就在这大嚷声中,老板又用像蚊子叫的小声急促说道,"阮伯伯当你已经死了,你要替父申冤报仇,即去马杀鸡路13号!"

飘飘颔首称谢,装着一边手舞足蹈挣扎,一边大呼救命。

过了好一会儿,特殊囚室的铁门才徐徐开启,忻善带着四个彪悍的特工走了进来,拉开老板,救出飘飘。

忻善亲自把飘飘护送到她的卧室,关上门,就一把把飘飘搂在怀里边亲边问:"飘儿,你伤着了没有?"

飘飘一把推开他,抢白说:"谁是你的飘儿?你还有脸喊我飘儿?"

忻善老着脸皮一笑,说:"这次行动你虽没有成功,但是你的表现出色,我一定为你向党国请功!"

飘飘恨得暗暗咬牙,但她为了寻找机会脱离魔窟,就装着撒娇的样子啐道:"世界上哪有你这样的人,逼着自己的小老婆去同人家干床头戏,还有脸去请功?"说完捏住他的鼻子,纵声浪笑起来。

忻善还没见她这般放荡轻佻过，如今见了，更有一种风情，禁不住欲火中烧，饿狼似的扑向飘飘。飘飘推开他，正色说："明天是你丈人阿爸的断七忌日，我想去四明湖坟上凭吊一番，你同意不同意？"

忻善连声说："同意，同意！"

玉殒将军府

第二天一早，飘飘向忻善要了一辆摩托车，向忻善飞了个媚眼，便发动马达。忻善见飘飘一阵风地驶出了太平门的大院，脸部一阵抽搐，露出了比哭还难看的冷笑。

飘飘先到克难路碧高邑香烛店，买了锡箔、蜡烛和一筒细香。走出店门，若无其事地立住，眼光则飞速望望四周，当她确认四周没有尾巴的时候，便调转摩托，穿过华中桥，直向马杀鸡路13号驶去。

马杀鸡路13号乃陆军部队长官副司令何继光的公馆。门外清静幽雅，公馆花园内绿茵如锦。今天警卫排长清早起来，发现马路上出现了不少陌生人，有兜售海狗丸的；有叫卖杨桃、红柿的；有来往闲荡的……他越看越起疑心，于是他命令全排士兵个个荷枪实弹，对那些可疑分子来个反侦察，这里的形势看来平静，其实是一触即发，非常紧张。

飘飘驾着摩托车东兜西拐，当驶到13号门口时，已经时近中午。她把摩托车放好，抬头见这幢房子门口有身穿武装的士兵把守，不由一惊，刚想转身，那个警卫排长以为她是歹徒行动前放出的"花瓶"来投石问路的，因此，不管三七二十一，一个箭步冲了上去，使出一招"锁骨擒拿法"，将飘飘双手扭到了背后，逮进了何公馆。

这时，何副司令正同阮鸿基在客厅里同桌午餐。何副司令举杯向阮鸿基庆贺,因为刚才台北陆军司令部打来电报,已查明直升机坠毁事故,系飞机误进气流风口所致;陆军医院抢救无效,亦非医疗事故,因此令何继光迅速查找阮鸿基下落,恢复其职,以慰其心。

就在这时,那个排长把飘飘押到客厅,还没等他报告,阮鸿基已认出押进来的可疑分子正是他望穿秋水的侄女飘飘,他急忙离座把飘飘搂到怀里。许多天来,飘飘孤身一人,经受了生与死、血与泪、悲愤与屈辱的折磨,如今一见亲人,感情的闸门打开了,不顾一切地放声大哭。

就在这时,客厅里电话铃响起来,何继光皱皱浓眉,拿起听筒,电话中传来了大门警卫员急促的声音:"报告司令,太平门局长忻善求见!"

"嘿,来得真快,我正要找他。放他进来!"何继光放下电话,对阮鸿基说,"笑面无常来了,你们先避一避吧!"

阮鸿基点点头,飘飘惊慌地说:"伯伯,是我不好,把狼引到这里来了,咱们快逃吧!"

阮鸿基拍拍飘飘的肩膀说:"孩子,别怕,有何伯伯给我们做主呢!"

一会儿,忻善一身戎装,率领四个全副武装的特工,气势汹汹地来到了会客厅。忻善一见何继光,立刻满面春风,一抱双拳给何继光深深一揖:"何兄,小弟造次登府,多有打扰了!"

"哪里,哪里,我们的长眉大仙,想必是无事不登三宝殿吧!"

忻善"嗨嗨"一笑说:"兄弟喜欢开门见山,想请司令协助捉拿两个逃犯!"

"逃犯是谁?他们在哪里?"

忻善诡秘地一笑说:"阮鸿基和杨飘飘!他们全在你这里!"

何继光镇静地说:"拿证据来?"

"司令要证据吗!鄙人想请你听一段录音。"

说着一挥手,从他身后转出一个特工,从白皮小药箱底的夹缝里掏出一只微型录音机,"啪"的一声打开开关,录音机里马上传出飘飘与殡仪馆老板在特殊囚室的一段对话。

原来忻善明里答应飘飘拆去囚室窃听设施,却在药箱里放了窃听器,所以今天他让飘飘出来,是故意安排的放线钓鱼之计。此刻,他让特工收起窃听器,得意地望着何继光。何继光一点也不慌,他冷笑一声:"他们在这,你准备怎样?"

"请司令把这两个逃犯交给鄙人带走,绝不难为司令。"

"哈哈哈!"何继光突然爽朗地大笑起来,"逃犯?谁是逃犯?我也请你看样东西。"说完把刚才台北陆军司令部拍来的电报递给忻善。

忻善见了这份电报,面色大变,他顿时"嚓嚓"把电报纸撕得粉碎,往地上一丢,霸道地说:"陆军司令部算什么东西,没有我们太平门总部的命令,我喜欢抓谁就抓谁!"

一听这话,何继光勃然大怒:"你、你给我滚出去!这是何某的地方,不许你撒野!"

忻善"哈哈"一笑,傲慢地说:"你的地方?请打听打听,台中市任何地方都受我们太平门的管辖,给我搜!"他把手一挥,站在背后的四个彪形大汉迅速戴上防弹钢盔,亮出枪对准了何继光的脑袋。

与此同时,只听一声大喝:"不许动!"客厅外警卫排长率领十八名警卫,一式十八支台湾造的卡宾枪从客厅的四面八方伸了进来。

谁知忻善面无惧色,他冷笑着一字一板警告道:"何继光,告诉你,我忻某全身除了双手和双眼,都是当今世界上第一流避弹装备,谅你休想伤我一根毫毛,何况我上面是谁,想必你也清楚,只要枪声一响,你何继光就马上成为党国的千古罪人!"

何继光气得两眼冒火，急得满头大汗，他深知火拼的后果。双方剑拔弩张，一触即发，一时间，客厅里倒静得出奇。

就在这一场恶战即将爆发时，只听"扑扑扑扑"四声沉闷的枪声，忻善身后那四个彪形大汉的手腕都中了枪弹，他们手中的手枪应声"噼里啪啦"掉在地上。接着，只见飘飘紧握双枪出现在客厅的门口，两支乌黑的枪筒，已指着忻善。忻善见飘飘一露面就制服了他四个护身特工，一下吓傻了，两条腿情不自禁地颤抖起来："飘儿，饶命，饶命，你可别忘了我们好歹做过夫……"

"闭嘴！"飘飘羞恨交加，截断忻善的话说道，"忻善，饶你的命可以，你必须把骷髅杀人案的内幕向何司令交代清楚！"

"什么骷髅杀人，我不明白。"

这时，阮鸿基穿着从殡仪馆老板那儿要来的骷髅骨架道具，从客厅后面走进来，在场的卫兵和特务都惊呆了。装扮骷髅鬼的阮鸿基走到忻善的面前笑笑说："忻长官，你很明白，还是说吧！"在罪证面前，狡猾的忻善只得坦白交代。

原来那天雨夜，陆军医院隔壁国民大戏院正在上演《白骨骷髅现形记》，扮演白骨骷髅的演员被忻善认定是共产党，就亲自带了一伙便衣到国民大戏院去抓那个演员。那演员见来者不善，带装从后台越墙逃进陆军医院的花园。忻善派人穷追不舍，一枪击中那演员的嘴部，鲜血顺着道具的假牙滴下来，他带伤慌不择路踱进了值班室，惊醒了阿潘和杨克勤，就在阿潘揿亮了电灯，杨克勤被吓昏过去的时候，忻善带着一帮人赶到，那个演员在拒捕中被无声手枪打死，阿潘也中流弹毙命。忻善见昏倒在地的是杨克勤，于是一个栽赃陷害的计策形成，他命令特务们伪造现场，搬走了那具白骨骷髅的尸体，并指使吊眼皮判杨克勤死刑。后来他又眼馋飘飘的美色,谎称总统赦免,把她骗进特务组织,终于达到了目的。

现在事情清楚了,飘飘咬紧银牙,扣动无声手枪,只听"扑扑"两声,枪弹不偏不倚,射中笑面无常的两只眼睛,他嘴一歪,脚一抽,去见上帝了。

飘飘双手持枪,跪下哭道:"阿爸,阿潘,我已给你们报仇,请你们等我吧!"说罢,迅速把枪对准了自己的太阳穴。阮鸿基见了刚要来救,已经晚了,只听枪响了,一个才二十岁的姑娘便香消玉殒了……

(夏元寿)
(题图:张恩卫)

鬼　话

本顿要乘车进城去上班，正裹着大衣，独自坐在二等车厢的一个车室里候车。这时，有个驼子走进来，在车室角落里坐了下来。本顿侧眼一看，这坨子头戴一顶黑色宽边帽，帽子向下耷拉着，把整整半个脸都遮了起来，身上那件黑大衣又破又旧，一直拖到地板上，看上去整个人显得非常邋遢。本顿立刻感到很不舒服，尤其难忍的是，驼子浑身散发出的那股恶臭味，逐渐在整个车室弥漫开来。本顿要紧站起来开窗，可是一点用处也没有。本顿气坏了，正在这时候，检票员开始验票了。

"早安，先生。"检票员微笑着向本顿打招呼，本顿每天乘这趟车，检票员对他已经很熟悉了。按照惯例，本顿掏出车票递给检票员检查，就在这当口，检票员皱起了鼻子，满腹狐疑地嗅着这里的空气，而且好奇地打量着那个驼子。检票员验完票，递还给本顿，然后转向驼子："对不起,先生,您的车票……"只见那驼子从耷拉着的黑帽子下面抬起头来,眨巴着眼睛,示意检票员俯下身去。检票员愠怒地皱紧了眉头,但是他仍然弯下腰去,把耳朵凑近那个驼子的脸。立刻,驼子在他耳边悄悄地说了起来,那声音又沙又哑、含混不清,有时候甚至像乌鸦叫。

检票员侧着耳朵听了一会,神色顿时起了变化,他走到本顿面前,冷着脸说:"对不起,先生,这是一间私人车室,我得请您离开这儿了。"

"可是,"本顿惊愕得直喘大气,他简直难以相信,"我天天在这儿候车,以前它可从来不是一间私人车室啊!"

"是的,先生,也许是这样,"检票员说,但他不为所动,"可是如今它是一间私人车室了。请您到隔壁车室候车吧,我想您坐在那儿和坐在这儿是一样的。"他为本顿开门,做了一个"请"的手势。没办法,本顿只好让位,他无可奈何地站起来,经过驼子身旁的时候,狠狠地瞪了他一眼,那驼子正朝着他狞笑。

第二天早晨,本顿照例进城上班。他肚里的气还没消,碰到那个检票员,便问他昨天究竟是怎么回事儿。检票员满腹狐疑地说:"什么?一个驼子?先生,您疯了?自从这列车被辟为上下班专用以来,它就从来没有什么私人车室之类的东西……"

"可是,"本顿喊了起来,"明明是你听了驼子的话,硬要我离开这个车室,这件事你总应该记得吧?"

"有这种事情?您在和我开玩笑吧,先生?"检票员放声笑了起来,不等本顿答话,就笑盈盈地大步走开了。

本顿看得出检查员不像在骗他,便觉得这事儿蹊跷,一个人愣愣地站在那儿,半天也没回过神来。

时间一长,本顿渐渐把这事儿忘了。大约是三个月以后,这天中午,本顿一改往常在办公室里吃三明治的习惯，到附近小酒店里去喝晌午酒。酒店里又热闹又拥挤，本顿跨进店门，发现店堂角落里有一张桌子边只坐着一个人，便挤过去坐了下来。正要招呼侍从，猛抬头，发现原先坐在桌边的那个人竟然就是驼子。奇怪，本顿刚才还好好的，突然间好像又闻到了那股恶臭味。本顿捂着鼻子四下一看，发现至少有十几个人都把鼻子捂了起来，可奇怪的是，却没有一个人抱怨。

本顿厌恶地扫了驼子一眼，赶紧站起身，离开座位，径直来到柜台前，掏出一枚硬币，用指关节敲了敲柜面："掌柜的，来一品脱啤酒，要最好的。"酒店老板立即满脸堆笑地迎了上来，伸手取过一只杯子，放在啤酒筒龙头下面，要为本顿灌一杯啤酒。就在这个时候，本顿突然发现老板的眼睛直盯着他背后，他回头一看，那个驼子正在朝酒店老板招手，暗示他有话要对老板说。本顿的脑子飞快地转了起来，他想起了那次在候车室的一幕，真是奇怪啊！他两只眼睛紧紧地盯住酒店老板，只见他走到驼子跟前，俯下身来，把耳朵凑近那个驼子的脸。立刻，驼子在他耳边悄悄地说了许多话，果然，声音又沙又哑，含混不清，有时候甚至像乌鸦叫。酒店老板侧着耳朵听了一会儿，神色顿时起了变化，他冷着脸，回到柜台里，打开啤酒筒的龙头，灌了满满一杯啤酒，不说一句话，把它端给了驼子。驼子接过酒杯，又朝着本顿狞笑。

本顿再次被驼子捉弄，气得一把拉住店老板说："掌柜的，他喝的是我的啤酒啊，你凭什么不得到我允许就给他？"本顿要与店老板评理，突然发现驼子不见了，他心里一直对驼子存着个谜，所以也顾不得找老板算账，要紧挤出酒店，瞪大眼睛在人群中搜寻驼子的影子，可是没有结果。"这个该杀的家伙！"本顿怒气冲冲地骂着，也无心再去喝酒，只得怏怏地回去上班。

本顿眼前老出现驼子的身影，这个驼子到底是什么人，他为什么要缠着自己？第二天中午，休息钟声一响，本顿立即跳起来，冲出办公室，往酒店跑去，他要去找驼子弄个明白，可是非常遗憾，驼子不在。酒店老板迎了上来，本顿招呼他说："掌柜的，要是你不介意的话，我要跟你说句话。"店老板点点头。本顿对着他的耳朵悄悄地问道："那个驼子，他是什么人？"

"什么驼子？"酒店老板脸上露出一副茫然不解的神色，"您说的是谁呀，先生？"

"就是那个戴着一顶黑帽子的驼子，他昨天还坐在这儿。"本顿一边说一边还往那个角落指了指，"你不是把我出钱买的一杯啤酒给他喝了吗？怎么，难道你也记不得了！"

酒店老板缓缓地摇着头，皱起了双眉，然后喊过来一位侍从，问他道："乔，昨天吃午饭的时候你也在这儿，你有没有见到一个驼子在我们店里喝酒？就坐在那个角落里？"本顿站在一边又把驼子的外貌讲了一遍，特别还提到他身上发出的那股恶臭味。

乔一听，惊讶地对本顿说："对不起，先生，您一定记错店门了，我们这从来不允许乞丐进门的。是吗，老板？"

"是的，是的。"酒店老板耸耸肩，微笑着对本顿做了个无可奈何的动作。

这可真是怪事！本顿只好心神恍惚地离开酒店。

这天晚上，本顿躺在床上怎么也睡不着，他发誓一定要把这事儿弄个水落石出。第二天开始，本顿每天都提前半个小时到车站，沿着长长的过道朝每个车室里张望，寻找驼子的影子；中午，他也不在办公室里进餐，而是到附近酒家去喝上一杯，总希望有一天驼子会突然出现在他面前。可是一个多月下来，本顿失望了，因为驼子始终没出现。

这天，本顿垂头丧气地回家，两只脚刚刚踏进前门，一股恶臭味扑鼻而来，本顿直觉得自己全身汗毛都竖了起来，这气味是这么熟悉，难道驼子找上门来了？他疾步奔进起居室，果然看见那顶非常熟悉的帽子——一顶黑色宽边帽子，随随便便地放在他平时常坐的那把安乐椅的椅背上。本顿立刻觉得整个房子旋转起来，那顶黑帽子变得越来越大，几乎要把整间房子塞满了。本顿竭力把自己的目光移开，拼命让自己挣脱这种着魔似的幻觉。这时，他突然听到楼上卧室里仿佛传来一阵低微的声音，间或又夹杂着一阵下贱放荡的笑声。他浑身一惊，不顾一切地冲上楼去，大叫着把卧室门推开，只见那个驼子全身一丝不挂，正和本顿的妻子埃伦在床上做爱。这情景无疑是给本顿当头一棒，他的眼睛快要从眼窝里蹦出来了，发疯似的冲过去，揪住驼子就要把他揪下床来，可不知怎么回事，驼子竟然又从他手里滑了出去，飞快地穿上衣服跑出房间。本顿跌跌撞撞地追出来，看到驼子早已站在门厅口，那顶黑色的宽边帽子依然耷拉在脑袋上，把整整半个脸都遮了起来。本顿看着他这副可恶的样子，真是气不打一处来，又冲了上去。驼子拔脚就走，本顿一直追到前门口，驼子早已踪迹杳然了。

本顿火冒三丈，想想妻子埃伦竟然这般无情无义，背着自己和这么个丑八怪做爱，气得回进门来，一把拎过她就打，从这个房间打到那个房间。埃伦哭着、叫着，不明白本顿为什么无缘无故打她？再听本顿说什么驼子、丑八怪，更是感到莫名其妙。她受不了本顿对她的凌辱，一气之下离开了家。

什么都乱套了！本顿发疯似的揪住自己的头发，对驼子充满了刻骨仇恨。他跑到当地一家铁匠铺子，买了一把锋利的意大利长刀。第二天，本顿也不去上班，满街转悠，寻找驼子的影子。他下定决心，要不顾一切地找到他。整整一天，本顿不吃也不喝，睁大眼睛拼命在人群里找，复仇的烈火时时在他心里燃烧，他相信总会在某个地方找到他。

天黑下来了，本顿还在车站里东张西望，突然，他的两只眼睛定住了，一颗心"突突突"狂跳不已——驼子和埃伦正手挽手离开车站。只见埃伦脸上容光焕发，就像一个年轻的新娘；驼子还是穿着那件肮脏破旧的拖地黑色长大衣，臭气熏天。一阵不堪入耳的"咯咯"笑声传到本顿耳朵里，本顿气得一阵头晕目眩，胸口像塞满了棉花一样气闷难受。本顿闪进一家商店，他不想让驼子知道自己藏在这儿，可不知怎么搞的，驼子好像已经看到他在这儿了，他殷勤地拉过埃伦的手吻了一下，令人作呕地说了几句悄悄话。当埃伦一言不发地顺街离开的时候，他便转过头来，用两只萤火虫般的眼睛朝本顿狠狠瞪了一下。躲在商店里的本顿再也忍不住了，他"呼"地蹿出来，举着那把明晃晃的意大利长刀，驼子一看害怕了，惊慌地沿着鹅卵石街道飞奔而逃，那件大衣在他身后拍打着地面，就像两只飞蛾的翅膀。

本顿立刻追了上去，眼看两人距离越来越近，本顿咬咬牙，挥着长刀，照准驼子的脑袋就砍了下去。谁知驼子又滑走了，拐过一个街角，闪进了一条漆黑小巷。本顿紧跟着冲进去，可是什么声响也没有，驼子又消失得无影无踪。其实，驼子还在小巷里，就蜷伏在墙脚下的阴影里，他趁本顿不注意，刚一动，就被本顿发现了。本顿冲上去，照准驼子的胸膛一刀砍过去，顿时划出一道闪亮的弧线，但是那驼子宛若水银泻地般倏然躲闪，一蹲身又从本顿的手臂下面钻出来，朝着大街飞也似的奔去，还回头朝本顿"咯咯"一笑。笑声把本顿的杀人欲望推到一个新的高潮，他现在什么也顾不上了，循着驼子的踪迹穷追不舍。他冲上大街，可就在这时,一辆出租汽车飞驰而过,他被撞倒在地,模模糊糊意识到尖厉的刹车声和轮胎在地面上磨擦的声音交织在一起,一片漆黑浑沌劈面向他笼罩过来。

待他从昏迷中悠然还魂,发现自己被撞倒在街沟里,脸上血迹斑斑,耳中隆隆作响,整个世界在眼前旋转。就在这时候,他突然发现一顶熟悉的黑边宽帽在眼前一闪,驼子随即惊叫一声倒在地上,化成一摊污血,不见了踪影。啊?本顿直到这时才明白过来,这驼子原来是个鬼啊!鬼是怕人血的。他几乎忘了痛楚,连连责怪自己为什么没有早点从这条路上去想个办法制服他!

几分钟后,警察来到现场,本顿立刻被送进医院。伤愈出院那天,埃伦来接他,两个人紧紧拥抱在一起,再也不愿分开了。

(翻译:金　子)
(题图:徐华君)

古画上的少女

在这个城市的老城区有一条老街,是专门买卖古董的地方,老街上有较大的古董店,也有街边的小摊档,有真古董,也有很多假货。好多人经常去这条街捡漏,卫辉就是其中之一。卫辉是一家大医院的医生,他个性比较内向,至今还过着单身生活,没有什么朋友,只有一个张亚明,是他大学时的同学,在本市另一家医院工作。卫辉也没有什么不良的嗜好,只是喜欢古董。

一个星期天的下午,卫辉和往常一样又来到古董街闲逛,逛了半天,没有看上眼的东西,于是信步走入街尾的一家古董店,想着如果没有什么东西好看就回家。这个古董店里光线不太好,有点黑咕隆咚的,这也是有些古董店的特色,一来是制造气氛,二来是易卖假货。卫辉正看得索然无味,突然觉得背后好像有道目光正盯着他,回过头去,却又不见有人。就在这时，卫辉发现墙角处挂着一幅古画，画上是一个长发披肩的少女，卫辉看着她的时候，觉得她的眼睛神采奕奕的，好像她也在看着他，而且要看到他的心里去。

卫辉一下子喜欢上了这幅画，他的居室里正好缺了这么一幅古画。卫辉走近那幅画，在暗淡的光线下仔细欣赏了起来：那少女看不出是什么时代的人，只是穿着一条粉红色的长裙，长发披肩，好像刚沐浴完；少女的背后也没有什么背景，画布是绢质的。卫辉确定这是一件有价值的真货，他问了价钱，老板的开价太便宜了，便宜得像是街边卖的那些印刷拙劣的明星画，即使这幅不是古画，都完全不止这个价格，于是卫辉连想都没有想就买下了。

卫辉回到家，立即把这幅画挂在卧室睡床对面的墙面上，挂好了，他再一次仔细地欣赏了起来：白色的绢质画布已有些发黄了，但是那黄色很淡，对整幅画的效果没有什么影响。他看不懂画布的织法，这种织法是卫辉以往收藏的古画中从未见过的。画上的少女极度的美丽，神情极为逼真，无论卫辉站在什么位置上，都觉得画上的少女好像也在盯着他看，那眼光里流露出极度的温柔和诱惑，像是情人看着你的感觉。看着这少女，卫辉禁不住有点心猿意马。

卫辉定了定心神，再一次地仔细欣赏着，忽然，他有了新的发现，原来这幅画并不是没有背景的，只是背景极淡，只有走到很近很近，细细看才能看清楚，就在卫辉走到近处仔细看那背景的时候，他不由呆住了：画上的背景是一群人，而且是一群男人，一群不同时代的男人！从这群男人的衣着和装饰来看，最古老的是隋唐时候的人，还有宋朝、元朝、明朝、清朝的人，最怪的是三个人：一个长袍马褂、金丝眼镜，显然是民国时期的衣饰；还有一个人是一身中山装，上衣口袋里还插着一支笔，这种服饰也是民国时期到解放初期时新潮的人士穿的；第三个人更怪，竟穿着一身草绿色的军装，戴着军帽，腰扎着宽皮带，但军装上却没有肩章和帽徽，其实一看就知道，这个人应该是二十世纪六七十年代的人！

那么，这幅画最早也应该是在二十世纪六七十年代画的了？想到这里，卫辉并不是很失望，虽然年代不久，但是画得好呀，卫辉心里只是疑惑：是哪个画家有如此的神来之笔？他又为什么要画这么幅古怪的画呢？这种不知是何织法的画绢又是怎么织出来的呢？他怎么能让才几十年的东西看着像上千年的古董一般？这人一定是造假中的超级高手了，可这画的售价为什么却又这么便宜呢？

卫辉数了数画上的男人，一共是二十一个。他带着疑问细细看着画，却一下呆住了：画中少女那原来浅浅的笑容，这时候却变得诡异而神秘起来，好像是看透了卫辉的心事一样。卫辉发了一会儿呆，再回过神来看画上的少女，却又是原先淡淡的笑容了！

第二天早上，卫辉一觉醒来就向画上的少女望去，少女仍然带着淡淡的笑容，眼光里流露出极度的温柔和诱惑，卫辉拍拍自己的头，昨晚的梦太荒唐了：他梦见了画上的少女，而少女在他的梦中是那么柔情似水，他拜倒在少女的长裙之下……此后一连好多天，卫辉都在梦中和少女缠缠绵绵的。

卫辉曾打电话给最好的朋友亚明，想把这件怪异的事和他说一下，但话到了嘴边又说不出来，而这个古怪的梦对他的身体也没有什么影响，只是让他老是牵挂着梦中的情人，有时上着班就想起那些令人如醉的情景来，就想快点下班回家去，好躺在床上做那美妙无比的梦。不久，卫辉已经变得有些无心上班了，甚至连惯常的值夜班也不想去，总想着找个借口不值夜班,好在夜里做那缠绵的美梦。

这天夜里,卫辉再次在梦中看见了少女……

卫辉和那幅画的事医院里是不知道的,同事见他三天没来上班,就向领导汇报了。领导打了好多次电话,手机关机,家里电话也没有人接听,派人去了他的家,喊破了嗓子,也没人出来。无奈之下,医院报了警,并通知了卫辉的父母。

警察打开了卫辉家的门,发现门是从里面反锁上的,而且卫辉的钱包、钥匙、手机等全放在卧室的桌子上,床上的被子没有折,一看就知道卫辉在这里睡过觉,只是不知道他什么时候起床的,门窗及阳台的防盗网全是好的,没有被撬的痕迹。

警察对现场勘察后得出了这样的结论:卫辉是在家里失踪了!

医院的同事和左右隔壁的邻居都提供不出任何线索,只是他的好朋友张亚明说,卫辉失踪的前几天打来电话,似乎有些问题想问,但最后吞吞吐吐,打了几个哈哈,又什么也没问。张亚明对此并不觉得特别奇怪,卫辉向来就是这种人。

卫辉的父母从外地匆匆赶来,警察问他们更是一问三不知。也有人留意了卫辉收藏的古董,但也没什么发现。那幅画仍然挂在那面墙上,画上的少女仍是淡淡笑着,用极度温柔和诱惑的眼光看着每个人。

卫辉的失踪成了悬案……

警方没有最后的结论,卫辉的父母怀着极度悲伤的心情返回了自己居住的城市,临走前,他们把卫辉居室的钥匙交给了张亚明,请他照看一下,并盼望着哪一天卫辉能突然回来……

张亚明于是常常去卫辉的居室看一看,虽然这里离他住的地方很远,但这也是义不容辞的事情。

一天夜里，张亚明和朋友从酒吧喝完酒，已经太晚了，如果回到自己的家，那就睡不了觉啦，幸好这里离卫辉的住所很近，张亚明便打算去那里睡一夜。他到了卫辉的住处，洗完澡，躺到床上，一抬眼正好看见了那幅画，画上的少女正微笑着，眼光中流露出极度的温柔和诱惑。"多么甜美的少女，如果能和这样的女人……"张亚明有点心猿意马了，他从床上跳起来，想仔细看看这幅画。

张亚明走近了那幅画，凑得很近很近，在明亮的灯光下，他发现了画中奇怪的背景——那群极其古怪的男人！这些男人和画上的少女多么不协调啊！他饶有兴趣地数了数画上的男人，发现上面有二十二个，再仔细一看，他察觉那些男人身上穿的衣服竟然是不同时代的！

看到这里，他不觉嘀咕起来，"画画的人画技虽然高明，但构思却狗屁不通！"他一边这么想着，一边看着画上的男人，忽然，一阵冷汗从张亚明的后脊梁冒了出来，他毛发都竖了起来，背上一阵阵地发冷，他想动一动，却发现浑身似乎都僵了，一点也动不了，他想叫，却喊不出声来，那种感觉像是在梦中着魔了一般！

画中那少女浅浅的微笑这时已变成了神秘而带点邪恶的笑，但是张亚明根本已经看不到这些了，他的眼睛只是盯在一个地方，那是少女后面背景上的一个人，那一群男人中的一个，一张他非常熟悉的面孔，那人竟然就是半年前失踪的卫辉！

(孟咸涛)

(题图：黄金昌)

吸血鬼传说

穿越黑森林

对于在罗马尼亚观光的游客来说,德古拉伯爵遗址,是个不能不去的地方,因为传说中的吸血鬼之王德古拉伯爵就诞生在这个地方,但要从首都到达那里,就必须驱车穿越一片广袤的黑森林。

这天,从伦敦来罗马尼亚旅游的贝肯正开车穿越这片茂密的黑森林,和他同行的女秘书露西坐在副驾驶位上昏昏欲睡。贝肯这次带着露西从伦敦来到罗马尼亚旅游,其实是为了找个机会,神不知鬼不觉地在异国他乡杀死露西。

贝肯当初勾搭上露西只不过是想玩玩,没想到露西竟然怀孕了,还用这个孩子要挟自己和妻子离婚,这当然是不可能的,没有了位高权重的董事长岳父，他在公司肯定是混不下去的。

贝肯已经考虑好了，等车开到森林更偏僻一点的地方，他就掐死露西，然后把露西的尸体抛进黑森林的深处。这次周末的旅行，没有别人知道，尸体扔在森林里，几个月甚至几年都不会被发现，即使被发现了，也变成了一堆枯骨，分辨不出是什么人。

天色渐渐昏暗，轿车已经行驶到了黑森林的中央，贝肯看了一眼后视镜，惊异地发现后面不远处竟然跟着一辆黑色的汽车。贝肯的车开得快，后面那辆车也开得快。贝肯开得慢，后面那辆车也随之放慢了速度。贝肯有点纳闷，他索性把车停下，想让那辆车超过去，没想到那辆汽车在超过贝肯的车后，停在了前面大约十几米远的地方。

贝肯有些恼羞成怒，把车开到那辆车的旁边，摇下车窗，没好气地问："你为什么老是跟着我的车？"车里坐着一个戴着墨镜的男人，大约三十来岁，他嚼着口香糖说："我叫杰森，是个去德古拉城堡应聘工作的流浪艺人，我找不到去城堡的路，猜想你是去那里旅行的，就一路跟着，希望可以顺利到达。"

贝肯只好自认倒霉，他继续驾车向德古拉城堡驶去，杰森的车就跟在后面，他没法按计划杀死露西抛尸荒野，只好决定另找时机。

吸血鬼传说

到达德古拉城堡时，已经是晚上了。贝肯与露西走进一家旅馆，贝肯特意向后望了一眼，谢天谢地，那个该死的流浪艺人没跟进来。贝肯带着露西径直来到了旅馆餐厅。餐厅里人很多，大多都是跟随旅行团到这里来的旅客。一个导游正绘声绘色地说着吸血鬼之王德古拉伯爵的故事，贝肯与露西也好奇地挤进人堆听了起来。

这个导游故作神秘地说："你们知道吗？吸血鬼之王德古拉伯爵其实并没有死，他的灵魂一直在城堡外游荡，他只要看中了可以寄放灵魂的宿主，就会一口咬在那个人的颈子上，吸走那个人身体里所有的血液，那个人的尸体被找到的时候，会发现在颈上有两个血洞，体内的血液全部离奇消失了……"

胆小的游客发出声声惊呼，可露西却兴奋地说："这个旅行团真好玩，我们也参加吧。"不等贝肯同意，露西就举手向导游提出了请求。

导游立刻就同意了露西的要求，这时，一个低沉的声音从身后传来："我也要参加这个旅行团，真是太有意思了。"贝肯觉得这个声音有点耳熟，回过头一看，竟然是那个叫杰森的流浪艺人。

拿到了旅行团提供的房卡，贝肯与露西住进了一间客房，刚走进房间还没五分钟，客房的吊灯闪了一闪，忽然暗了下去，房间顿时陷入了一片漆黑之中。贝肯正想咒骂的时候，忽然听到房间外的楼道里传来了一声凄惶的惨叫。贝肯拉开门想要看看发生了什么事，这时，灯又突然莫名其妙地亮了。贝肯走到楼道上，立刻就看到不远处的一间客房门开着，一个人躺在地上，一双腿露在了房门外。

楼道上的人多了起来，几个人与贝肯一起走到了那间房边，看清那个躺着的人，顿时吓得大惊失色。躺在地上的居然是那个叫杰森的流浪艺人，他面无血色，在他的脖颈大动脉的地方，有两个血洞。一个旅客大叫道："是德古拉伯爵的灵魂回来了！"他的声音充满了恐惧。

看到这一幕，贝肯头皮发麻，后背渗出了汗。

就在这时，楼道里的吊灯又闪了一下，发出"嘶嘶"的交流电声，只在一瞬间，楼道里就一片漆黑。所有的人都惊慌地叫了起来，黑暗足足延续了五分钟。当楼道里重新恢复光明后,贝肯与其他游客才发现,楼道尽头趴着一个人,头歪着一动不动。

贝肯壮着胆子走到了那个人身边,发现他竟然是导游,他脸色苍白,已经断了气,在他的颈动脉上,也有两个深可见骨的血洞。

"是德古拉伯爵……是他的灵魂来找替身了……"刚才那个发出尖叫的旅客又歇斯底里地叫了起来。旅馆经理赶过来后,万分遗憾地告诉所有人,这里的电话线不知被谁剪断了,而旅馆地处偏僻,手机也没有信号,警察一时半会儿通知不到。旅馆经理建议所有旅客都回自己的房间去,紧闭房门,一有意外就大声呼救。

嫁祸吸血鬼

贝肯回到了房间里,与露西面面相觑,他怎么都没想到这次旅行竟然会遇到这样的恐怖事件。接下来的两个小时,旅馆的电力又坏了两次,而同时又发现了两具被吸干了鲜血的尸体,分别是那个歇斯底里的旅客和旅馆的经理。

贝肯坐在沙发上沉思了片刻,他知道这个世界上是没有吸血鬼的,吸血鬼只是一个年代久远的传说而已。今天所发生的一切,也许只有一个解释——在旅馆里有一个变态杀手,他连环作案,在旅馆里随机选择着无辜的受害者。

贝肯并不害怕凶手,事实上,他是个自由搏击爱好者,同时也是跆拳道高手,如果凶手选择要来杀他,还不知道谁能占谁的便宜呢。贝肯抬起头,看到了躺在床上的露西,她刚才受了惊吓,现在疲倦地睡着了。贝肯忽然生出了一个大胆的念头——他决定就在旅馆里杀死露西,然后嫁祸给吸血鬼之王德古拉伯爵。

说干就干！贝肯"腾"一声站起身来，走到露西身边，伸出手来掐住了露西的脖子，他手里的力量越来越大，心里已经想好掐死露西后，就把尸体拖进浴室里，然后用露西的发夹在她的脖颈上剜两个血洞，放走所有的鲜血。等下次电力中断的时候，他再大声尖叫，引来其他旅客，到时候所有人都会以为露西是被德古拉伯爵的灵魂杀死的，而随后赶来的警察也只会认为，是某个变态连环杀人凶手所为。

想到这里，贝肯的脸上露出了笑容，五官扭曲到了一起。他看到露西无助地挣扎着，力度越来越小，眼看他的计划就要实现了，这样的话，回到伦敦后他又可以开始崭新的生活了。

一场真人秀

就在这时，他听到自己的房门"砰"地被撞开了，外面站着好几个人：流浪艺人杰森、导游、旅馆经理和那个歇斯底里的旅客。不等贝肯反应过来，他们已经一窝蜂地冲了进来，把贝肯牢牢地按在了地上。

警察在五分钟后就赶到了现场，当场逮捕了贝肯，而贝肯却彻底糊涂了，他大声地叫道："这究竟是怎么回事？为什么他们还活着？为什么会冲进来？"

流浪艺人杰森走到贝肯身边，笑嘻嘻地说："其实我们是罗马尼亚电视台的工作人员，正在做一期真人秀实拍的幽默节目。"

杰森不紧不慢地告诉贝肯，他们电视台邀请了一帮从没来过德古拉城堡的游客，然后故意给他们讲吸血鬼之王德古拉伯爵的恐怖传说。电视台的工作人员装扮成被吸血鬼吸干了血液的受害者，躺在旅馆的楼道里,吓唬那些游客们。而旅馆的各个地方,都藏好了隐秘的摄像头,目的就是为了拍下游客们惊慌失措的搞笑镜头,当然,拍摄之后要得到游客的同意才会播出。贝肯谋杀露西的时候,他们正在总控制室里,欣赏着各个房间里游客们的精彩表现。

听完这些话,贝肯脸上露出了绝望的神情,他大声向杰森吼道:"你们的节目真是这个世界上最愚蠢、最荒唐、最无聊的节目!"

杰森则不以为然地说:"我敢和你打赌,明天晚上,这个节目在电视台播出的时候,一定会成为罗马尼亚电视史上收视率最高的节目——这一切,都是托了您的福!"

(庄　秦)
(题图:佐　夫)

险象环生

沙漠里的吃人泥沼

在博茨瓦纳北部分布着许多部落,由于偏远落后,部落里没有医生和医院。镇医院有个名叫姜然的年轻中国医生,经常不顾路途遥远来到部落给人看病。他是以志愿者的身份来到非洲的,他的得力助手芭芭拉护士,是一位漂亮的非洲姑娘,两人已相爱很久。

这天傍晚,姜然和芭芭拉给部落的人看完病,开着一辆黑色吉普车往镇医院赶。到镇上有三四百英里,没有公路,得穿过沙漠和草原,平时他们都是一路平安的,可天有不测风云,吉普车进入沙漠以后,前方突然出现了一片汪洋大海,海上有船舶、岛屿……景色美丽至极,明明知道这是海市蜃楼,姜然还是情不自禁地把车向"大海"开去。开出没多远,眼前出现了一片高高的沙堆,挡住了去路,姜然很兴奋,仍不甘心,跳下车继续奔向"大海",可跑着跑着,他突然惊叫了一声:他陷进了一片咖啡色的泥地里,上面笼罩了一层淡紫色的雾气,泥土正在冒泡泡,湿泥已经没到了他的膝盖!姜然惊慌不已,使劲往外挣扎,可越动就越往下陷,眨眼间,泥沼没到了他的腰部……

这时,芭芭拉距离姜然大约有二十多公尺,她被眼前的景象惊得目瞪口呆,她怎么也没想到沙漠中会隐藏着这么一个"吃人"的泥沼!眼看姜然就要被吞食掉了,芭芭拉心急如焚,她赶紧在车里搜寻可以拉他出来的东西,可车里除了几瓶麻醉剂和一些医疗器具外,其他什么也没有。芭芭拉疯狂地四处奔跑,希望能在地上找到绳子之类的东西,可一无所获!

姜然大声安慰芭芭拉不要急,让她快到镇上找人来,芭芭拉没想到心爱的人会在处于险境时还这么安慰自己,不觉流下了眼泪,她想,在沙漠里,太阳一落,气温下降很快,几个小时之内,就会降到零度,等她赶到镇上再赶回来,姜然早就冻死了!

这时,太阳已经下山了,芭芭拉感到有点冷了,就在她急得不知如何是好时,突然发现远处有车灯在闪动,她高兴得不得了,疯狂地按车喇叭,终于,远处的汽车开了过来。

开来的是一辆吉普车,从车上走下来一个小伙子,芭芭拉一看,认识,是一个酋长的儿子,叫塞莱斯,这人平时游手好闲,而且他早就看上了芭芭拉,曾多次向她求婚,但都被她婉言拒绝了。后来,塞莱斯得知芭芭拉爱上了中国医生姜然,便对姜然充满了敌意,现在,为了姜然,芭芭拉还是向塞莱斯求救了。

塞莱斯听芭芭拉一说,就把手一摊,说自己车上也没有绳子,他见芭芭拉一脸怀疑,便打开车门翻给她看,果真没有,芭芭拉失望到了极点,伤心地哭了。

"不要哭,没有绳子我也有办法救他!"塞莱斯诡秘地说,"不过,你得答应我一个条件。"

芭芭拉急切地问:"什么条件?你快说!"

塞莱斯说:"你离开那个中国人,嫁给我!"

芭芭拉认真地说:"可我并不爱你,何必要强求呢?"

"芭芭拉,我真的很爱你!要不,你……你和我好一回……"塞莱斯的眼神闪烁不定,上下打量着芭芭拉,芭芭拉没想到他竟会在这个时候提出这样的要求,便气呼呼地说:"你别痴心妄想了!"说完,她转身就走,可没想到塞莱斯竟从后面抱住了她,芭芭拉又惊又恼,疯狂地叫起来。泥沼里的姜然看到这情景气得大骂:"塞莱斯,你这个混蛋,快放开芭芭拉……"可塞莱斯根本不理会,他把芭芭拉扭转了身,面对着他,又将嘴凑了上去,芭芭拉趁塞莱斯不备,抬起膝盖,用尽全身的力气往他的裆部撞去,塞莱斯号叫着蹲了下去,芭芭拉赶紧跳上吉普车,开了引擎就跑。

遇见了一头豹子

不一会儿,塞莱斯痛苦地从地上爬起来,钻进汽车就追。

芭芭拉为了甩掉塞莱斯,她关了车灯,加大油门,然后一个急转弯,绕过一个沙堆便往回开,在一个很大的沙堆后面停了下来,熄了火。

塞莱斯追了上来,没见芭芭拉的踪影,便在那里打起了转,转了一会儿,又继续往前追了,芭芭拉这才长长地舒了口气,这时,她又想起了塞莱斯的话"没有绳子我也有办法救他",难道塞莱斯真的有办法?突然,她心头一动,赶紧开着车直奔姜然。

芭芭拉打开车灯,借着灯光找到了姜然,只见他已冻得脸色发紫,快撑不住了,这会儿芭芭拉也顾不得害羞了,她一边向姜然喊"要坚持住",一边脱下了长裙和内衣,然后用尖刀把衣服割成宽带子,打好结后,绑在汽车上,可带子还是不够长,最后她把自己也"连"了上去:她手拉带子慢慢走向姜然,上帝保佑,两个人的手终于拉在了一起,姜然总算被拉出了泥沼……

回到车上,两个人紧紧地抱在一起,眼泪夺眶而出,突然,芭芭拉发现姜然的大腿不知被什么划了一道大口子,正在流血,她赶紧给他进行处理,然后由她开车,直奔镇医院。几个小时后,吉普车跑出了沙漠,进入一片荒原。这时,天已经蒙蒙亮了,猛地,芭芭拉发现前面不远处停了一辆吉普车,车里有人在不停地按喇叭,喊"救命"。她把车停在吉普车左边不远处,一看,在车里喊"救命"的人竟是塞莱斯,可奇怪的是他只把车窗玻璃摇下一道小缝,人却没有下车,不知道这个混蛋又想要什么花样。芭芭拉刚想踩油门离开,却听塞莱斯哭着哀求道:"芭芭拉小姐,看在上帝的分上,救救我吧!"

原来,这个家伙昨晚追到这里,车突然坏了,车还没修好,却不知从哪儿跑来一头凶猛的大豹子,他吓得钻进车里不敢出来。这时,芭芭拉和姜然也发现了那头豹子,它正趴在那辆吉普车旁边的草丛里!

芭芭拉牵挂着姜然的伤情,急于开车要走,姜然由于流血过多,身体很虚弱,他轻声劝芭芭拉,说这地方根本没有人来,就算塞莱斯不被豹子吃掉,也得渴死、饿死。塞莱斯虽然不是个好人,可罪不至死,如果弃他而走,这跟塞莱斯昨晚见死不救不是一样吗?再说救死扶伤也是医生的天职呀!

芭芭拉被姜然这个中国医生宽阔的胸襟感动了，于是她把车又倒了回去，调转车头去驱赶那头豹子。豹子吓跑后，塞莱斯才跳下吉普车，飞快地钻进了芭芭拉的车里，芭芭拉开着车，载着重伤的姜然向镇医院驶去，可开出不到一英里，车就熄了火，没油了，好在后车厢里有备油，芭芭拉让塞莱斯下车去加油，可塞莱斯刚下车就惊慌地钻回了车里，原来那头豹子又追了上来，它箭一般地蹿到车子前，愤怒地用爪子抓着车窗玻璃!

用血肉周旋

三个人大吃一惊，车上没有可以对付豹子的武器，没办法，只有等豹子走了才能下车加油，可那只豹子竟较上了劲，趴在车边守株待兔般地看着车里的三个人。

太阳已经升高了，车里开始热起来，不一会儿，三个人就热得汗流浃背，可那只可恶的豹子却也乖巧，它为了躲避太阳的炙烤，竟跑到车的阴影处趴着，半点儿走的意思也没有，三个人只有坐在车里煎熬般地等待着……不知道过了多少时候，太阳落下去了，车里开始变冷了，到了夜里，三个人冻得浑身直打颤，可车外的豹子却仍然瞪着两只铜铃般的大眼睛，像个幽灵似的趴在草丛里，虎视眈眈地不肯离去……

第二天早上，豹子还趴在那里，眼睛眯着，看上去像在睡觉，芭芭拉轻轻地打开了车门，刚想下车加油，哪知那豹子"呼"地从草丛里一跃而起，扑了过来，吓得芭芭拉赶紧关上了车门。没办法，他们只有和豹子继续耗下去。

到了中午,豹子竟钻到车底下避热,大有打一场持久战的架势。这时,车里热得像个烤箱,吃的东西没有了,水也喝光了,饥渴、酷热、恐惧把三个人折磨得不像个人样。芭芭拉和塞莱斯还能勉强熬下去,可姜然由于身体虚弱,加上流血过多,已经坚持不下去了,更可怕的是他开始发烧,并且渐渐地昏迷了!

芭芭拉抱着姜然放声痛哭,她知道,如果不及时把他送到医院,就会有生命危险。芭芭拉哭着哭着,突然,她做出了一个可怕的决定,流着泪对塞莱斯说:"我要冲出汽车,把豹子引开,你趁机把油加上,然后把姜然送到镇医院,记住,你一定要救活他!"

塞莱斯吃惊地说:"上帝啊,你疯了吗?你会没命的!"

芭芭拉哭着说:"可再这样耗下去,姜然就会死掉的呀!"

塞莱斯眼睛瞪得大大的,他不相信地问:"为了他,你甘愿去喂豹子?爱情真有这么伟大吗?"

"是的!"说完,芭芭拉便要往外冲,塞莱斯眼疾手快,一把拽住了芭芭拉,拔出一把匕首,说道:"我不会让你这么轻易就死掉的!"

芭芭拉问:"你想干什么?"

"其实,当我看到车上的麻醉剂时,我就想到了一个治服豹子的办法,可我没有勇气说出来,更不愿意牺牲自己……你刚才的举动不仅让我懂得什么是真正的爱情,而且也深深地打动了我。"说到这里,塞莱斯流下了眼泪,"虽然这么做我会很痛苦,但我却找到了自己的灵魂。你们救过我,我也该报答你们!"说着,他使劲把匕首扎进了自己的左胳膊,鲜血顿时流了出来,他忍着剧痛开始为自己截肢!

芭芭拉一下就明白了塞莱斯的用意,想阻止他已经来不及了,她流着泪要为他注射麻醉剂,可为了节省麻醉剂,塞莱斯不让芭芭拉给他注射，就这样，塞莱斯的左胳膊在没注射一丁点儿麻醉剂的情况下被活生生地截了下来，他痛得昏了过去……芭芭拉感动了，她在塞莱斯的脸上轻轻地吻了一下，然后把所有的麻醉剂都注射进了那条被截下来的胳膊里，又把那截血淋淋的胳膊扔到了车外……

那豹子早就饿极了，闻到血腥味后便扑了上去，几口便把断胳膊吞进了肚里，没多少工夫，这头凶猛的豹子就被麻醉了，瘫倒在地上，一动不动。

芭芭拉跳下车，快速把油加好，然后开着车箭一般地奔向镇上……

不久，姜然和芭芭拉举行了婚礼，给他们主持婚礼的是一位独臂牧师，他就是塞莱斯……

(李　显)
(题图：张恩卫)